DANS LE SILLAGE DU LIBERTAD

Chercheur au sein de l'Institut National de la Santé et de la Recherche Médicale (INSERM), retraité aujourd'hui, Ali Ouaissi a décidé de prendre la plume. Il partage son temps libre entre l'écriture et la musique.

DU MÊME AUTEUR

Je t'ai vu dans mes rêves, *TheBookEdition*, 2021.

Rencontres au cœur de l'oasis, *TheBookEdition*, 2021.

DANS LE SILLAGE DU LIBERTAD

À mes deux étoiles, Nadia et Sarah, qui de là-haut éclairent mon chemin lorsque la nuit recouvre de son sombre manteau le monde ici-bas.

Il n'y a pas de hasard, il n'y a que des rendez-vous.

Paul Eluart

PREMIERE PARTIE

1
La famille Lejeune

Marius Lejeune et son épouse Marie vivaient dans une petite ferme du côté de Desvres, région naturelle maritime et bocagère de l'arrière-pays de Boulogne-Sur-Mer. La ferme était la propriété du père de Marius. Ce dernier ayant perdu son épouse, morte d'une infection pulmonaire, avait demandé à son fils et à Marie après leur mariage, de rester avec lui.

La dureté des travaux des champs et la faible production qui n'arrivait pas à les nourrir, les avaient forcés à migrer des terres pour se rapprocher de la mer. Ils trouvèrent de l'ouvrage au port de Boulogne. Marius et son père firent des progrès rapides dans l'apprentissage des métiers de la pêche et furent embarqués sur des chalutiers. Ils s'aperçurent que plusieurs de leurs collègues étaient aussi, comme eux à l'origine, des paysans.

Marius, Marie et son beau-père s'étaient d'abord installés dans des baraquements, habitations provisoires construites après-guerre sur le plateau du Chemin Vert, au nord de Boulogne. La mer tenait alors dans leur vie une place grandissante. C'est lors d'une sortie en mer que le père de Marius reçut une poulie et un câble du chalut en pleine face, il chuta et sa tête cogna un treuil. Il décéda peu de temps après. Ce drame endeuilla Marius et Marie pendant plusieurs mois. La naissance d'Édouard qui était tant attendue, avait été une nouvelle source de chagrin et de tristesse du fait que l'enfant avait une pathologie invalidante. Seuls le courage et la solidité du couple, les avaient aidés à supporter l'acharnement du sort et à résister à la tourmente pour continuer à vivre. Marius était fou de son premier garçon. Son amour passionné pour Édouard handicapé, le rendait parfois triste et mélancolique surtout lorsqu'il pensait à l'avenir, sachant qu'il n'y avait pas de remède pour guérir son enfant. Avant chacune de ses sorties en mer, il allait prier au calvaire des marins pour que Dieu fasse qu'il revienne sain et sauf pour revoir son petit Édouard. Peu de temps après, la famille déménagea pour s'installer dans une petite maison qui se lovait en haut de la rue Mâchicoulis au cœur de l'ancien quartier des marins boulonnais : 'La Beurière'. Ils eurent alors deux autres enfants, Apolline et Valentin à quelques années d'intervalle.

Les années passèrent.

Par une journée grise et froide où les nuages bas couraient dans le ciel, poussés par un vent de nord-est, Apolline devenue une belle jeune de fille qui aurait bientôt seize ans, scrutait l'horizon à partir d'une petite fenêtre d'une chambre qu'elle partageait avec ses deux frères et qui avait été aménagée au grenier. Un grand paravent avait été disposé dans un coin de la pièce pour isoler un petit espace d'intimité où trônait un meuble de toilette. Tout en observant l'océan, elle pensa à Marius parti à Terre-Neuve traquer les bancs de morue. Elle se rappelait ce qu'il racontait sur ses traversées qui duraient plusieurs mois pendant lesquels les marins pêcheurs enduraient des conditions météorologiques épouvantables. Cette tradition de pêche remontait au XVIe siècle, et en ce temps, les marins étaient surnommés « les forçats de la mer ». Depuis cette époque ancienne, des développements technologiques ont permis de transformer les chalutiers en véritables usines, mais la cadence de travail reste toujours harassante : dix-huit heures sur vingt-quatre et sept jours sur sept. La pêche tenait dans la vie de Marius une place importante, car c'était d'elle que dépendait la subsistance de sa famille. L'avance que concédait l'armateur aux marins, permettait de régler les dettes de leur famille, bien que certains en utilisaient une partie pour faire la fête dans les bistrots du port. Marius n'était pas de ceux-là. Il remettait sa solde à son épouse, Marie-Désirée, qui préférait qu'on l'appelât Marie tout court. Elle tenait les cordons de la bourse en véritable économe.

Marius vénérait la mer malgré que celle-ci lui eut pris son père. Valentin, le fils cadet, âgé de quatorze ans, contrairement à sa sœur, écoutait avec admiration les récits de son père, et à chaque fois en réclamait d'autres. Quant à Édouard, l'ainé, il entendait avec émerveillement les contes de son père, mais son regard exprimait une sorte de rêve lointain, une possibilité inatteignable : devenir pêcheur. En effet, né avec une maladie génétique touchant les muscles, il était cloué à un fauteuil. Il avait intégré depuis bien longtemps que cette satanée maladie le rendait dépendant des autres. Il en souffrait en silence. Il ne voulait pas à chaque réunion de famille évoquer son cas et rajouter de la peine au désarroi bien grand de ses parents qui l'entouraient de beaucoup d'amour.

— Valentin sera un vrai fils de marin, dit Marius lors d'une veillée, avec un sentiment de fierté, s'adressant à Marie. Il n'a pas peur du froid, de la neige, des énormes vagues qui, lors d'une tempête, déferlent avec furie contre les flancs du chalutier ballotté dans tous les sens. Mon petit Valentin assurera la relève, j'en suis certain.

— Je préfèrerais qu'il apprenne un autre métier et qu'il reste sur la terre ferme, rétorqua Marie. Dis-lui qu'il y a des bateaux et des équipages qui partent et parfois ne reviennent jamais. N'as-tu pas perdu deux de tes co-équipiers, balayés par des vagues de plusieurs mètres. À des moments, vous ne faisiez plus la différence entre le jour et la nuit. Vous souffriez du froid, du vent, vous dormiez à peine, mangiez très peu et buviez du café pour vous réchauffer tout en étant dans un état second. Votre chalutier a failli se retourner plusieurs fois.

— Que vas-tu chercher Marie ? Il ne faut pas décourager mon 'petiot', lui répondit Marius. C'est vrai qu'il nous est arrivé régulièrement d'affronter la mer en furie. Nos oreilles s'habituent au concert épouvantable que produit le hurlement du vent glacial, et le mugissement des vagues. Nous avons même essuyé des tempêtes de neige. Une épaisse couche recouvre le pont. Des sculptures multiformes sont alors façonnées autour des gaillards. Nous avions souvent du givre sur nos sourcils, et nos corps étaient raidis par le froid. Mais, il faut rappeler que de tout temps la mer a suscité chez les marins la terreur et l'effroi, et paradoxalement, ils lui vouent une profonde reconnaissance, car c'est elle qui les nourrit. Il ne faut jamais l'oublier.

Apolline écoutait les échanges entre ses parents, mais se gardait bien d'intervenir. Elle savait, d'après les récits de sa mère, qu'ils avaient fait un mariage d'amour et qu'ils avaient toutes ces années enduré une vie difficile. Dans la petite masure où ils habitaient dans la campagne de Desvres, ils avaient souvent faim, faisaient leur toilette à l'eau froide, le givre couvrait les vitres à l'intérieur de leur chambre et ils souffraient beaucoup en hiver. Certes, les temps sont moins difficiles, pensa Apolline, mais son père ne pouvait pas compter uniquement sur son activité de marin-pêcheur qui ne rapportait pas beaucoup d'argent. Par beau temps, et lorsqu'il n'était pas en campagne en haute mer, Marius s'en allait avec sa barque motorisée, pêcher au filet des poissons : soles, limandes ou des crustacés. De temps à autre, il demandait l'aide d'Albert, un de ses voisins également marin-pêcheur.

2
Édouard, Apolline et Valentin

Apolline avait hérité de la beauté de sa mère, des traits fins, des yeux noisette, de longs cheveux châtains bouclés. À seize ans, elle en paraissait dix-huit, avec un corps mince et équilibré. Sa mère la mettait souvent en garde, et de ce fait elle faisait attention à ses fréquentations. Elle avait suivi une scolarité au collège d'enseignement général. Ses résultats n'étaient pas brillants, d'où son orientation vers la filière 'classes pratiques'. L'obligation scolaire étant passée de quatorze à seize ans, cette orientation débouchait le plus souvent sur la vie active. Son milieu social et familial n'était pas propice à des encouragements pour les études, bien au contraire, son entourage lui répétait souvent : « à quoi te serviraient tes études quand tu iras travailler à Capécure[1], nous, on sait à peine écrire et on ne s'en porte pas plus mal, et puis tu seras femme de marin pêcheur.

---

[1] Capécure : Zone industrialo-portuaire de Boulogne-sur-Mer où sont localisées les industries de traitement des produits de la mer.

Seule une fille de pêcheur peut faire une bonne épouse de pêcheur ».

C'est ainsi que dès ses quatorze ans, en période de grandes marées, Apolline accompagnait Marie à la pêche aux moules sur les plages de Wimereux. À marée basse, les rochers qui jalonnaient le pied des falaises étant à découvert, elles arrivaient à faire une bonne collecte de coquillages qu'elles rangeaient dans des seaux, qu'elles chargeaient ensuite sur une petite brouette. Les jupes trempées, Marie et Apolline poussaient le filet pour pêcher les crevettes grises avec un haneveau[2] que Marius avait confectionné. Elles se chargeaient de vendre les produits de leur pêche aux restaurants ou sur le port. Pendant la belle saison, elles démarchaient les habitants des quartiers voisins. Parfois, elles acceptaient d'emmener Édouard qui voulait voir du monde. Apolline poussait le fauteuil de son frère alors que Marie prenait en charge la brouette.

---

[2] Haneveau : Filet de pêche grossièrement conique monté sur un bâti en bois ou en métal. Il est employé pour la pêche à la crevette, à pied par petit fond. Il peut être tiré, poussé ou soulevé.

Édouard se faisait un plaisir d'apostropher les bourgeois et les vacanciers qui occupaient les maisons en bord de mer aux cris de : « Bonjour messieurs-dames, venez voir les belles crevettes de maman Marie... ». Les gens ouvraient leurs fenêtres et faisaient signe à ce drôle d'attelage pour qu'il s'approche. Alors, Édouard enchanté, les regardait payer leurs achats. Certains habitués, touchés par la vie difficile que devaient mener Marie et les siens, s'informaient sur la santé d'Édouard. Marie ne se plaignait pas. Elle partait du principe que leur vie était ainsi faite. Elle était courageuse, ni pleurnicheuse, ni geignarde, dévouée corps et âme à son mari et à ses enfants. Elle considérait, comme toute femme de pêcheur, que les tâches domestiques faisaient partie de ses attributions. Les revenus qu'elle recevait des ventes de porte à porte, permettaient d'améliorer le quotidien de la famille et elle en était fière.

Regardant du côté de son fils et en lui adressant un sourire affectueux, elle lui disait :

— Merci mon grand, tu nous as bien aidées en vantant la qualité de nos produits.

Invariablement, il répondait :

— Ce n'est rien, mère. Tant que je peux encore prononcer quelques phrases compréhensibles, c'est toujours ça de gagné.

Marie était émue, elle détournait son visage pour qu'Édouard ne s'en aperçoive pas. On ne pleurait pas chez les pêcheurs, sauf au moment où le Seigneur appelait auprès de lui un des membres de la famille, les proches voisins, les amis. Marie gardait ses larmes pour la chapelle du calvaire des marins, où elle allait se recueillir régulièrement. Elle y pleurait son beau-père qu'elle aimait beaucoup tant il avait été avenant, toujours prêt à l'aider même pour les tâches ménagères, ce qui le différenciait de la plupart des pêcheurs. Le sanctuaire dédié aux marins perdus en mer, était un vrai lieu de paix. Son emplacement sur une falaise offrait une magnifique vue sur le port, la rade, et parfois par temps clair, les côtes anglaises. Marie aimait passer un moment dans ce lieu. Bien que dans son for intérieur, elle savait qu'Édouard était atteint d'une maladie qui serait à terme, fatale, elle continuait d'espérer, et faisait des prières au pied de la croix qui dominait le calvaire. La foi aidait son couple à traverser les épreuves de la vie.

Apolline adorait son frère. Elle prenait soin de lui dès qu'elle était à la maison. Édouard le lui rendait bien. Il était admiratif et disait souvent :

— Ma sœur est la plus jolie fille du quartier et peut-être même de toute la contrée. Si ce n'était pas ma sœur, je l'aurais épousée.

Édouard n'avait fréquenté l'école que très peu de temps. Les maîtres disaient de lui qu'il était doué, avec une mémoire remarquable et qu'il ferait un très bon futur maître d'école. Malheureusement, le destin en avait décidé autrement. Sa maladie évoluant rapidement, comme il ne pouvait plus se déplacer, l'un des instituteurs venait bénévolement lui prodiguer quelques enseignements de base. Édouard en était ravi et reconnaissant. Pendant ces moments, il en oubliait son handicap et n'était que sourire. Marie était heureuse de le voir ainsi. Elle attendait avec impatience la prochaine visite de l'instituteur. Ce dernier la rassurait à chaque fois :

— Édouard a une intelligence naturelle, disait-il. Vous pouvez me croire, contrairement à certains enfants dits « normaux », il a une facilité à assimiler les connaissances et une grande faculté de compréhension des choses.

Le désir de protéger Édouard rendait mère et fille plus proches que jamais. Marie se disait que le jour où Apolline serait mariée, Marius et Valentin très occupés par les sorties en mer, elle serait seule pour apporter l'aide nécessaire à Édouard.

Valentin était passionné par le métier de pêcheur, Marius avait réussi à lui faire suivre une année de formation dans une école de pêche d'où il était sorti avec un certificat d'aptitude maritime. Il fut embarqué comme mousse sur un chalutier. Son père lui avait bien expliqué que ce n'est pas parce qu'il était fils de marin qu'il aurait un régime de faveur. Il devrait obéir en toute circonstance aux ordres de son patron. Il lui apprit que les conditions des mousses sont extrêmement difficiles, dues la plupart du temps à la méchanceté et la stupidité des hommes. Valentin avait acquiescé sans broncher. Il était conscient qu'il fallait travailler dur, mais il avait la farouche volonté de devenir novice puis, matelot et pourquoi pas, finir capitaine.

Marie ne voyait pas les choses de la même manière. Elle souffrait des conditions matérielles précaires dans lesquelles elle vivait. C'était, au contraire, une source d'inquiétude quotidienne qui s'ajoutait à tout le reste. Elle avait pioché dans ses économies pour acheter des vêtements appropriés et habiller chaudement son futur marin.

Valentin partait pour la semaine. Malgré les difficultés, à son retour il expliquait avec passion son travail : il nettoyait le poste de pilotage, passait les paniers aux hommes d'équipage qui triaient le poisson, aidait aux menues réparations sur le bateau, distribuait le café aux collègues. Parallèlement à ces activités, le capitaine lui apprenait l'utilisation des instruments de navigation : la boussole, le compas de barre, le sextant, le compas à pointe sèche entre autres. Au retour, il participait aussi au nettoyage du pont après le débarquement du poisson. Ce qui restait net du produit de la vente permettait de rémunérer les marins pêcheurs. Valentin recevait un quart de la part réservée à chaque marin. Il était content de rapporter à Marie ce qu'il avait gagné. Elle le regardait avec un sentiment de fierté, mais à chaque fois qu'il repartait en mer, elle avait l'impression d'être martelée de l'intérieur par une poignée de têtes d'aiguilles qui la faisaient se plier en deux.

Robert, le fils aîné d'Albert, le voisin, avait des vues sur Apolline. Les deux familles étaient plutôt favorables à une future union, mais Apolline, bien qu'ayant souvent entendu dire de ses proches que son destin serait d'épouser un pêcheur, ce n'était pas ce qu'elle attendait de la vie. Certes, Robert plus âgé de trois ans, était plutôt un gentil garçon, mais elle n'éprouvait aucun sentiment pour lui. Tout au plus, c'était un bon camarade. Mais elle savait que les hommes s'intéressaient à elle. Mais rien d'étonnant à cela : sa taille svelte, ses jambes fermes, sa chevelure bouclée retombant avec grâce sur ses épaules, attiraient les regards masculins, ce qui rendait les filles du quartier un peu jalouses et les femmes inquiètes pour leurs maris. Au bal, les jeunes la mangeaient des yeux. Elle ne restait jamais seule, il y avait toujours une main qui agrippait la sienne pour l'entraîner dans le tourbillon de la danse.

Bien souvent, les yeux fermés, elle se plaisait à rêver à un jeune et beau garçon qui la courtiserait, la ferait danser aux bals, lui offrirait des belles choses qu'elle n'aurait jamais imaginé pouvoir posséder. Ils tomberaient amoureux l'un de l'autre, finiraient par se marier et par fonder une famille loin du milieu très modeste dans lequel elle vivait, dans un endroit où le quotidien serait meilleur.

3
Les Gavériaux

Jérémy Gavériaux, âgé de soixante-dix ans et son épouse Mathilde, la soixantaine, étaient des amis de Marius et de Marie. Ils habitaient la vieille ville de Boulogne, dans une maison à trois niveaux. Ils louaient le premier et le deuxième étage et occupaient le rez-de-chaussée. C'était une habitation modeste. Il y avait certes l'eau courante, et l'électricité, mais pas de salle de bain. Ils utilisaient encore des grandes bassines pour faire leur toilette. Les Gavériaux étaient aussi propriétaires de deux autres petits logements qu'ils louaient dans la vieille ville. Marius avait fait la connaissance de Jérémy par l'intermédiaire d'un de ses amis au moment où il envisageait d'acheter un petit bateau à moteur pour aller à la pêche. Jérémy le trouva honnête et sympathique. Marius recherchait un prêteur sur gage, or Jérémy était connu pour avoir prêté de l'argent à de nombreuses personnes. Marius n'eut pas de gages à donner. En effet, Jérémy lui accorda sur simple parole le prêt dont il avait besoin. Jérémy et Mathilde n'avaient pas d'enfants, seule Mathilde avait encore une sœur qui vivait en Alsace et un neveu en Bourgogne. Ces derniers ne venaient que très rarement les voir.

Peu à peu, une forte amitié finit par lier la famille de Marius aux Gavériaux. Apolline et ses frères les considéraient comme des grands-parents et les appelaient pépé et mémé. Ce qu'on remarquait d'abord chez Jérémy, c'était une formidable moustache blanche soigneusement peignée et relevée en pointes. L'homme était grand, musclé, large d'épaules. Sous d'épais sourcils, son regard noir qui plongeait dans celui de ses interlocuteurs, comme s'il voulait sonder les profondeurs de leur conscience, les impressionnait. Mais, sous cet effet saisissant se cachaient une douceur et une grande bienveillance. C'était un fervent protestant. Chaque dimanche, qu'il pleuve, qu'il neige ou qu'il vente, il prenait son vélo pour aller prier au temple. Mathilde avait conservé, à la soixantaine, un aspect pétillant. Elle était petite et mince, vous fixait d'un regard plein de tendresse souvent accompagné d'un sourire. Elle avait gardé une remarquable capacité d'évoluer avec une aisance admirable comme si son corps n'avait pas subi le poids du temps. Tous les matins, elle brossait et peignait ses cheveux blancs, puis confectionnait un chignon serré au sommet de sa tête. Une fois vêtue avec sobriété, elle nouait par-dessus sa tenue, un tablier noir.

Comme Marius était un bricoleur hors pair, doué de ses mains, Jérémy faisait souvent appel à lui pour faire les réparations nécessaires dans sa maison ainsi que dans les logements qu'il louait. Tous les dimanches, les Gavériaux venaient déjeuner chez Marius et Marie. Ils ramenaient souvent des victuailles, sachant le manque de ressources de leurs hôtes. Mais, pour ne pas froisser leur dignité, il clamait que c'était pour compenser tous les dérangements et les menus travaux que Marius effectuait pour eux. Les fêtes de Noël étaient aussi un moment privilégié de partage pour les deux familles. Bien qu'Édouard, Apolline et Valentin aient été baptisés et avaient suivi les cours de catéchisme, tout le monde, après le repas, allait au temple où le pasteur organisait un goûter pour les enfants. Marius aimait à répéter souvent, qu'il préférait de beaucoup venir se recueillir au temple plutôt que dans une église ; le dénuement et la simplicité du premier qui contrastaient avec les multiples décorations et symboles de la seconde, étaient à son point de vue, plus propices à la concentration et au recueillement.

Cependant, Marius, en dépit de ses revenus modestes et ses penchants pour le protestantisme, n'hésitait pas certains jours, à partager des moments avec Monsieur Chabrol, curé de la paroisse, qui avait baptisé ses enfants. Chaque rencontre était une occasion d'échanges enflammés. Au cours d'une conversation, le curé déclara :

— Mon cher Marius, je ne vous vois plus si souvent à la messe, pourtant vous ne faites pas partie de ces hommes qui n'ont pas de religion !

— Monsieur le curé, vous n'êtes pas dupe. Vous savez bien que vos ouailles viennent le dimanche parce qu'elles ont besoin d'un bain spirituel afin de soulager leur conscience. Et sortis de l'église, les bigotes s'en donnent à cœur joie dans leurs commérages jusqu'au dimanche suivant. En ce qui me concerne, je ne souscris pas à cette hypocrisie.

— Mais, voyons Marius, nous avons besoin de maintenir notre église pour que nous puissions sauver nos âmes. Les fidèles entendent la messe, ils y participent, communient avec Dieu. C'est aussi une occasion de rencontres, d'échanges, de convivialité.

— Monsieur le curé, la dévotion excessive n'est que façade, l'assiduité de certains n'est que complaisance, vous vous en doutez bien. Ce n'est pas à vous que je vais apprendre ce que c'est que d'aimer Dieu. Aimer Dieu, c'est aider son prochain, apporter un réconfort à celui qui souffre, celui qui est malade, être au service des pauvres, prendre soin de l'orphelin. N'est-il pas dit dans l'Évangile de Jean[3] : " Amis très chers, aimons-nous les uns les autres, parce que l'amour vient de Dieu " ?

— Tout cela est vrai Marius, c'est pour cette raison que je dois constamment rappeler à mes ouailles les messages du Christ afin d'éclairer leur cœur.

---

[3] 1 Jean 4 :7-21.

— Je vous souhaite bon courage, Monsieur le curé ! Ce n'est pas demain la veille que vous y arriverez.

— Oh, vous exagérez, Marius, les fidèles de l'église sont plutôt généreux.

— Heureusement que vous avez appris à travailler la terre pour prendre soin de votre jardin. Vous entretenez aussi votre poulailler d'où vous pouvez tirer une partie de votre subsistance. Vous connaissez la rigueur de l'hiver dans ce pays froid et rude, et vous n'avez vraisemblablement pas toujours mangé à votre faim. Figurez-vous qu'au moment de la quête, il m'est arrivé de surprendre une personne tenant une pièce de monnaie entre ses deux doigts, faire semblant de la poser en tapant sur le récipient et de la reprendre immédiatement ! Vous appelez cela de la générosité ? Je découvre chaque jour que certaines personnes, qui se disent chrétiennes, peuvent avoir de mauvais.

— Que voulez-vous que je vous dise, chacun est face à sa conscience !

— Justement, à ce propos, Monsieur le curé, l'Église ne doit-elle pas donner l'exemple elle-même à ses fidèles ? Je commence à me poser des questions sur les véritables engagements de cette institution ?

— Que voulez-vous dire par là, Marius ?

— Lorsque les images de télévision diffusent au monde entier le faste, la richesse et le luxe dans lesquels se prélassent les dignitaires de l'église catholique, que les journaux relatent sa richesse colossale ainsi que les scandales financiers qui s'y rapportent, les gens sont en droit de s'étonner. Le rôle premier de l'Église, n'est-il pas de servir les autres, en particulier ceux qui sont dans le besoin ?

Le curé garda le silence un moment ne sachant quoi répondre. Puis il enchaîna :

— Habituellement, c'est moi qui, lors du sermon, délivre une leçon à partir d'un fait marquant. Là, vous attirez mon attention sur une notion importante qu'est la charité chrétienne. Elle est centrale dans le Nouveau Testament. C'est l'amour désintéressé du prochain. Il est nécessaire de rappeler, de temps en temps, l'exemple de certaines personnes ayant vécu à une époque plus récente, tels L'abbé Pierre ou Sœur Emmanuelle qui ont consacré leur vie au service des pauvres et des exclus.

Après une légère période de silence, le curé poursuivit :

— Je pense que l'oligarchie qui est au pouvoir de l'Église et non de la religion chrétienne, a besoin d'un renouveau avec peut-être, un nouveau pape qui puisse « faire le ménage ». Je ne devrais pas, en tant qu'homme d'Église m'exprimer ainsi, mais vos remarques m'y ont obligé. Ce que je vous demanderai, Marius, c'est d'éviter le blasphème. Pour le reste, c'est un combat qu'il faut mener en interne.

Marius n'avait l'air convaincu, il poursuivit :

— Persévérez, Monsieur le curé, mais je doute fort que la situation s'améliore.

— Marius, si vous insistez, la prochaine fois que vous vous présenterez dans mon église, je vous mettrai dehors. Je ne voudrai pas que vous fomentiez une révolution chez mes fidèles.

Marie évitait de donner son avis lorsque les deux hommes confrontaient leurs idées à propos de religion ou de politique. Néanmoins, cette-fois-là, elle jeta un coup d'œil réprobateur à son mari qui tout de suite répondit :

— Ne vous inquiétez pas, Monsieur le curé, ça restera entre nous, et de votre côté, comme vous en avez l'habitude, ménagez vos fidèles pour ne pas les éloigner de l'Église !

Le curé, prit congé de son hôte. Il aimait Marius. Il avait beaucoup d'estime pour lui et appréciait ses qualités d'homme sincère, honnête et généreux. Il savait, que depuis quelque temps déjà, Marius fréquentait le temple, mais il ne lui en voulait pas. Il savait aussi que Marius et Marie entretenaient avec les Gavériaux des relations privilégiées, mais cela n'avait jamais altéré l'amitié qu'il portait à Marius. Il continuait à aller chez lui avec beaucoup de bienveillance. Ce qui l'incommodait par moment, c'était la tendance qu'avait Marius à toujours vouloir confronter ses idées aux siennes. Mais, il finissait par reconnaître, qu'il était plus instructif de dialoguer avec un homme droit et sincère, que d'écouter les litanies de certains hypocrites parmi ses ouailles.

4
Apolline et les Gavériaux

Mathilde et Jérémy accueillaient toujours chaleureusement Apolline et Valentin qui avaient pour habitude de venir régulièrement les voir et prendre le goûter que Mathilde se faisait un plaisir de préparer. Elle aimait bien Valentin, mais était fort attachée à Apolline avec laquelle elle aimait bien échanger sur ses lectures. Apolline venait plusieurs fois dans la semaine s'occuper des lapins et des poules. À l'arrière de la maison, un muret délimitait une cour où étaient installés un clapier avec enclos et un poulailler en bois.

Après avoir donné à manger aux lapins, Apolline consacrait un peu plus de temps aux poules. Dans le grillage du poulailler, une trappe permettait à la volaille de sortir et d'entrer à volonté pour picorer dans le jardin. Les poules reconnaissaient Apolline, sans même entendre le petit sifflement habituel qu'elle émettait ; elles arrivaient à toute vitesse et l'entouraient en attendant qu'elle leur distribue, à pleines mains, leur pitance. Elle vérifiait si certaines n'avaient pas pondu en dehors de l'enclos, en cherchant les nids, car les œufs étaient souvent perdus, mangés par les rats. La tâche n'était pas une charge pour elle, mais plutôt un réel plaisir. Elle ramassait des œufs fraîchement pondus et repartait souvent chez ses parents avec une bonne récolte. Mathilde en gardait très peu, et c'était surtout pour confectionner des brioches pour le petit déjeuner et le goûter.

Un jour qu'elle était occupée à nourrir la volaille, elle vit Mathilde s'approcher avec un regard à la fois amusé et attendri.

— Alors, tu t'en sors avec les bêtes ? lui demanda-t-elle.

— Ah oui, comme d'habitude, mémé, répondit Apolline.

— Je vais te confier un secret : j'ai longtemps souhaité avoir une fille, mais cet espoir ne s'est jamais réalisé. J'ai souvent prié, mais mon vœu n'a pas été exaucé.

Apolline ne comprenait pas pourquoi Mathilde lui faisait état de ce profond regret. Ne sachant pas trop quoi répondre, elle poursuivit avec ce qui lui passait par la tête :

— As-tu fait un pèlerinage au Mont-Saint-Odile ou à Lourdes pour faire des prières à la Vierge Marie ?

— Non ma fille. Pour nous, Protestants, seul Dieu est saint. Aucun lieu, édifice ou objet ne peut être le lieu d'une dévotion. Nous nous basons sur la parole de Jésus rapportée dans l'Évangile de Jean[4] « …l'heure vient où ce ne sera ni sur cette montagne, ni dans Jérusalem, que vous adorerez le Père (…), mais l'heure approche, et elle est déjà venue, où les vrais adorateurs le Père en esprit et en vérité ». Mais, ceci n'empêche pas que nous puissions faire des retraites spirituelles dans des lieux importants de notre histoire, par exemple au Musée du Désert dans les Cévennes, chaque premier dimanche de septembre. C'est un haut lieu de la résistance huguenote.

— Je sais très peu de chose sur l'histoire des religions, et je crois bien qu'il en est de même pour beaucoup d'élèves de ma classe.

---

[4] L'Évangile de Jean (chap. 4, v. 21-23).

Mathilde, d'un mouvement instinctif, caressa les cheveux d'Apolline. Elle l'aimait tendrement, comme l'enfant qu'elle n'avait pas eue.

— Ne t'inquiète pas, lui dit-elle, on apprend à tous les âges. Jérémy a plusieurs ouvrages qui traitent des religions. Ils sont dans le petit coin bibliothèque où tu prends habituellement des romans et où Valentin se régale en lisant des bandes dessinées.

— C'est vrai que jusqu'à présent, je ne faisais pas attention aux autres ouvrages, mon regard visait toujours les romans d'aventures. J'en ai dévoré quelques-uns. La lecture de ces récits me procure un agréable sentiment d'évasion. Cette passion ne plaît pas toujours à ma mère. Elle considère que c'est une perte de temps. En plus, du porte à porte que nous faisons lorsqu'il y a des produits de la mer à vendre, elle passe son temps à frotter, laver, récurer. Elle considère que les tâches ménagères sont sa priorité. C'est pour cette raison, que je profite d'être chez toi pour, non seulement m'occuper des poules et des lapins, mais aussi pour lire.

— Il ne faut pas en vouloir à ta mère, ni à ton père, d'ailleurs. Ils n'ont, pour ainsi dire, fréquenté l'école qu'épisodiquement dans leur jeunesse, lorsque les travaux des champs le leur permettaient. De ce fait, ils ne savent pas la joie que procure la lecture. En revanche, Jérémy, en dehors de ses allers-retours au temple, est un mordu de littérature. Il est toujours en quête de connaissance. Tu verras que dans sa bibliothèque, il n'y a pas que des romans, il y a aussi divers ouvrages de géographie, de philosophie, et même d'astronomie, il y a aussi des œuvres littéraires de Victor Hugo, de Camus et bien d'autres. Viens, suis-moi. Je vais te montrer.

Mathilde conduisit Apolline au coin bibliothèque. Effectivement, il y avait là de nombreux ouvrages, certains très anciens au vu de leur couverture, plus ou moins en bon état, et de leurs pages jaunies par le temps.

— Il y a de quoi s'instruire, si on en a envie, dit Mathilde, en tenant la main d'Apolline.

— Je crois que je vais souvent m'isoler dans ce petit coin, mais je crains les reproches de ma mère qui trouvera certainement que je passe beaucoup de temps chez toi, mémé.

— Ne t'inquiète pas, je saurai te défendre. Tes parents ne me refusent rien.

Elles entendirent les pas de Jérémy qui venait de rentrer et se dirigeait vers le jardin pour installer son vélo sous l'abri.

— Tu vas rester manger un morceau avec nous, dit Mathilde en lançant un vif regard à Apolline. Tu dois mourir de faim.

— Oui, ce n'est pas de refus, répondit Apolline.

Elles se dirigèrent vers la cuisine où, sur un feu doux, mijotait un succulent ragoût d'agneau, et c'était une délicieuse odeur de pommes de terre, de carottes, de thym qui emplissait l'atmosphère. Jérémy avait déjà accroché sa parka et avait pris place à table dans la salle à manger. La pièce étincelait de propreté, elle sentait bon la cire, et on devinait en y entrant la minutie de la maîtresse de maison.

— Enfin, vous voilà, lança Jérémy !

— Oh, tu n'as pas attendu trop longtemps, nous avons entendu tes pas il y a à peine quelques minutes.

— Oui, oui... je plaisantais !

S'adressant à Apolline, il lui dit :

— Content de te revoir ma fille. As-tu fait une bonne récolte d'œufs ?

— Oui, j'ai rempli un panier.

— Eh bien, c'est une bonne chose que d'avoir un petit poulailler. Ta mère pourra ainsi vous préparer de bonnes omelettes, ça vous changera du poisson.

Ils se mirent à table. Mathilde servit une copieuse portion de ragoût à Apolline, le tout accompagné d'épaisses tartines beurrées et croustillantes. Mathilde et Jérémy savaient à quel point les repas étaient relativement pauvres et insuffisants chez Marius et Marie. Jérémy insista à plusieurs reprises pour qu'Mathilde resserve Apolline. Et lorsque cette dernière ne put avaler une bouchée de plus, Jérémy insista en disant :

— Il faut manger pour prendre des forces, ma fille. Je sais que tu aides ta mère dans ses activités ménagères, et que tu l'accompagnes pour vendre les produits de votre petite pêche en sillonnant les rues des résidences pavillonnaires. Je regrette un peu cette situation, c'est au détriment de tes études.

— C'est vrai que l'argent ne coule pas à flots, répondit Apolline. Nous nous contentons du strict nécessaire, et puis, je vais bientôt arrêter l'école pour travailler et ainsi aider mes parents.

— Malheureusement pour Édouard, son handicap est un sérieux obstacle pour aller plus loin dans les études, mais pour toi, tes parents auraient dû t'encourager à poursuivre l'école, insista Jérémy. J'ai souvent dit à ton père que je pouvais vous aider financièrement, mais il a toujours refusé car il tenait surtout à rembourser le prêt que je lui avais consenti. Je sais que contrairement à ton frère Valentin qui est passionné par les activités de la pêche, toi, tu penses autrement, ai-je raison ?

— Oui, répondit Apolline. Je me découvre des différences qui ne plaisent pas à mes parents. Le nettoyage des filets de pêche me rebute. Il faut enlever les algues solidement enchevêtrées dans les mailles. Je m'efforce de le faire pour ne pas désobéir à mon père. Contrairement à Valentin, je préfère de loin, comme Édouard, m'isoler et m'évader dans la lecture d'un roman. Mais, mes parents considèrent que mes goûts pour l'étude ne servent à rien. Il suffit de savoir lire et écrire. Qu'ai-je besoin de tout savoir ? Je suis destinée à travailler dans les métiers de la pêche. Je vais rencontrer un marin-pêcheur, me marier, faire des enfants, et m'occuper de mon foyer.

— C'est bien dommage, poursuivit Jérémy. Ils auraient pu t'encourager. J'avais cru comprendre qu'au début de ta scolarité, tu aimais l'école et tu semblais avoir de bonnes dispositions pour les études. Tu aurais pu réussir et devenir une bonne institutrice.

— Il est malheureusement trop tard pour moi, déclara Apolline. J'arrêterai l'école dans quelques mois et je me ferai embaucher à Capécure. Mais ce dont je peux vous assurer, c'est qu'à force de manger du poisson toutes les semaines, son odeur finit par m'incommoder. Et dire que ça va être mon métier de confectionner à longueur de journée des filets de poisson. Je suis tellement contente d'avoir mangé un bon ragoût ce midi et je me réjouis d'avoir une bonne omelette dans mon assiette ce soir.

Mathilde et Jérémy se mirent à rire de cette réflexion spontanée d'Apolline.

— Tu seras toujours la bienvenue dans notre demeure ! s'exclama Jérémy.

— Considère-toi comme notre fille, renchérit Mathilde, avec chaleur.

Apolline prit congé des Gavériaux. Elle les aimait tendrement, et c'est toujours avec un sentiment de regret inavouable qu'elle les quittait pour rentrer à la maison. À peine fut-elle arrivée que Marius lui lança :

— Eh bien, il n'est pas trop tard. Tu en as mis du temps pour t'occuper des poules et des lapins !

— Mémé et pépé ont insisté pour je reste partager le dîner[5] avec eux.

— As-tu au moins fait une bonne récolte d'œufs ?

— Ah, oui. J'ai ramené un panier tout plein.

---

[5] Dîner : repas du midi dans le Nord

— Bon, c'est toujours ça. Va donc aider ta mère, elle est en train de nettoyer du poisson que je viens de ramener.

Apolline s'en alla vers le jardin en pensant à ce travail qui la rebutait mais qu'elle était bien obligée de faire.

5
L'arrivée du Libertad

De temps à autre, surtout le dimanche après-midi, Nicole la jeune voisine d'Apolline qui fréquentait également le même collège, venait la voir pour aller flâner en ville. Les bals organisés dans le quartier étaient aussi une occasion de sortie. Mais, c'est souvent avec beaucoup d'hésitation, et après insistance des parents de Nicole, que Marius autorisait Apolline à sortir.

Ce jour-là, Nicole vint en courant, un peu essoufflée. Elle sonna à la porte, et c'est Marie qui lui ouvrit :

— Que t'arrive-t-il ? demanda Marie. Tu es toute rouge. Rien de grave dans la famille, j'espère ?

— Non madame. Je voulais juste voir Apolline et lui demander, avec votre permission, si elle voulait bien m'accompagner en ville.

— Mais, pourquoi donc c'est empressement, s'étonna Marie.

— C'est l'arrivée du Libertad. Il avait été annoncé il y a quelques jours déjà, répondit Nicole.

— Ah, c'est donc pour cette raison que j'ai vu passer des groupes de personnes allant en direction du port ! s'exclama Marie.

— C'est toi Nicole ? bafouilla Apolline en dévalant l'escalier qui menait à la chambre qu'elle occupait avec ses deux frères.

— Elle vient te chercher pour aller voir le Libertad. Vous pouvez y aller, mais ne tardez pas trop.

Apolline et son amie sortirent vite de la maison, par crainte de voir arriver Marius qui leur aurait peut-être défendu d'aller en ville. Mais, cette inquiétude n'avait pas lieu d'être, son père, accompagné de Valentin était parti à la pêche.

Les boulonnais se pressaient par milliers le long de la côte entre la Crèche et la Pointe Aux Oies qui formait une avancée vers la mer et une première prise de hauteur depuis le Cap Gris-nez. Certains étaient équipés de jumelles pour suivre l'approche du Libertad, le voilier-école argentin, un superbe trois-mâts carré, arrivant d'Angleterre. Ils observaient l'imposante frégate qui avançait toutes voiles dehors, les marins accrochés à la mâture au moment d'accoster au port de Boulogne. Il y avait là déjà une immense foule qui attendait depuis le matin tôt afin d'être non loin de ce magnifique navire-école. Le trois-mâts de cent trois mètres de long avec un tirant d'air de cinquante-deux mètres, avait pour habitude, lors de de ses nombreuses expéditions au long cours à travers le monde, de passer quelques jours dans le port boulonnais et offrait à cette occasion des visites gratuites au public. Des liens historiques liaient ce port de pêche avec l'Argentine. En effet, le général San Martin, héro des guerres d'indépendance en Argentine, au Chili et au Pérou, considéré comme le libérateur et appelé par les Argentins le « Libertador », passa les deux dernières années de sa vie à Boulogne. Il mourut le 17 août 1850, à l'âge de 72 ans. Sa demeure fut transformée en musée et une imposante statue équestre sur le front de mer lui fut dédiée.

L'arrivée de ce voilier de légende fut l'occasion de faire la fête à Boulogne. Le Libertad, commandé par un capitaine de vaisseau, était armé par plus de deux cents membres d'équipage et embarquait plus de cent cadets qui effectuaient à bord leur premier déploiement. Apolline et Nicole se faufilèrent à travers la foule présente sur le quai afin d'approcher au plus près du voilier. C'était un spectacle extraordinaire. Les deux jeunes filles furent subjuguées par la beauté du trois-mâts. Les jeunes marins argentins débarquèrent du navire, et furent longuement ovationnés par l'assistance. Ils saluèrent la foule, puis se dispersèrent dans la ville pour prendre part à la fête.

Plusieurs animations étaient organisées à divers endroits de la ville : la place Dalton devant l'église Saint-Nicolas, devant la basilique Notre-Dame-de-l'Immaculée-Conception, près du théâtre municipal, sur la place du palais de justice et le long des grandes avenues. Les patrons de bistrots avaient habilement installé des tables, des chaises et des tonneaux de bière pour profiter de l'afflux de clients et faire fructifier leur commerce. Les gens se massèrent en foule autour de spectacles organisés par des associations de la ville. L'atmosphère était bon enfant. Une ovation salua l'arrivée d'un groupe de jeunes musiciens qui s'installèrent sur une estrade et commencèrent à jouer des airs de musique latino-américaine. Deux couples s'avancèrent pour danser, suivis par d'autres. La fête promettait d'être belle. Nicole entraîna Apolline vers le centre-ville où se déroulaient les festivités. Bien que ne sachant pas bien reproduire les mouvements du corps au son de la musique latino-américaine, elles s'avancèrent timidement pour se mélanger aux couples de danseurs qui évoluaient sur une piste improvisée. Quelques jeunes marins argentins se proposèrent comme cavaliers et invitèrent les jeunes filles. L'un d'eux, un jeune homme d'une vingtaine d'années, les yeux marron nuancés de vert, les cheveux noirs, la peau mate, une expression du visage douce et sincère, un sourire enjôleur, coiffé d'une casquette de marin, se présenta à Apolline :

— Je m'appelle Adriano Rivière, comment vous appelez-vous ?

— Apolline.

—Voulez-vous danser avec moi ?

Apolline, surprise, regarda autour d'elle à la recherche de Nicole. Elle l'aperçut en train de danser avec un cadet. Après une courte période d'hésitation, elle lui dit son prénom, puis prit la main du jeune homme dont l'attitude annonçait beaucoup de sensibilité et de gentillesse. Le couple s'élança sur la piste. Adriano était bon danseur, il prit soin de guider avec douceur les pas d'Apolline. Ce n'était pas la première fois qu'elle dansait avec un jeune homme. À plusieurs occasions, lors des bals, elle eut contre elle le corps d'un jeune de son quartier. Mais aujourd'hui, elle n'osait pas lever son visage vers cet étranger, ce bel inconnu qui l'avait choisie parmi tant d'autres pour danser. Très vite les musiciens accélérèrent le rythme, Apolline se laissa mener par Adriano entre les autres couples. Serrée contre son cavalier, elle avait perdu la notion du temps. Lorsque les musiciens arrêtèrent de jouer, il y eut une sorte de soupir de soulagement et la plupart des danseurs se dirigèrent vers les brasseries pour se désaltérer.

Adriano, d'une voix timbrée, proposa le plus naturellement du monde à Apolline de prendre une limonade. Elle fut troublée, regarda bien de tous côtés à la recherche de Nicole, elle finit par l'apercevoir. Elle était seule. Elle lui fit signe. Cette dernière arriva immédiatement, un peu essoufflée par la danse qu'elle venait de finir.

— C'est votre amie, demanda Adriano ?

— Oui, répondit Apolline. Je vous présente Nicole.

Et s'adressant à son amie, elle dit :

— Adriano m'a proposé une danse, et j'ai vu que tu t'étais déjà lancée sur la piste aux bras d'un cadet.

— C'est le monde de la fête, j'avais envie de me dépenser en dansant. Mon cavalier a préféré partir avec ses amis.

— Je viens de proposer à Apolline de prendre une boisson, Voulez-vous vous joindre à nous ? demanda Adriano.

— Ah oui, répondit Nicole. J'ai vraiment soif. C'est gentil à vous.

Les trois jeunes gens s'installèrent à la terrasse d'une brasserie. Apolline et Nicole commandèrent des limonades et Adriano une bière.

S'adressant à Adriano, Apolline lui demanda :

— Où avez-vous appris le français ? Vous le parlez si bien.

— En fait, mes parents ont des racines languedociennes, répondit Adriano. Mes arrières grands parents du côté maternel, des Aveyronnais, ont émigré vers l'Argentine au milieu du XIXe siècle à cause des graves crises agricoles qui avaient affecté la région. Ils se sont installés dans la pampa au sud-ouest de la province de Buenos-Aires, dans une localité qui est devenue la ville de Pigüé. Plusieurs familles françaises se sont regroupées dans le coin.

— C'est étonnant ! Vous avez conservé la pratique de la langue française depuis ce temps ? demanda Apolline.

— Il y a encore quelques personnes âgées qui se souviennent de certaines expressions, mais la langue parlée est l'espagnol. Mes parents m'ont encouragé à apprendre le français et l'anglais à l'école. Je leur en suis reconnaissant.

— Mais pourquoi donc, demanda Nicole ?

— Parce que cela me permet de communiquer plus facilement avec deux jolies filles françaises ! répondit Adriano, en riant.

Bien qu'il eût répondu gentiment à la question de Nicole, il souriait tout en regardant fixement Apolline toute rougissante. Cette dernière, paniquée par l'éclat de ses yeux dont elle ne put détacher les siens, bredouilla :

— Il commence à se faire tard, nous devons rentrer !

— Déjà ! s'étonna Adriano, on vient juste de faire connaissance.

— Nous devons traverser toute la ville, il vaut mieux ne pas le faire à la tombée de la nuit.

— Je peux vous raccompagner, si cela peut vous rassurer, insista Adriano.

— Merci, c'est gentil, mais on préfère vraiment partir pendant qu'il fait encore jour, répondit Apolline.

Les deux jeunes filles s'en allèrent en faisant de larges signes de la main à Adriano avant de tourner le coin de la ruelle qui descendait vers le port. Sur le chemin, le regard d'Apolline se perdit dans de douces rêveries. Elle continuait à penser à Adriano qui l'avait fait danser. Ce beau garçon ne lui était pas indifférent, elle essayait vainement de ne pas penser à lui mais elle n'y arrivait pas. Soudain Nicole la fit sortir de ses fantasmes :

— C'est curieux, on dirait que tes yeux brillent ! remarqua Nicole avec un sourire amusé. Serait-ce le joli marin qui en serait la cause ? J'ai bien vu qu'il n'avait d'yeux que pour toi. J'allais m'en aller pour vous laisser seuls, mais au dernier moment je me suis ravisée.

Apolline savait que son amie avait deviné, mais refusait de l'avouer.

— Tu y vas un peu vite, répondit Apolline. C'est vrai que c'est un gentil garçon, et le fait d'avoir des origines françaises, certes lointaines, est plutôt sympathique.

— Il te plaît, n'est-ce pas ? demanda Nicole.

— Que veux-tu insinuer ?

— Eh bien…j'ai bien remarqué qu'il te regardait comme si tu étais seule au monde. Moi, je n'existais pas, il ne voyait que toi. J'ai vu que tu rougissais et tes yeux scintillaient comme des étoiles.

Apolline secoua sa tête sans répondre. Nicole continua :

— Tu l'aimes, n'est-ce pas ?

— Ne trouves-tu pas que tu vas un peu vite ? Je le connais à peine ce garçon.

— Et alors ? c'est peut-être un coup de foudre.

— Tu sais ce que c'est, toi, le coup de foudre ? Ça t'est déjà arrivé ?

— Non, répondit Nicole.

— Alors, tu as dû lire cela dans un roman.

— Non, je ne lis pas assez. Mais, j'ai déjà entendu que ça pouvait arriver dans la vraie vie, rétorqua Nicole.

— Admettons qu'il me plaise, comment veux-tu que je puisse fréquenter un marin qui sera bientôt à quelques milliers de kilomètres d'ici ?

— Oh ! À la façon dont il te dévorait des yeux, je suis certaine qu'il se débrouillera pour te revoir !

Apolline brûlait d'envie de la croire, mais elle reprit :

— Pressons le pas, le jour décline déjà, et le froid commence à se faire sentir.

Les deux amies arrivèrent dans leur quartier au bout de quelques dizaines de minutes de marche rapide.

— Ne parle pas de notre petite séquence de danse avec les jeunes marins, dit Apolline.

— Ne t'inquiète pas, je ne dirai rien.

Longtemps après s'être séparée de Nicole, Apolline demeura éveillée dans son lit. Elle sentait, instinctivement, que l'attirance entre elle et Adriano était partagée. Elle était à la fois troublée et en même temps elle éprouvait l'envie de se blottir dans ses bras. Elle finit par tomber dans ceux de Morphée.

Alors qu'Apolline reposait dans ses beaux rêves, une discussion animée entre Marius et Marie avait eu lieu à propos de la fête en ville.

— L'arrivée de cette frégate argentine était attendue avec impatience par la population ! s'exclama Marius.

— Tu sais bien que toutes les occasions festives sont bonnes pour s'étourdir et oublier ses propres misères, répondit Marie.

— Oh ! Tu exagères un peu. La fête est un besoin, un répit dans le rude labeur de notre population qui vit de la pêche. Les gens se saisissent de la musique pour emmagasiner dans le corps des sensations douces qui font oublier la dureté du quotidien.

— Surtout qu'après s'être saoulé, les jeunes gens, tapageurs, finissent leur soirée dans un pugilat scandaleux, rétorqua Marie.

— Tu en rajoutes encore une couche. Il n'y a pas eu de bagarre aujourd'hui, à ce que je sache. Ce phénomène est marginal, et cela se passe dans un secteur connu pour être fréquenté par des mauvais garçons. Cela ne concerne pas toute la ville, encore moins toute la population boulonnaise.

Marie secoua sa tête et s'apprêtait à aller se coucher lorsque Marius lui annonça :

— Apolline a bien apprécié sa promenade en ville avec Nicole. Elle m'a demandé si elle pouvait sortir les jours prochains. Je suis passé dans les ruelles de la ville en remontant du port, et j'ai trouvé que la fête était familiale. Les gens sont là avec leurs enfants et profitent de diverses distractions proposées par les associations. Je lui ai donné la permission, je pense que ça lui fera du bien de voir du monde.

— Je ne suis pas très enthousiaste, mais si tu lui as déjà donné ton accord, je ne m'y opposerai pas. Bien que je reste persuadée qu'il y a d'autres façons d'oublier ses misères, c'est de faire un bain spirituel en communiant avec Dieu.

— Ne mélangeons pas tout, insista Marius. Laissons le bon Dieu là où il est et donnons à Apolline la possibilité de se distraire un peu, c'est de son âge.

6
Adriano

Resté seul, Adriano ne pouvait s'empêcher de penser aux yeux noisette d'Apolline dont le corsage laissait entrevoir la naissance de ses seins ronds et fermes. Les brises du vent par moment, soulevaient sa longue chevelure pour dégager un visage aux traits fins. Dans sa tête, il pensa qu'il était urgent de faire quelque chose, il ne pouvait pas partir sans la revoir. Il ne voulait pas que ça finisse comme cela. Il décida de suivre les deux jeunes filles, à distance, pour connaitre leur lieu de résidence. Il n'eut pas trop de mal à repérer le quartier et enregistrer dans sa mémoire le chemin à prendre pour revenir sur les lieux.

Le Libertad avait une avarie mécanique, celle-ci nécessitait quelques jours d'immobilisation au port. Les marins allaient jouir d'une période de répit relatif durant laquelle ils pourraient se promener dans la ville et ses environs. Adriano avait en tête de profiter de cette période pour courtiser Apolline.

Le lendemain, le soleil était de nouveau au rendez-vous. Adriano avait fait sa toilette, s'était débarrassé de sa tenue de marin pour s'habiller en civil. Après le petit déjeuner, il prit le chemin du quartier où habitait Apolline. Tout en marchant, ses pensées allaient vers la jeune fille, certaines un peu osées, passaient comme des brusques éclairs. Il ne voulait pas qu'un autre prenne sa place. Oui, il resterait près d'elle, même s'il devait renoncer aux sorties un peu arrosées qu'organisaient ses co-équipiers. Adriano ne se doutait pas qu'une envie folle de le revoir, trottait dans la tête d'Apolline.

Au petit matin, Apolline entendit claquer la porte de la maison, son père venait de sortir. La veille, elle l'avait entendu parler de sortie en haute mer pour une période de deux ou trois semaines. Elle s'étira et fit une toilette rapide, brossa sa longue chevelure épaisse pour la domestiquer. Leur masse brillait à la lueur des rayons de soleil qui pénétraient dans la pièce. Elle aperçut son reflet dans la buée du miroir du meuble de toilette, elle avait une beauté naturelle qui n'avait pas besoin d'artifice pour capter la lumière. Elle alla vers la cuisine pour prendre son petit déjeuner et vit sa mère dans le jardin déjà en train de bêcher. La cafetière était bien au chaud. Elle prépara des tartines au beurre salé et se versa un grand bol de café. Elle prit un petit déjeuner rapide et alla dans le jardin pour embrasser sa mère et l'avertir qu'elle partait en ville.

— Va donc me remplir les seaux à la pompe avant de partir, lui demanda Marie.

— D'accord, j'y vais maman.

Apolline se sentie soulagée.

Une fois la corvée terminée, elle fut surprise par la réaction de sa mère qui lui demanda :

— As-tu quelques pièces de monnaie sur toi au cas où tu aurais soif, sinon sers-toi dans mon porte-monnaie ? Et puis fais-toi des tartines au fromage.

— Merci maman. J'ai un billet que m'avait donné grand-mère Mathilde. Je vais me préparer un casse-croûte.

En sortant de la maison, elle vit des petits groupes de jeunes, filles et garçons, partir en direction du centre-ville, n'ayant d'autre souci que d'arriver au cœur des festivités.

Les filles excitaient les plus aventureux des garçons ce qui avait pour effet de stimuler l'agitation de ces derniers. Au détour d'un coin de rue, elle aperçut Adriano qui venait dans sa direction. Les battements de son cœur, qui soudain s'accélérèrent, emplissaient ses oreilles. Elle faillit repartir en courant, mais en quelques pas précipités, Adriano se trouva déjà à sa hauteur. Elle vit le visage du jeune marin s'illuminer d'un large sourire. Adriano tendit sa main pour prendre celle d'Apolline qu'il pressa légèrement, et tout en la regardant droit dans les yeux, il lui dit :

— Je suis tellement heureux de te retrouver ! j'avais une envie folle de te revoir.

Apolline, troublée par une telle déclaration rougit violemment, mais réussit à se ressaisir :

— Je suis ravie que tu sois venu, lui dit-elle simplement.

— Tu prenais la direction du centre-ville, si je ne me trompe ? demanda Adriano.

— Oui, je pensais aller voir les nouvelles animations du jour.

— Me permets-tu de t'accompagner, si cela, ne te dérange pas ?

— Ce sera avec plaisir. Aujourd'hui, mon amie Nicole qui m'accompagne d'habitude pour les sorties, a été retenue par sa mère souffrante. Ta présence m'évitera d'être importunée par les marins qui déambulent en ville.

— Je suis heureux que ma compagnie te soit utile, mais n'oublie pas que je suis également un marin.

— Oui, mais toi c'est différent, répondit Apolline.

— En quoi suis-je si différent ? demanda Adriano.

—Parce que nous avons déjà fait connaissance, et que tu me sembles être un garçon sensible et respectueux.

— C'est seulement pour ça. J'avais cru comprendre que tu étais ravie de me revoir ! reprit Adriano.

— Oui…oui…bien sûr, bafouilla Apolline, tout en rougissant.

— Allons danser quelque part, et profitons de cette belle journée, tu veux bien ?

Sans attendre la réponse d'Apolline qui tardait à venir, Adriano la fixa dans les yeux et lut son assentiment. Il prit sa main, la garda dans la sienne en une étreinte douce et l'emmena vers la ville.

Ils dansèrent d'un bal à l'autre, n'arrêtant qu'aux intermèdes pour aller se désaltérer avec un verre de limonade et du sirop de menthe ou grenadine. Les airs devinrent de plus en plus langoureux, Apolline eut contre elle le corps d'Adriano qui la serrait de plus en plus fort. Elle s'y était préparée tout au long du chemin sachant que le monde de la fête se prêtait à ces choses-là. Soudain ,elle sentit la chaleur de ses lèvres sur son visage. L'émotion fut si violente que ses mains se mirent à trembler, elle se sentit rougir.

D'une voix mélodieuse, Adriano lui chuchota à l'oreille :

— Apolline, comme tu es belle

Apolline ferma les yeux et se laissa aller. Ce sera éphémère, se disait-t-elle, mais c'était tellement délicieux de se voir courtisée par un si beau garçon. Comme il se penchait sur elle, elle leva la tête, leurs lèvres se rencontrèrent et restèrent ainsi un long moment. Lorsqu'ils reprirent leur souffle, elle ne put se soustraire à l'effet de fascination qu'exerçait sur elle l'incomparable couleur des yeux d'Adriano. Elle se surprit à ne pas vouloir que cela finisse. Adriano la sortit de sa léthargie en lui proposant d'aller déguster un plateau de fruits de mer dans l'un des restaurants de la ville.

— Je n'ai pas l'habitude de fréquenter les restaurants. Je suis d'une famille de modestes pêcheurs, nos moyens ne nous permettent pas de nous offrir ce genre de plaisir. D'ailleurs, j'avais préparé des tartines, c'est assez copieux pour nous deux.

— Je t'invite surtout à te restaurer avec un peu plus qu'un casse-croûte. Tu pourras prendre un menu complet, si tu veux, ça me ferait tellement plaisir. On pourra parler de tout et de rien, de toi de moi, si ça t'intéresse ?

— Ça me va, répondit Apolline.

Ils entrèrent dans le restaurant, le serveur esquissa un large sourire et les invita à prendre place à une table qui leur permettait d'avoir une belle vue sur l'océan. Une fois installée, Apolline hésita, n'osait pas formuler la question qui lui trottait dans la tête. Finalement, elle se lança :

— Ta famille ne te manque pas du fait de tes longs voyages en mer ?

— Je dois avouer que mon amour de la mer et des voyages m'occupe tellement l'esprit que j'en oublie, par moments, l'Argentine, ma ville natale Pigüé et ma famille, répondit Adriano.

— Et ta petite amie ? hasarda-t-elle.

Adriano esquissa un sourire et prit la main d'Apolline qu'il pressa en espérant la rassurer. Voyant que la réponse tardait à venir, elle poursuivit :

— Excuse-moi, je ne voulais pas être indiscrète. Cela ne me regarde pas.

Elle fit mine de s'absorber dans l'étude de la carte que le serveur venait d'apporter. Elle sentit qu'Adriano l'observait. Ce dernier finit par dire :

— Bien au contraire, je trouve normal, dans le contexte actuel, que tu me poses cette question, ma réponse est non. J'ai fréquenté une fille il y a quelques mois avant d'embarquer, mais je me suis rendu compte que c'était une erreur, nous ne partagions pas de véritables sentiments amoureux. Alors, nous nous sommes quittés. Et toi, demanda-t-il, as-tu un petit ami ?

Levant les yeux de sa carte, elle répondit :

— Non. Des flirts à l'occasion des fêtes, mais rien de sérieux.

Consciente qu'elle avait entamé l'échange sur un sujet délicat, elle changea de registre en s'exclamant :

— Il y a tellement de plats différents sur cette carte qu'il m'est difficile de choisir !

Le serveur n'était pas loin, il entendit la remarque d'Apolline et vint lui prodiguer ses conseils :

— Mademoiselle, je vous suggère d'essayer notre recette de homard et riz noir, vous verrez, cela va vous plaire.

— Merci pour le renseignement. D'accord pour le homard, répondit Apolline.

— La même chose pour moi aussi, s'il vous plaît, poursuivit Adriano.

— Et comme boisson ?

— Un peu de vin blanc, du chablis, et une carafe d'eau, répondit Adriano.

Adriano déplaça le bouquet de fleurs qui masquait en partie le visage d'Apolline, ainsi il put contempler d'un air pensif son visage. Apolline, alarmée par l'intensité de son regard, tourna la tête du côté de la grande baie vitrée pour regarder l'océan. Alors, elle entendit la voix caressante d'Adriano qui lui chuchotait à l'oreille :

— Je n'ai jamais rencontré quelqu'un comme toi. Je pourrais rester là indéfiniment à te regarder.

Le regard troublé d'Apolline revint se poser sur Adriano et fut happé par l'éclat de ses yeux.

— Tout cela est tellement rapide et inattendu pour moi. Je n'imaginais pas une telle rencontre, surtout avec quelqu'un qui vient de si loin. Moi qui suis née ici, ai grandi ici, et sans doute vais mourir sur cette terre.

Leurs genoux se touchaient sous la table. Ils se regardaient presque fiévreux tellement l'émotion qu'ils éprouvaient était intense. Le retour du serveur avec les plats mit fin à cette ardeur passionnée.

— Si le homard ne te plaît pas, tu peux commander autre chose, insista Adriano.

— Ah non…rien que sentir l'odeur de cette préparation m'ouvre l'appétit, répondit Apolline.

Ils poursuivirent leurs échanges autour du dessert. Elle lui décrivit la composition de sa famille, son père pêcheur, un frère qui prenait le même chemin, un frère handicapé, une mère au foyer, elle qui arrivait en fin d'études obligatoires, allait devoir se chercher un travail certainement dans la transformation primaire du poisson. Les modestes revenus de la pêche étaient juste suffisants pour survivre. Il fallait les compléter par la vente de coquillages collectés sur les rivages rocheux. Heureusement qu'il y avait les Gavériaux, des grands parents d'adoption. Ils étaient très présents, et les soutenaient matériellement et moralement en cas de coup dur.

À la fin du repas, pendant qu'Adriano réglait l'addition, Apolline avait traversé la route pour aller en bordure de mer. Peut-être qu'il était temps de rentrer, pensa-t-elle. Au fond d'elle-même, elle n'en avait pas envie. Elle aurait bien voulu rester encore un moment en compagnie d'Adriano. À peine la porte du restaurant s'était-elle fermée que le jeune homme était déjà près d'elle.

— À quoi penses-tu ? lui demanda Adriano.

— Oh, j'étais en train de regarder l'horizon, le soleil commence à décliner et va bientôt disparaître derrière cette immensité d'eau. Je ne sais pas comment tu fais pour être à l'aise en voguant sur la mer dont les profondeurs immenses, peuvent cacher des créatures monstrueuses.

— Non, ce ne sont que des légendes. La mer regorge de ressources naturelles colossales. Outre les produits de la pêche, il y a des gisements de gaz et de pétrole.

— Je sais bien, puisque la plupart des familles vivant ici, tirent leurs revenus de la pêche. Mais, il n'en demeure pas moins que je préfère vivre sur la terre ferme.

Juste au moment où elle finissait sa phase, elle trébucha sur un pavé, Adriano la rattrapa de justesse en passant son bras sous le sien et en l'attirant vers lui. Il la garda serrée contre son corps en une étreinte chaude et virile. Elle leva la tête et lui offrit ses lèvres, il l'embrassa avec fougue sans chercher à brider ses instincts. Le baiser fut un échange long, plaintif, leurs corps en tremblaient de plaisir. Prenant Apolline par la main, Adriano s'avança vers la plage. Ils marchèrent longtemps ainsi, silencieux, en longeant le bord de mer. Elle se fit toute petite pour rester collée au large torse d'Adriano.

Ils revinrent lentement vers le centre-ville. Adriano parla de sa famille, de son enfance et de sa scolarité. Il était fils unique. Dans la famille, expliqua-t-il, on est éleveur depuis plusieurs générations. Il n'y a que moi qui ai préféré l'eau à la terre. Mes parents en ont éprouvé une profonde tristesse, mais mon père dit toujours : "un jour il nous reviendra".

— Je n'aurais pas eu le bonheur de te rencontrer si tu étais resté à terre, releva Apolline. Je suis bien contente que tu aies embarqué sur le Libertad.

— Apolline…dit-il d'une voix caressante. Je sais que c'est un peu soudain, mais écoute-moi tout de même. Ce qu'il faut que tu saches, c'est que je t'aime. Tu dois avoir foi en moi.

Ils marchèrent longtemps se tenant tantôt par la main, tantôt par le bras. Ils se regardaient de temps en temps et lisaient dans le regard de l'autre les sentiments amoureux qui les habitaient tous les deux. Ils se dirigèrent vers le chemin de ronde où ils purent profiter d'une belle vue sur la ville et les jardins au pied des remparts. Arrivés au coin de la rue qui menait à la maison d'Adeline, Adriano prit sa main, la garda dans la sienne en une chaude étreinte, se pencha et murmura à son oreille :

— À demain, j'espère ?

Il lut l'assentiment de la jeune fille dans les yeux, il lui saisit les mains, les enveloppa dans les siennes. Attiré par les lèvres d'Adeline qui se présentaient sans résistance, il l'embrassa avec passion. Il lui chuchota à l'oreille une dernière fois : je t'aime, puis partit dans la direction du port. Apolline le regarda s'éloigner avec un petit pincement au cœur, elle aurait voulu que cette journée ne finisse pas. Elle se disait une fois de plus que cette rencontre, aussi belle fut-elle, ne pouvait être qu'éphémère, aucun avenir n'était possible avec un marin qui n'était que de passage. Et pourtant, à l'idée de le revoir le lendemain, un frisson de joie traversa tout son corps. Elle réalisa qu'elle était impatiente de le retrouver. Elle regarda une dernière fois en direction du chemin qu'Adriano avait emprunté, puis se dirigea vers sa maison.

Lorsque Apolline ouvrit la porte toute essoufflée, elle entendit sa mère dire :

— C'est à cette heure-ci que tu rentres !

— C'est qu'il y avait du monde sur la place, ça se bousculait autour de nombreuses distractions, et demain la ville organisera des séances gratuites de cinéma en plein air. Des projections de films de Charlie Chaplin et d'autres encore dont je n'ai pas retenu les noms.

Apolline réalisa soudain qu'elle venait de faire, pour la première fois, un gros mensonge. Oh, ce n'était pas méchant, pensait-t-elle. D'abord, elle avait rendez-vous…Elle irait à confesse après.

— Ah…bon. Et tu comptes y aller ? demanda Marie.

— Oh oui, j'espère bien, avec ta permission bien sûr. C'est exceptionnel d'avoir des séances de cinéma gratuites.

— On verra… on verra. Pour le moment, occupe-toi des légumes du jardin que je viens de ramasser, nettoie-les. Je voudrais préparer une soupe.

Apolline fut soulagée. Il y avait donc un espoir pour qu'elle puisse aller à son rendez-vous avec Adriano. Il fallait qu'elle choisisse une jolie robe. Elle l'imaginait dans son milieu bourgeois où il devait rencontrer d'élégantes et belles jeunes filles. Sans doute que ses parents avaient déjà repéré l'une d'entre elles qu'ils envisageaient de lui faire épouser. Toutes ces pensées qui se bousculaient dans sa tête la faisaient souffrir. Mais, en repensant à la douceur des baisers échangés avec Adriano qui ne cessait de lui répéter qu'il l'aimait, les inquiétudes qui la torturaient s'envolèrent. Elle retrouva, alors, un peu de sa sérénité.

7

La promenade en mer

Le lendemain matin, Apolline se leva de bonne heure. Elle s'était apprêtée sans excès, s'était habillée d'une robe rouge avec un décolleté carré qu'elle avait amidonné et repassé la veille. Marie était déjà dans la cuisine.

— Te voilà bien matinale ! Je vois que tu es déjà prête à partir sans avoir eu connaissance de ma décision.

— Oh, mère, tu ne vas pas m'empêcher de profiter comme tous les jeunes de mon âge de la fête.

— Puisque tu es déjà sur le point de partir, je ne vais pas te contrarier. Tu manifestes un tel enthousiasme. Mais, prends d'abord un bon petit déjeuner. Regarde si tu as un peu d'argent pour t'acheter de quoi manger et boire. Si en plus, tu veux assister à la projection de films, ta journée risque d'être longue. Essaye quand même de ne pas rentrer trop tard.

Apolline remercia sa mère tout en l'embrassant sur le front. Soudain Marie demanda :

— Pourquoi tu n'irais pas demander à Nicole de t'accompagner ?

Après quelques secondes d'hésitation, Apolline répondit :

— Sa mère est souffrante, en ce moment, elle doit l'assister ;

— Ah… bon. Alors, termine ton petit-déjeuner et profite de ta sortie.

Apolline venait d'improviser un second mensonge. Ce n'est rien, pensa-t-elle, je ferai une confesse un peu plus longue.

Apolline arriva devant l'église Saint-Nicolas sans apercevoir Adriano. Elle regardait autour d'elle, cherchant à l'apercevoir dans la foule qui occupait la place. Il y eut un lancement dans le ciel de personnages en baudruche, puis un lâcher de pigeons voyageurs qui amusèrent les enfants. Soudain, une main se posa sur son épaule. Elle sursauta, puis regardant derrière elle, elle vit le sourire charmeur d'Adriano qui se pencha vers elle en lui demandant :

— Excuse-moi si je t'ai fait peur !

— Oh, non…Je suis tellement contente de te voir. J'étais à ta recherche en arrivant sur la place, mais dans une foule pareille, il était impossible de te trouver.

Quand Adriano l'entoura de ses bras avec tendresse, une onde de picotements parcourut son corps. Elle se sentit rougir tandis qu'il rapprochait son visage du sien et qu'il caressait les courbes de ses lèvres avant de l'embrasser. Lorsqu'il s'écarta, Apolline vit alors le sourire radieux d'Adriano, son regard exprimait un sentiment de bonheur qu'il ne cherchait pas à dissimuler. Il l'entraîna vers le port de plaisance, laissant derrière eux une atmosphère de fête qui régnait dans toutes les rues. En effet, les rires fusaient de partout, les gens étaient joyeux et détendus. Certaines maisons arboraient les deux drapeaux, français et argentin. Ils marchèrent main dans la main, tout simplement heureux d'être ensemble. En se penchant vers Apolline, Adriano lui annonça :

— J'ai une petite surprise pour toi !

— Ah…bon. Serais-tu cachotier ?

— Non. Mais pour que cela soit une surprise ,il fallait bien que tu n'en saches rien.

Lorsqu'ils arrivèrent devant le port de plaisance, Apolline scruta les bateaux amarrés aux pontons qui se balançaient mollement sur l'eau. Ils continuèrent d'avancer, puis elle aperçut alors un voilier équipé d'un moteur sur le flanc duquel était peint « Apolline ».

— Comment le trouves-tu ? demanda Adriano, n'est-il pas beau ?

— Oui, il l'est ! C'était ça la surprise ? s'étonna Apolline.

— En partie, mais ce n'était pas uniquement pour te le montrer. Je l'ai loué pour la journée afin qu'on puisse faire une balade le long de la Côte d'Opale, dit Adriano. Je n'ai pas pu m'empêcher de faire ça lorsque j'ai vu qu'il portait le nom « Apolline ». J'ai pu retrouver le propriétaire, un type très sympathique, qui a voyagé partout dans le monde, notamment dans les pays d'Amérique latine. Lorsqu'il a su que j'étais argentin, membre d'équipage du Libertad, il n'a pas hésité une seconde à me le louer.

— C'est merveilleux de pouvoir s'en aller loin du grand tintamarre de la fête pour profiter du paysage grandiose et des lumières si changeantes de la côte. Le souci, c'est que je n'ai pas le pied marin. J'ai une certaine appréhension à naviguer sur la mer.

— Elle est calme aujourd'hui, et la météo annonce une très belle journée ensoleillée, précisa Adriano. Il y a même des gilets de sauvetage et des fusées de détresse, mais nous n'en aurons pas besoin. Il n'y a pas raison de t'inquiéter.

Arrivés à hauteur du bateau, Adriano tint Apolline par la main pour la faire monter à bord. Il la rejoignit dans la cabine de pilotage, lança le moteur pour décoller du ponton, puis manœuvra pour sortir le bateau du port. Admirative, Apolline regarda Adriano opérer avec souplesse et facilité. Elle distinguait son profil, son nez droit, sa bouche charnue, elle ne put résister à l'envie d'aller effleurer sa nuque et ses mèches noires. Elle avait l'impression de toucher de la soie. Il tourna la tête vers elle, posa sa bouche pudiquement sur son front.

— Il m'est arrivé de passer mes vacances chez Roberto, un ami de mon père qui habitait Buenos Aires. Il aimait la mer, il aimait naviguer. J'ai eu l'occasion de faire beaucoup de sorties avec lui. Il m'a appris presque tout ce que je sais aujourd'hui : comment faire correctement les manœuvres ! Il a fini par me confier régulièrement la barre. C'est en quelque sorte lui qui m'a transmis la passion de la mer. C'est pour cela que je me suis engagé dans la marine. Mon père s'en veut un peu de m'avoir envoyé en vacances chez son ami, bien qu'il ne l'admette pas ouvertement car il garde une amitié sincère pour Roberto. Il regrette seulement que j'ai choisi de devenir marin plutôt que de rester sur terre pour travailler dans l'élevage bovin et prendre la succession de l'affaire familiale.

— Rien ne t'empêche de devenir éleveur tout en pratiquant la navigation pour le plaisir, luit dit Apolline.

— C'est bien ce à quoi je pense, de temps en temps, renchérit Adriano.

Ils longèrent la côte pour découvrir les paysages variés de plages et de dunes et la présence de deux grandes falaises : le Cap Gris-Nez, puis le Cap Blanc-Nez. Après quelques heures à naviguer et à observer les petites criques accueillantes et les cités balnéaires de Wimereux, d'Ambleteuse, et de Wissant, Adriano coupa le moteur et annonça :

— Il est peut-être temps de prendre notre repas, l'air marin me donne faim, pas toi ? demanda Adriano.

— Si, depuis un moment déjà. Mais que veux-tu qu'on mange en pleine mer ? Il n'y a rien qui ressemble à un restaurant aux alentours... je ne vois pas où on trouverait de la nourriture, répondit Apolline.

— Détrompe-toi, il y a de quoi manger en dessous du bateau. Il suffit d'avoir des cannes à pêche, insista Adriano.

— Même si c'était le cas, ce n'est pas gagné, poursuivit Apolline. D'ici qu'on pêche des poissons et qu'on les fasse cuire. D'ailleurs, où peut-on les cuisiner ?

— Ne t'inquiète pas. As-tu déjà visité le carré d'un voilier de ce genre ? demanda Adriano.

— Non. J'ai déjà accompagné mon père à la pêche lorsqu'il utilisait sa barque, mais ça n'a rien avoir avec l'engin sur lequel nous naviguons, répondit Apolline.

— Alors, jette un coup d'œil dans le carré.

Elle descendit dans la cabine. Quelle ne fut sa surprise de voir que les lumières étaient allumées et qu'une table était dressée avec deux couverts. Une bouteille de champagne avait été mise à rafraîchir dans un seau argenté plein de glaçons, deux flûtes étaient en vis-à-vis et un bouquet de roses rouges dans un vase agrémentait l'ensemble.

Elle remonta sur le pont les yeux encore brillants de ce qu'elle venait de découvrir.

— Alors, demanda-t-il ? Qu'en penses-tu ?

— C'est merveilleux, tu avais donc tout organisé !

— C'est comme les poupées gigognes, une surprise en cache une autre…mais il y a juste un détail : j'ai oublié de prévoir le repas. Il va falloir se mettre à pêcher et lancer l'hameçon dans l'eau. Tu sais faire ?

— Oh, non ! c'est une blague, s'exclama Apolline.

Adriano la regarda sourire aux lèvres, et lui demanda : as-tu bien inspecté tout ce qu'il y avait autour de la table ?

Apolline redescendit rapidement dans le carré, elle se dirigea dans le petit coin cuisine et ouvrit le réfrigérateur. Oh, surprise ! Il y avait là un plateau de fruits de mer et une salade composée. Un poulet rôti était dans le four. Des bouteilles d'eau minérale étaient également au frais. Levant ses yeux au-dessus d'une étagère, elle aperçut une corbeille remplie de fruits : des fraises, des cerises et quelques pêches. Elle remonta pour rejoindre son compagnon, troublée par ce qu'elle venait de voir.

— Alors, tout va bien en bas ? demanda Adriano.

— Tu es un gentil farceur ! C'est un rêve.

— Eh bien, on laissera les poissons tranquilles pour aujourd'hui.

Adriano s'approcha d'Apolline, ses yeux brillaient d'un désir ardent. Elle se pencha vers lui et appuya sa joue contre son torse. Il sentit un grand désarroi l'envahir. Il faillit lui dire de s'en aller, de s'enfuir, mais c'était ridicule, vu là où ils se trouvaient. Il posa un baiser sur son cou, l'enveloppa de ses bras, caressa son visage, posa sa bouche sur ses lèvres qu'il sentit s'ouvrir. Il perçut un léger frisson dans le corps de la jeune fille. Ils s'avancèrent et descendirent dans le carré. Il continua de l'embrasser et une sensation de plaisir naquit en elle. Au moment où il dégrafa sa robe qui tomba à ses pieds, elle poussa une exclamation étouffée. Il suivit des mains les courbes lisses de sa poitrine et de ses hanches rondes puis, il se déshabilla, enleva la petite combinaison d'Adeline dont les seins nus furent écrasés contre sa poitrine. Il la transporta sur la couchette. Elle se sentit bien, ainsi blottie dans ses bras humant son odeur enivrante. Elle offrit ses lèvres, piégée par l'euphorie du moment, emportée par cette liberté soudaine qui la transportait ailleurs, oubliant les recommandations du genre : « Méfie-toi Apolline. Ne deviens pas une de ses filles séduites et abandonnées ». Ils s'embrassèrent longuement, laissant leurs mains patiner sur leur peau nue. Leurs corps entrelacés ne cessaient de réclamer davantage. Elle lui caressa les cheveux tandis qu'il cherchait entre ses cuisses, trouvait et commençait à pénétrer. Elle succomba à cette douce violence qui la rendit femme.

Adriano, emporté dans sa découverte d'une jeune fille pure et vierge, ne cessa de dire :

— Apolline, je t'aime. Oh ! que je t'aime ! Je veux t'épouser. Nous nous marierons, ne t'inquiète pas, mon amour.

Apolline n'osait prononcer des mots d'amour. À cet instant, elle n'avait pas envie d'être confrontée à cette question que posait sa rencontre avec un amoureux venu de si loin : il allait repartir dans quelques jours, donc quel avenir possible pour leur amour, même si elle sentait avec certitude qu'Adriano était sincère et droit dans ce qu'il affirmait ? Lentement Adriano se leva, resta quelques instants à contempler le corps d'Apolline, à admirer la courbure de ses hanches, ses cuisses au galbe parfait. Il ne put s'empêcher d'entreprendre de nouvelles caresses invitantes qu'Apolline accueillit avec passion par un long baiser fougueux. Un trop plein d'amour naissant unissait leur corps, ils s'abreuvaient de baisers, le désir s'harmonisant parfaitement entre eux, ils refirent l'amour et ce fut longtemps après qu'ils se séparèrent, se regardant avec douceur, étonnés sans doute encore de ce qu'ils venaient de vivre.

Après une brève toilette, ils déjeunèrent avec appétit. La mer était calme. Le léger tangage du voilier était à peine perceptible. Ils s'installèrent dans la cabine pour admirer les paysages de la côte qu'éclairaient les rayons du soleil couchant. Apolline méditait sur son destin, elle reprit pied dans la réalité, pensait à l'intensité des désirs qui l'avaient submergée, la poussant à agir de manière impulsive jusqu'à devenir femme sans réfléchir aux conséquences. Les mots se bousculaient dans sa tête. Elle rêvait d'un avenir, d'une vie commune avec Adriano qui l'aimait. Mais, comment dans leur situation pouvaient-ils y arriver ? Adriano fut surpris par son silence, la regarda.

La voyant plongée dans ses pensées, Adriano lui demanda ce qui la préoccupait.

— Comment vois-tu l'avenir ? répondit-elle, d'une voix à peine audible.

Elle avait beaucoup hésité avant de poser la question.

L'avenir ? Adriano était certain de son amour pour Apolline. Il était déjà en train d'échafauder un projet pour eux deux. Dès son retour dans son pays, il parlerait à ses parents de sa nouvelle idylle et d'un projet de mariage. Pour elle, il était prêt à s'investir dans le ranch et à fonder une famille.

— Je t'aime. Tous ces instants de délices que je viens de vivre avec toi ont un goût tellement différent de ce que j'ai connu. Nous nous marierons, je veux te garder près de moi, ne t'inquiète pas mon amour. Mais, es-tu au moins d'accord pour m'épouser ?

Elle se jeta dans ses bras en criant fort :

— Oh oui…ouiiiiiii…mille fois oui.

Sa réponse ricocha sur les ondulations des vagues au loin, comme si elle voulait faire savoir aux yeux du monde entier qu'Adriano l'aimait et qu'il voulait l'épouser. C'est incroyable, pensa-t-elle, lorsqu'elle reprit son souffle. La balade en bateau, la délicatesse et l'extrême tendresse avec laquelle Adriano lui avait fait l'amour et l'avait faite femme, la demande en mariage, tout était magique. Mais soudain un éclair de lucidité vint bousculer cette folle excitation.

— Ce ne sera pas si facile, n'est-ce pas ? Murmura Apolline.

— Nous avons encore quelques escales dans d'autres ports avant le retour au pays. Dès mon arrivée, je ferai part à mes parents de notre projet de mariage. Je suis certain qu'ils seront contents quand je leur annoncerai que je resterai au ranch pour m'investir dans l'élevage et fonder une famille. Je loge encore chez eux, tu m'écriras à leur adresse que je vais t'indiquer, ils garderont tes lettres jusqu'à mon retour. Mais je peux t'écrire aussi, peux-tu me donner ton adresse ?

— Je pense qu'il vaut mieux attendre que je parle à ma grand-mère Mathilde de notre projet. Elle est plus compréhensive, et si elle est d'accord, tu pourras m'écrire chez elle. Je t'indiquerai son adresse dans ma lettre. Si mes parents reçoivent un courrier, à mon nom, de surcroît d'un étranger, ça va les inquiéter.

— D'accord, répondit Adriano. J'attendrai, avec impatience de recevoir de tes nouvelles.

Elle fut rassurée sur le moment, mais dans son for intérieur des doutes subsistaient du fait de l'éloignement. Néanmoins, elle se rappela la phrase que grand-mère Mathilde disait souvent : « il faut avancer dans la vie en gardant espoir ». Alors, elle se dit que leur future union était dans le domaine du possible. Elle irait au temple prier pour que ce rêve se réalise. Pour l'instant, il est plus prudent de ne pas en parler à mes parents, pensa-t-elle, ils vont s'affoler si je leur annonce que je vais partir si loin.

Adriano prit Apolline dans ses bras et la serra avec frénésie. Il avait envie de sentir ses seins, son ventre, ses jambes contre son propre corps. Il l'entraîna de nouveau dans le carré et la porta jusqu'à la couchette où ils s'allongèrent. Elle était bien ainsi, blottie dans ses bras, et lorsqu'il prit possession d'elle, elle eut une courte crispation, puis se laissa lentement emporter par le désir et par cette liberté soudaine de disposer de son corps qui frissonnait sous les caresses envoûtantes de son amant. Ils restèrent longtemps enlacés, perdus dans les profondeurs de leur passion comme s'ils étaient seuls au monde.

De retour dans la cabine, ils constatèrent qu'à l'horizon le soleil commençait à décliner dotant au loin les plages de sable fin et les falaises d'un reflet doré. Apolline demanda à Adriano de repartir afin de ne pas rentrer trop tard chez elle. Ils contemplèrent une dernière fois le coucher de soleil.

Adriano embrassa Apolline et lui prodigua de brèves caresses avant de démarrer le moteur. Le retour fut silencieux, chacun pensait à cette merveilleuse journée durant laquelle leurs corps s'étaient unis dans de grands élans de douceur et de tendresse. Arrivé à l'entrée du port ,Adriano manœuvra délicatement pour retrouver la place réservée au voilier. Il aida Apolline à descendre puis l'accompagna un bout de chemin jusqu'à se rapprocher de la ruelle qui la conduirait chez elle. Ils promirent de se revoir les jours suivants. Apolline craignait la réaction de sa mère qui pouvait lui refuser des sorties, elle en avisa Adriano qui la rassura en lui promettant de patienter au coin de la rue en attendant sa venue. Et si ce n'était pas le cas, il comprendrait qu'elle n'ait pas pu convaincre ses parents de la laisser sortir. Après lui avoir adressé un irrésistible sourire, il s'en alla rejoindre le Libertad.

Arrivée à la maison, sa mère n'était pas là. Valentin lui apprit qu'elle était allée rendre visite à une voisine souffrante.

— Comment s'est passée ta sortie en ville ? demanda Valentin.

— Bien

— C'est tout ! renchérit Valentin avec un petit sourire au coin des lèvres.

— Oui, c'est tout. Que veux-tu insinuer ?

— C'est juste que je m'inquiète des fréquentations de ma grande sœur. Je ne voudrais pas que tu aies des ennuis. C'est ton amoureux ?

— Qui ?

— Le marin du Libertad, je vous ai aperçu en remontant du port.

— C'est Adriano. Il est argentin, mais son grand-père est originaire de l'Aveyron. Il m'aime et je l'aime aussi.

— Il va te faire du tort. Tu sais bien que les marins s'amusent avec les femmes chaque fois qu'ils débarquent dans un port.

— Je crois bien qu'il est incapable de me faire du mal. Bien au contraire, il veut m'épouser.

— Eh bien…même si c'était possible, ça ne plaira pas aux parents. Mais rassure-toi, je ne dirai rien, je garde le secret.

— Merci, petit frère, répondit Apolline.

Les jours suivants, Apolline profita de ses allers-retours chez les Gavériaux pour faire un détour du côté du port et revoir Adriano. Ils se promenèrent, tout en bavardant, dans les rues pavées de la vieille ville fortifiée de Boulogne, puis marchèrent le long des remparts en empruntant le chemin de ronde. C'était une partie de la ville très agréable, la balade y était particulièrement romantique. Les deux amoureux s'y sentaient en paix.

Un jour, Adriano loua une voiture et ils partirent le long de la mer sur les falaises. Ils firent un arrêt aux deux caps : Cap Blanc-Nez et Cap Gris-Nez où ils purent admirer la vue dégagée sur la côte anglaise. Ils s'arrêtèrent dans un endroit isolé et s'embrassèrent tendrement. Elle s'abandonna dans les bras de son amant. Ils firent l'amour avec passion. Elle rêvait qu'ils étaient déjà mari et femme. Le temps passait si vite lorsqu'ils se retrouvaient, qu'elle avait toujours l'âme en peine lorsqu'il se séparaient.

Une semaine s'écoula, Apolline et Adriano voyaient arriver, avec appréhension mêlée d'angoisse, le jour fatidique du départ du Libertad. La veille, ils firent une longue promenade le long des quais, et Adriano lui fit promettre qu'elle lui écrirait à l'adresse de ses parents dès que possible. Elle était en larmes, malheureuse de cette séparation proche, et ne savait pas quoi dire. Il essaya de la consoler autant qu'il le put, en rappelant que leur séparation n'allait durer que quelques mois, qu'il reviendrait pour demander officiellement sa main à ses parents. Mais, elle ne pouvait s'empêchait pas de sangloter. Ému et désolé, Adriano restait silencieux.

Le jour où le Libertad manœuvra pour quitter le port, Apolline réussit à s'éclipser pour faire ses adieux à son amoureux. Elle n'était pas seule sur le port. D'autres personnes qui s'étaient liées d'amitié avec les marins argentins, ou qui étaient peut-être dans un cas semblable à celui d'Apolline, attendaient sur le quai. Ils faisaient tous de grands signes en direction de la frégate.

Apolline fit de même, en pensant à Adriano qui partait. Mais, au fond d'elle-même, elle ne pensait pas qu'il pouvait la voir, peut-être occupé qu'il était par les manœuvres et surtout du fait de la foule qui s'était amassée sur le quai. Elle passa un long moment face à la mer à regarder le Libertad voguer vers l'horizon, une ligne lointaine où se rejoignent ciel et océan.

8
Le secret dévoilé

Elle était encore dans ses pensées lorsqu'elle arriva chez elle. Elle croisa Augustine, la mère de son amie Nicole, qui sortait de leur maison. Elle lui souhaita le bonjour, mais cette dernière contrairement à son habitude, lui fit un signe furtif de la tête comme si elle était pressée de s'en aller. Apolline trouva cela étrange mais n'y attacha pas d'importance pensant qu'Augustine avait peut-être des ennuis, elle venait juste de se remettre de la grippe qui l'avait obligée à rester au lit pendant plusieurs jours.

Elle entra, sa mère venait de reprendre le repassage qu'avait interrompu la visite d'Augustine. En la fixant avec une intensité brûlante, elle lui dit :

— Ah, te voilà enfin ! Comment va mémé Mathilde ?

Apolline reçut la question comme une douche froide. Je vais devoir mentir, mais ce n'est pas méchant, pensa-t-elle. Elle avait donné comme prétexte d'aller soigner les lapins pour pouvoir assister au départ du Libertad. Après une seconde d'hésitation qui lui paraissait une éternité, elle murmura :

— Finalement, je n'y suis pas allée, à mi-chemin je me suis tordu la cheville et j'ai décidé de revenir en marchant très doucement.

— Ce n'est pas la version que je viens d'entendre de la bouche d'Augustine ! C'est en parlant de chose et d'autre qu'elle m'a appris que tu rencontres un jeune homme qui n'est pas du coin, et qu'il t'accompagne main dans la main jusqu'au centre-ville.

Apolline resta pétrifiée, incapable du moindre mouvement. Comment Augustine avait-elle su à propos de ses rencontres avec Adriano ?

Marie répondit elle-même à la question qu'elle se posait :

— Madeleine, la cousine d'Augustine n'habite pas loin de chez mémé Mathilde, c'est elle qui t'a reconnue. Il parait même qu'elle vous a vues, toi et Nicole, danser avec deux marins le jour de l'arrivée du Libertad. Alors, inquiète, Augustine a questionné sa fille Nicole qui a confirmé. Moi qui te faisais confiance, je ne pensais pas que tu étais capable de mentir à ce point et agir en cachette.

Apolline ressentit d'abord une colère contre Madeleine qu'elle connaissait à peine. Avait-elle croisé les deux amoureux lorsqu'ils se promenaient bras dessus-bras dessous, ou pendant qu'ils s'embrassaient en oubliant le monde qui les entourait ? La colère fit place à une profonde inquiétude. Maintenant que le secret était dévoilé, elle allait devoir faire face aux jugements acerbes de la part de ses proches et des gens du quartier.

— J'ai accepté de sortir avec Adriano parce que je suis tombée amoureuse. J'aime être avec lui, je suis bien en sa présence. Et pour lui, c'est la même chose. Il m'aime et il veut m'épouser.

— Mais tu es folle, ma fille ! Te rends-tu compte ? Un gars des Amériques, paraît-il ! Alors que tu as Robert, notre jeune voisin qui ne demande qu'à passer un peu de temps avec toi. Il est même prêt à t'épouser. Mon Dieu ! quand il va savoir cela, c'est foutu…

— Ce n'est pas un gars des Amériques comme tu le dis, il est argentin.

— C'est du pareil au même, là n'est pas le problème. Tu ne le connais même pas ce gars. Et puis, un marin de passage, quelle folie !

— Son grand-père est aveyronnais, son père possède un grand ranch et élève des bovins en vue de la production de viande. Il m'a promis qu'il reviendrait dans quelques mois, dès le retour du Libertad en Argentine, pour m'épouser.

— Il t'a conté des sornettes, ma fille ! J'espère que tu n'as fait que danser et te promener avec cet individu. Tu te fais un film dans ta petite tête. Ces gens-là ne marient pas des filles de marins-pêcheurs qui triment à longueur d'année pour gagner leur subsistance. Encore moins, si elles sentent le poisson une fois sortie de Capécure. Et pourquoi, diable, irait-t-il chercher une fille si loin de son pays ?

Apolline, le visage très pâle commençait à réaliser qu'elle avait été très imprudente de s'être donnée à Adriano, même si elle l'aimait. Elle connaissait fort bien les us et coutumes de sa famille et de son entourage. Une fille qui avait perdu sa virginité n'était plus dans l'état de pureté auquel un prétendant devait s'attendre chez sa future épouse. Elle voulait se taire, mais à quoi bon puisque Adriano lui avait promis de venir la chercher, alors pensa-t-elle, autant dire la vérité. Devenue toute rouge, l'émotion la fit balbutier :

— Oui, j'ai fait l'amour avec Adriano.

Marie devint soudainement blême, eut du mal à respirer. Affolée, Apolline lui tapota le dos et partit chercher de l'eau. Voyant sa fille revenir avec un verre d'eau, elle prit une longue inspiration, puis avec une force décuplée par la rage, envoya au sol Apolline d'une gifle magistrale. Le verre d'eau alla se briser sur l'un des murs de la cuisine.

— Malheureuse ! cria-t-elle. Tu n'as pas pensé aux conséquences de ton geste. Si tu te retrouvais enceinte, que ferons-nous de ton bâtard ? Et l'honneur de la famille qui sera sali par ta faute, l'humiliation que nous subirons et qui ruinera notre réputation de gens honnêtes et courageux que nous avons construite au fil du temps.

En entendant ces mots, Apolline fondit en larmes et alla se réfugier dans le coin de chambre qu'elle partageait avec ses frères. Couchée, elle n'arrivait pas à s'endormir. Elle n'avait pas imaginé, dans l'euphorie de sa rencontre avec Adriano et ses promesses d'un avenir commun, que son geste allait provoquer un tel cataclysme. Elle réalisait tout d'un coup que plus rien ne serait comme avant. Elle essaya de prier. Cela ne soulagea en rien le bouillonnement d'images qui s'entrechoquaient dans son esprit. Certaines heureuses, retraçant sa belle rencontre avec Adriano, d'autres annonciatrices de malheur si elle se retrouvait enceinte.

Elle revoyait encore le visage triste de la malheureuse fille de l'un des voisins, qui habitait à quelques pâtés de maisons plus loin. Elle fut chassée par son père et jetée à la rue, lorsqu'il avait appris qu'elle était enceinte. Fille mère, elle était la honte de sa famille, méprisée et rejetée par tous. Elle avait dû se débrouiller pour survivre et mettre son enfant au monde.

Lorsqu'Apolline la croisait en chemin en allant chez les Gavériaux, elle voyait combien la vie était dure pour cette jeune femme. Elle gagnait sa vie comme laveuse-repasseuse chez des personnes aisées qui lui assuraient le gîte et le couvert en contrepartie d'un travail harassant. Son visage portait les stigmates de ses souffrances intérieures.

— Méfie-toi des hommes ! avait dit cette fille-mère à Apolline. Si l'un d'eux t'entreprend, ne te laisse pas faire. Et surtout, ne fais pas la même bêtise que moi. Ne crois pas en leurs belles promesses, ce ne sont que des promesses d'ivrognes !

Ces paroles la hantaient. Elles revenaient en boucles dans sa mémoire. Ses prières répétées maintes fois ne calmèrent pas ses angoisses et ce n'est que bien tard dans la nuit qu'elle finit par s'endormir. Elle fit des rêves étranges, incompréhensibles, troublants. Elle voyait dans son sommeil une jeune femme à la longue chevelure brune qui tenait dans ses bras un bébé avec une grosse tête et des membres minuscules. Il tétait goulûment. Elle s'avança pour le retirer de sa mère qui soudain, tourna sa tête.

Apolline crut se voir dans un miroir. Elle se réveilla en sursaut, transpirant de tout son corps, avec l'impression d'avoir passé sa nuit à essayer de séparer cette tête monstrueuse du sein de sa mère.

Édouard qui reposait dans sa chambre, avait entendu l'objet de l'altercation entre Apolline et Marie. Il eut beaucoup de peine lorsqu'il entendit Apolline en pleurs s'installer dans son lit. Il retint longtemps sa respiration pour écouter celle de sa sœur. Il resta éveillé une partie de la nuit pendant laquelle il l'entendit s'agiter et rêver parfois à voix haute. Il avait peur qu'elle ne fasse une bêtise. Il se dressait dans son lit à chaque fois qu'elle faisait un mouvement. Il regardait de temps en temps vers la petite fenêtre de leur chambre qui donnait sur l'extérieur pour s'assurer qu'elle était toujours fermée.

Le sommeil le gagna après un long moment. Lorsqu'il ouvrit les yeux, de faibles rayons de soleil filtraient derrière le rideau qui couvrait la fenêtre. Il mit un moment pour positionner ses oreillers derrière son dos afin de s'asseoir. Ainsi, il put voir qu'Apolline dormait profondément. Son visage semblait meurtri, ses traits tirés. En la voyant là, des images défilèrent dans sa mémoire, et toutes lui rappelaient combien Apolline était aux petits soins pour lui : elle n'hésitait pas, en dépit des difficultés du parcours, à pousser courageusement son chariot pour le promener sur le port et devant les étals le jour du marché. Elle ramenait, de temps en temps des romans de chez Jérémy et Mathilde pour ses lectures. Elle prenait ses mains dans les siennes et les pressait avec tendresse. Il savait qu'elle souffrait de le voir ainsi diminué par cette maladie qui injustement le privait de réaliser l'avenir que lui prédisaient ses maîtres d'école : devenir instituteur. Subitement, un profond chagrin l'envahit, et il se mit à pleurer.

Ses sanglots réveillèrent Apolline. Elle décida de se lever, et marchant à petit pas, se dirigea vers le lit d'Édouard, elle le serra dans ses bras et pleura avec lui. Cette crise de larmes fut une façon de partager leur peine.

Lorsque le calme fut revenu, et qu'ils eurent séché leurs yeux, Édouard prit la tête d'Apolline à deux mains et la regarda :

— Pardonne-moi, petite sœur. Hier, de notre chambre j'ai entendu l'altercation avec notre mère à propos de ton amoureux. Tu aurais pu me parler de ta rencontre avec ce jeune garçon. Jusqu'à maintenant, tu as toujours eu confiance en moi, tu n'avais pas de secret pour moi. J'aurais pu te conseiller.

Apolline, après une forte inspiration, s'appuya contre l'encadrement en bois et lui dit avec gravité :

— C'est à l'occasion de l'arrivée de la frégate Libertad que j'ai rencontré Adriano, un cadet de la marine argentine. Son grand père était français émigré en Argentine. Si tu avais pu faire sa connaissance, tu l'aurais trouvé beau et sympathique. Le premier jour, nous avons échangé quelques mots, des banalités habituelles. Nous avons dansé. Le jour suivant il m'a invitée à déjeuner dans un restaurant. Si tu savais comme il est gentil et attentionné ; j'ai pensé que je ne risquais rien avec lui. Ensuite, nous nous sommes promenés en bord de mer, puis il m'a parlé longuement de sa famille. Il m'a demandé s'il pouvait me revoir par la suite. Le Libertad avait une avarie mécanique, ce qui fait qu'il a pu rester quelques jours encore. Il m'a alors fait une surprise. Il avait loué un petit voilier et nous avons passé la journée en mer. J'étais persuadée d'avoir rencontré le prince charmant. Il m'a déclaré qu'il m'aimait, et je suis tombée amoureuse de lui. Il était plein de petites attentions pour moi et il m'a promis, juré, de revenir m'épouser. Alors, dans un moment d'euphorie, je n'ai pas pu réprimer mes sentiments et le désir que je venais de découvrir avec lui. J'en ai oublié toutes les recommandations, et j'ai succombé.

Édouard aimait sa sœur. Il était profondément attristé de la voir en peine. Il avait une affection mutuelle avec Apolline, allant parfois jusqu'à une indulgente complicité. Après un léger moment de silence, il répondit :

— Je crois qu'il ne faut pas que tu sois rongée de remords, tu n'as pas pu résister à cette attirance que vous éprouviez l'un pour l'autre. Ces choses-là sont inhérentes à la nature humaine. Ce qui est fait est fait, tu ne peux plus revenir en arrière. Il ne faut pas que tu sois accablée au point de te laisser aller et ne plus savoir quoi faire. Il faut réfléchir et vite. Un sujet d'inquiétude beaucoup plus important que le seul fait d'avoir fait l'amour avec un inconnu, même si tu sembles avoir confiance en lui, est de surveiller tes règles. Dans quelques jours tu auras la réponse.

La stupeur la rendit muette. Elle s'en voulait de ne pas s'être confiée à son frère. Elle savait pourtant qu'elle pouvait se fier à lui aveuglément. C'était un garçon sensible et large d'esprit qui ne se serait pas permis de la juger. Son intelligence naturelle et sa maturité avaient déjà surpris ses instituteurs. Elle sentait qu'il était en train d'analyser la situation et de réfléchir aux moyens de sortir de cette impasse.

Après un moment de silence, elle retrouva sa voix.

— Ce serait une catastrophe si j'attendais un bébé. À son retour, quand papa va le savoir, il ne supportera pas l'humiliation. Il va me bannir.

— Il ne faut pas te traumatiser dès maintenant. Allons voir mémé, c'est une femme pleine de sagesse, elle saura te conseiller. Tu es comme sa fille. Elle saura aussi, en cas de besoin, parler aux parents.

— Tu as peut-être raison, allons-y.

Apolline, comme à son habitude, aida Édouard à descendre de leur chambre. Ils trouvèrent Marie qui sirotait son café, mais qui semblait de méchante humeur.

— Tu ne dis rien ? lui dit sa mère quand elle la vit sur le seuil de la cuisine. Sa voix résonna, dure, impérative.

Apolline, le cœur lourd, se taisait. Édouard essaya de plaider la cause de sa sœur :

— Mère, je suis désolé, j'ai entendu malgré moi l'altercation d'hier soir et Apolline m'a tout raconté. Il ne faut pas lui en vouloir, elle est encore jeune et naïve. Elle n'est pas la première et ne sera pas la dernière à qui arrive ce genre de chose.

— Toi et ta sagesse ! Je savais que des hommes tournaient autour d'elle, mais elle a toujours su les tenir à distance, au moins jusqu'à ce marin étranger. Comment veux-tu que j'explique cette histoire à ton père quand il sera de retour ? Il ne supportera pas l'opprobre si par malheur elle venait à être enceinte !

— Nous aviserons à ce moment-là. Pour l'instant, taisons ce secret tant que c'est possible. Mais, je pense qu'elle pourrait en parler à mémé, tu sais combien elle aime Apolline. Elle sera de bon conseil.

Après un moment de réflexion, pendant lequel Marie semblait hésiter, elle finit par dire :

— Déjeunez et allez-y.

— Merci, mère, répondit Édouard.

Apolline poussa le fauteuil d'Édouard. Ils empruntèrent une ruelle pentue qui menait au calvaire des marins. Édouard se tourna vers sa sœur avec un air interrogateur :

— Mais, où allons-nous comme ça ? ce n'est pas la bonne direction !

— J'aimerai faire une prière au sanctuaire des marins.

— C'est comme tu voudras, petite sœur. Chacun ses croyances. En qui me concerne, il y a belle lurette que je m'interroge. Pourquoi un Dieu, censé être juste, m'a-t-il fait naître avec un handicap. Qu'ai-je fait de mal ? Si j'en avais parlé au curé, il m'aurait traité de blasphémateur. Je me sens donc abandonné de Dieu, à supposer qu'il en existe un !

— Ne parle pas comme cela, Édouard. Tu sais bien que notre religion nous enseigne la soumission à ce que Dieu veut. Dieu teste à travers l'épreuve que nous traversons la solidité de notre foi et notre confiance en lui.

— L'affirmation chrétienne qu'il y a un Dieu qui nous aime et qui s'occupe de nous est mise à mal avec toutes les souffrances qu'endure une partie de l'humanité et je ne parle même pas de mon cas. Pourquoi des vies sont torturées avant d'être anéanties ? Mais, après tout, chacun est libre de croire ou de ne pas croire. Allons donc au calvaire, petite sœur. Même pour une personne comme moi qui s'interroge sur l'existence de Dieu, le silence et la beauté du lieu sont propices à retrouver la paix pour un esprit tourmenté. Je pense qu'un moment de recueillement peut t'aider à retrouver sérénité et lucidité. Tiens, écoute un peu un petit poème que j'ai essayé de composer ces derniers jours :

Le jour se lève, mon pauvre corps peine et se relève ;
C'est un jour nouveau, j'espère qu'il fera beau.
J'attends l'arrivée du printemps, source de bonheur,
Et les senteurs de ses fleurs qui embaumeront mon cœur.

Soudain Apolline dut lutter pour refouler ses larmes. Édouard sentit son propre cœur se serrer en voyant une larme couler sur le visage de sa sœur. Il lui prit les mains et les serra fortement :

— Pourquoi es-tu triste petite sœur ?

Apolline, ayant du mal à articuler, répondit d'une voix étranglée :

— Tu m'étonneras toujours… C'est très joli ce que tu viens de dire, mais c'est tellement triste.

— Oui, mais c'est la vérité. J'ai passé de longs moments à essayer de comprendre pourquoi je suis né avec cette pathologie ? À saisir le sens de cette épreuve que Dieu, ou je ne sais qui, me fait vivre ? Alors, je me suis dit qu'il était vain de vouloir tout comprendre. Il suffit de vivre les moments présents, aimer son prochain et espérer trouver dans l'au-delà un monde meilleur.

— J'ai conscience une fois de plus que tu es différent. Où vas-tu chercher tout ça ? Je sais bien que Dieu t'a pourvu d'une intelligence supérieure à la moyenne. Mais quand même, tu as été élevé, comme nous tous, dans une famille chrétienne, de tradition catholique, bien que nous soyons plus proches depuis quelque temps du protestantisme. Comment peux-tu avoir de tels raisonnements ?

— Tu vas me dire que je m'inspire de l'esprit voltairien sans avoir lu Voltaire.

— Oh, avec tous les livres que je t'apporte de chez mémé ! je sais que tu passes des heures entières à lire sans jamais te lasser. Alors, je pense que tu as l'esprit porté à réfléchir.

Ils arrivèrent au calvaire, Édouard demanda à sa sœur de le laisser admirer la vue magnifique qu'offrait ce lieu de mémoire sur le port et l'océan, pendant qu'elle irait prier dans la chapelle.

Apolline le regarda et fit une moue. Édouard lui dit en souriant :

— Rassure-toi, je serai avec toi par la pensée.

Apolline poussa la porte de la chapelle, au bout d'un moment assise à prier elle se sentit sereine, l'esprit en paix. Ses tourments avaient soudainement disparu. Elle sortit pour retrouver Édouard qui était en pleine contemplation de l'océan. Aussi loin que le regard portait, la surface de l'eau était ce jour-là, d'un calme absolu.

— Tu m'as l'air bien détendue, observa Édouard ? Serait-ce le bon Dieu qui aurait déjà entendu tes prières ?

— Arrête, répondit Apolline. Je sais que tu feins une dévotion que tu n'éprouves pas pour faire plaisir à la famille. Je comprends que tu souffres de ce que tu considères ton mal comme une injustice. Mais les voies du Seigneur sont impénétrables, tu ne peux te dresser contre sa volonté.

— C'est vrai, petite sœur, que de temps en temps il m'arrive de m'interroger, qu'ai-je fait pour mériter cela ? Où est Dieu ? Est-il indifférent ? Est-il insensible à mes souffrances ? Cependant, en dépit de ces interrogations, rassure-toi, lorsque je me trouve au temple, je demande à Dieu le pardon pour mes propres doutes. Le fait de regarder en plissant mes yeux l'étendue de l'océan, et de m'extasier face à cet immense miroir sur lequel se reflètent les rayons du soleil, est peut-être aussi pour moi une façon de communier avec un être tout puissant qui serait à l'origine de toutes les merveilles du monde.

— Tu ne changeras pas. Je vois là ton désir de prolonger la discussion. Je ne suis pas une lectrice assidue comme toi. Mais je dirai simplement que le fait d'admettre qu'il y a un créateur, c'est déjà reconnaître qu'il n'y a qu'un seul Dieu et que nous sommes tous ses enfants. Ceci étant, il serait peut-être temps d'aller voir Mathilde et Jérémy.

— Entendu, petite sœur. J'aime bien partager avec toi mes réflexions sur les choses de la vie. Il est difficile d'avoir une telle conversation avec nos parents.

Après quelques dizaines de minutes d'efforts laborieux à pousser le chariot, Apolline, en nage, arriva devant la maison des Gavériaux.

Ayant entendu frapper à la porte, Mathilde vint ouvrir et les accueillit en souriant.

— Quel bon vent vous amène, mes enfants ? Entrez donc, Jérémy est au temple, il ne va pas tarder à rentrer.

Une fois installés dans le salon, Apolline et Édouard se regardèrent, ce dernier voyant que sa sœur hésitait à parler, il répondit :

— Apolline a fait une bêtise qui pourrait avoir des conséquences sur sa vie et celle de notre famille. Elle n'ose pas en parler, mais je l'ai décidée à venir te voir pour en discuter.

— Mais parle donc ma fille. Tu sais combien tu peux compter sur moi.

Apolline, se lança alors dans le récit de ce qu'elle avait vécu avec Adriano :

— Nous nous sommes vus plusieurs fois. Nous avons dansé ensemble, quand son regard plongeait dans le mien, je n'ai pas résisté et je me suis laissée emporter par des sensations nouvelles, inconnues pour moi jusqu'alors, et puis dans ses bras, je suis devenue femme. Il m'aime et je l'aime aussi. Il m'a répété plusieurs fois qu'il trouvera une solution pour qu'on puisse se marier dès la fin de sa formation qui prendra encore quelques mois. Jusqu'à hier soir où j'en ai parlé à ma mère, je ne pensais pas avoir commis un crime. Mais depuis, j'ai été accablée par ses reproches au point de ne plus savoir vers qui me tourner. Mon esprit erre cherchant une explication rationnelle à une euphorie du moment qui m'a conduite à un égarement. Heureusement qu'Édouard était là à mon réveil pour me soutenir et a bien voulu m'accompagner jusqu'ici pour me confier à toi.

Après un long moment, Mathilde rompit le silence :

— Il n'y a pas lieu de dramatiser outre mesure, ma fille. J'imagine, bien que tu ne me le dises pas ouvertement, tes craintes à la pensée que tu pourrais être enceinte de ton amoureux. Tu penses sans doute à la grande déception de tes parents et aux conséquences qu'aura cette nouvelle dans le quartier, si elle venait à se savoir. Les gens auront du mal à tenir leur langue, ton cas leur offrirait un palpitant sujet de conversation. Le moment venu, j'irai parler à tes parents. Tu pourras venir habiter ici, ça sera une grande joie pour moi et Jérémy. On trouvera bien une explication plausible à donner aux curieux de ton quartier quant à ton installation éventuelle chez nous. Mais es-tu certaine des sentiments de ce garçon ?

— Oh, il m'aime et je l'aime.

— Comment es-tu certaine qu'il tiendra sa promesse de revenir t'épouser ?

— C'est un garçon sincère et droit. Il n'agira pas de façon répréhensible à mon égard, ça, j'en suis certaine.

— Tant mieux ma fille, si tu le dis, je veux bien te croire. Mais sais-tu au moins où il habite ? l'Argentine, c'est un vaste pays.

— Ah oui ! Il loge chez ses parents et c'est à leur adresse que je dois envoyer mes lettres. Ses parents conserveront sa correspondance jusqu'à son retour.

— Eh bien, c'est déjà ça de gagné, tu sauras où le joindre. Pour parler d'autre chose, j'ai préparé une bonne poule au pot, vous mangerez bien un morceau avec nous ? Vous devez mourir de faim ?

— Ça sera avec plaisir mémé, répondit Édouard. Mais il faudra qu'Apolline aille dire à maman de ne pas nous attendre.

— Ce n'est peut-être pas la peine, je vais téléphoner à la petite épicerie pas loin de chez vous. Le mari de la patronne et Jérémy se connaissent bien, elle enverra un gamin avertir Marie que vous déjeunerez et dînerez avec nous. D'ailleurs, il serait peut-être temps que Marius installe un téléphone à la maison, ça sera beaucoup plus simple pour communiquer, je lui en toucherai un mot à son retour. Jérémy a gardé de bonnes relations avec ses anciens collègues des PTT[6]. Le branchement serait vite réalisé, il suffit d'en faire la demande.

Ils entendirent la porte d'entrée s'ouvrir, puis se refermer. C'était Jérémy qui arrivait, et comme à son habitude, rangeait son vélo dans le couloir et prenait soin

---

[6] PTT : Sigle qui désignait l'administration publique française qui était en charge des postes, télégraphes, puis des téléphones au XIX et XXème siècles.

d'enlever ses chaussures et ses pinces à vélo pour enfiler ses pantoufles et accrocher sa veste au portemanteau.

— Ah, vous voilà, mes enfants !

Ces simples mots et le large sourire qu'on lisait sur le visage du vieil homme, mieux que des grandes phrases de bienvenue, réchauffèrent le cœur d'Apolline et d'Édouard.

Ils se mirent immédiatement à table. Jérémy servit de larges portions de poule au pot et de riz à ses hôtes, le tout accompagné d'une sauce blanche aux champignons. Mathilde insista à plusieurs reprises pour que les jeunes se resservent :

— À votre âge, il faut manger mes enfants. Vous avez besoin d'énergie pour affronter l'hiver qui va s'installer.

Après le repas, Mathilde servit le café dans le petit coin salon où trônait un poêle à bois. Jérémy alla chercher un jeu de cartes puis ils jouèrent à la belote une bonne partie de l'après-midi. Puis, vint l'heure du dîner. Mathilde avait eu le temps, pendant les intermèdes de jeu, d'aller préparer une quiche lorraine. Ils passèrent à table. La quiche fut servie accompagnée d'une salade du jardin. Jérémy, peut-être du fait de sa longue expérience spirituelle, possédait une capacité de perception subtile des phénomènes invisibles pour le commun des mortels. Devinant qu'on lui cachait quelque chose, il se mit à taquiner affectueusement Apolline :

— Alors, petite, tu n'as pas encore d'amoureux ?

Il y eut un silence gêné. Mathilde fit un hochement de tête et regarda Apolline avec un petit sourire lui signifiant de ne pas prendre les taquineries de Jérémy trop à cœur. Mais cette dernière baissa les yeux.

Jérémy ajouta :

— Vous voulez mon opinion, Apolline est amoureuse.

Apolline qui savait à quel point Jérémy avait vu juste, sentit le sol se dérober sous ses pieds. Pour couper court aux plaisanteries de Jérémy, Mathilde mit fin à la conversation en signalant qu'il était temps pour les jeunes de rentrer et qu'il était plus prudent de ne pas circuler tard dans les rues. Jérémy s'exclama :

— Il n'est pas question de les laisser partir seuls. Je les accompagne. Je prends mon vélo, ça ira plus vite pour moi au retour.

Mathilde les accompagna jusqu'à la porte d'entrée, et après les avoir embrassés, leur souhaita bonne nuit et leur demanda de donner bien le bonsoir à Marie. La nuit les enveloppa, parsemée de lumières émises par les réverbères, puis celles plus distantes qui émanaient des enseignes commerciales et parfois des habitations. Au lointain, ils entendirent les appels rauques de la corne de brume d'un navire qui traversait la Manche. Il était presque minuit lorsqu'ils arrivèrent devant la maison, ils virent la lumière filtrer à travers les volets. Jérémy se tourna vers les jeunes avec un sourire amusé :

— Les enfants, apparemment votre mère n'est pas encore couchée !

À peine avait-il fini sa phrase que la porte s'ouvrit. Marie, les invita à rentrer en s'exclamant :

— Enfin vous voilà !

— Il ne fallait pas vous inquiéter. Je tenais à les raccompagner. Vous avez là de gentils enfants, ils sont d'agréable compagnie.

— Merci, Jérémy. Vous êtes une seconde famille pour nous.

Un bref silence plein de tendres sentiments inexprimés fut alors interrompu par Jérémy qui enfourcha son vélo en déclarant avec un léger sourire :

— Bonne nuit à tous, demain c'est dimanche, on se retrouve au temple, n'oubliez pas !

— Bonne nuit Jérémy, répondit Marie, et encore merci.

Revenu chez lui, Jérémy relança la conversation avec Mathilde au sujet d'Apolline :

— Je suis persuadé que vous me cachez quelque chose. La petite a un amoureux, n'est-ce pas ?

— Oui, tu as vu juste. Je ne voulais pas lui faire répéter l'histoire. La petite est devenue femme dans les mains de son jeune amoureux, un marin argentin du Libertad qui lui a promis, paraît-il, le mariage. Forcément, elle réalise qu'elle a fait une bêtise. Si elle se trouve enceinte, ça risque d'être un drame pour la famille.

— J'espère que tu l'as réconfortée.

— Bien évidemment, comment en serait-il autrement !

— Ce qui m'inquiète un peu c'est la réaction de Marius. Je sais que Marius et Marie aiment profondément leurs enfants. Ils désirent avant tout les voir heureux et épanouis. Il n'y a qu'à voir l'inquiétude permanente qu'ils ont à propos de la santé d'Édouard. J'espère que Marie saura convaincre Marius de rester calme et de ne pas faire de reproches à Apolline, car quand il va apprendre cette nouvelle, il sera très en colère.

9
Apolline enceinte

Fin septembre arriva et avec lui un temps froid accompagné de rafales de vent. Les vacanciers étaient repartis. Apolline étant de moins en moins sollicitée pour faire du porte-à-porte pour vendre des produits de la petite pêche qu'elle faisait toujours avec sa mère, se réfugiait le plus souvent chez les Gavériaux où elle s'occupait des animaux. Chaque matin elle se levait avec effort, l'estomac noué. Il lui arrivait de vomir son petit déjeuner, mais cela ne l'inquiétait pas plus que ça. Elle mettait ces réactions sur le compte de la fatigue et du mauvais temps qui commençait à s'installer. Un matin alors qu'elle sortait de sa chambre, elle eut le même malaise qui lui serrait l'estomac. À peine avait-elle rejoint la cuisine qu'elle se mit à vomir dans l'évier, devant Marie l'air ahuri.

— Regarde-moi, toi…dit-elle à sa fille. Ça t'est déjà arrivé ça ?

— Oui, plusieurs fois. Surtout le matin.

— Mon Dieu ! et tu ne m'en as jamais parlé ! Regarde-toi, tu es toute pâlotte et tes yeux sont cernés.

— Je ne voulais pas t'inquiéter en montrant ma faiblesse. Elle provient sûrement de mon estomac qui se montre capricieux en ce moment.

Marie regarda longuement sa fille. Elle remarqua immédiatement que le corps de cette dernière avait subi des modifications qui ne pouvaient lui échapper.

— Dis-moi, ma fille, de quand datent tes dernières règles ?

Apolline hésita un instant avant de répondre :

— Un peu plus d'un mois, balbutiait-elle d'une pauvre voix tremblante

— Eh bien, nous y sommes. Tu es enceinte. Il ne manquait plus que ça ! Qu'allons-nous faire de ce bébé ?

Apolline fut accablée, anéantie par le choc de cette affirmation. Elle pensa soudainement à toutes les prières qu'elle avait faites au calvaire et qui n'avaient visiblement pas été exaucées. C'est peut-être une punition que Dieu lui infligeait pour avoir eu des relations avec Adriano en dehors des liens du mariage. Tremblante, des larmes silencieuses coulèrent sur ses joues suivies d'un déferlement de sanglots qui ne pouvaient plus s'arrêter.

— Arrête de pleurnicher, il est trop tard. Va dans ta chambre.

Marie bien qu'elle semblât garder son calme, était intérieurement effondrée. Qu'allait-elle dire à Marius à son retour ? Elle s'en voulait d'avoir laissé trop de liberté à Apolline durant le passage du Libertad. Mais elle se rappela que Marius avait également autorisé sa fille à sortir pour profiter des festivités. Donc la responsabilité était partagée. Mais, rien ne pouvait présager que sa fille allait agir aussi sottement. Elle imagina la réaction des voisins qui seraient au courant de la mésaventure d'Apolline. En remarquant sa grossesse, les commères du quartier n'en finiraient pas de faire des gorges chaudes à propos de sa fille. Quelle humiliation pour une famille travailleuse et honnête ! Marie regrettait de ne pas avoir pu déjouer ce drame qui allait salir la réputation qu'ils avaient patiemment, laborieusement pu construire depuis leur installation au sein de cette population de pêcheurs. Elle arpenta la cuisine de long en large en se répétant des phrases à elle-même doucement et à voix basse :

— Il n'y a pas trente-six solutions. Il faut se débarrasser de l'enfant avant que ça se voit…En faisant appel à une avorteuse ? Ce n'est pas possible, elle demande trop cher ! L'une de mes anciennes voisines l'a fait en utilisant une aiguille à tricoter, elle attendait un sixième enfant et elle n'en voulait pas. Elle m'avait expliqué comment faire, et il paraît qu'il y a beaucoup de femmes qui le font.

Soudain, elle tressaillit et poussa un petit cri aigu en se disant : Apolline vient juste de commencer sa vie de femme, elle parait déjà si fragile avec cette histoire de grossesse, faut-il lui rajouter le traumatisme d'un avortement ? Ne serons-nous pas tous maudits pour toujours en éliminant une vie alors qu'il faut au contraire faire tout pour la protéger ? J'implore la miséricorde de Dieu pour toutes les mauvaises pensées que je viens d'avoir.

Elle récita l'Ave Maria plusieurs fois avec dévotion, puis décida de prendre la situation en main. Elle soutiendrait Apolline contre la fureur de Marius à laquelle il fallait s'attendre. Une véritable illumination lui vint à l'esprit, la solution qu'elle cherchait désespérément était si évidente : Apolline irait loger chez les Gavériaux pendant sa grossesse. Valentin et Édouard qui aimaient beaucoup leur sœur, défendraient sans aucun doute, cette résolution auprès de Marius. Pour les voisins, elle-même prétexterait que les Gavériaux avaient sollicité l'aide d'Apolline, Mathilde n'étant plus très vaillante pour les tâches ménagères.

10
Nouvelle épreuve

Toute la famille ainsi que les Gavériaux furent mis au courant de la situation d'Apolline dont le ventre commençait à s'arrondir. Marius arriva la veille d'un jour de Toussaint. Il était d'excellente humeur, la pêche avait été abondante et lucrative pour tous. Il se réjouissait de rentrer enfin chez lui pour retrouver les siens après une si longue période d'absence. Ses premiers gestes furent d'embrasser longuement Marie, et serrer dans ses bras Édouard, Apolline et Valentin qui lui aussi était rentré de sa sortie en mer. Une fois l'échange de gestes de tendresse terminé, Marius remarqua immédiatement l'inquiétude qui assombrissait les regards autour de lui.

— Que se passe-t-il ? on dirait une veillée mortuaire ? vous avez tous des mines de déterrés.

Marie rassembla toutes ses forces pour s'adresser à Marius :

— Viens donc t'asseoir. Comment s'est passée cette pêche ? Comme d'habitude, nous avons été inquiets pendant tout ce temps, et je n'ai cessé de prier.

— Nous avons subi les pires tempêtes à l'aller, mais aucun problème pour le retour. Et ici ?

— Oh ! Mon Dieu, tu n'as pas mangé ! Tu dois mourir de faim et moi qui continue à bavarder…

Marie fit un signe aux enfants qui discrètement regagnèrent leur chambre, puis installa le couvert, et une louche à la main, dans l'assiette creuse de faïence de Desvres, elle versa une bonne soupe de poisson épaisse et brune, une recette personnelle, qui ne laissait personne indifférent. Elle prépara des tartines de pain de campagne qu'elle beurra, puis remplit un pichet de vin qu'elle mit sur la table devant Marius.

— J'ai préparé du pot-au-feu, j'espère que tu aimeras. Mange, il faut que tu prennes des forces. Je suppose que sur le chalutier, vous n'avez pas eu souvent l'occasion de manger des plats mijotés ?

— Oh que non ! Le plus souvent le régime était à base de nouilles et de patates. Contrairement à ce que certains pourraient penser, on ne mangeait pas du poisson tous les jours, et le plus souvent, ceux cuisinés étaient les invendables. Vu les conditions extrêmes dans lesquelles se passe généralement la campagne, pour satisfaire le moral des marins-pêcheurs, il faut une nourriture consistante et en quantité suffisante. Mais pour parler d'autre chose, peux-tu m'expliquer ce qui se passe pour que vous fassiez tous une drôle de tête ?

— Oui, il y a un sérieux problème. Notre fille attend un enfant !

La nouvelle laissa Marius sans voix. En revanche, Marie délivrée par cet aveu, retrouva ses forces. Elle n'était pas le genre de femme à se laisser abattre. Elle prit les devants, s'avança vers Marius, posa doucement les mains sur ses épaules et lui raconta l'histoire d'Apolline. Elle termina son récit en disant :

— Je peux imaginer tout ce qui te passe par la tête. Quand j'ai appris ce nouveau malheur qui nous est tombé dessus, je me suis dit que nous étions peut-être maudits par Dieu. En plus de nous avoir donné un enfant handicapé, il nous envoie cette nouvelle épreuve qui va salir la réputation que nous avons mis tant d'années à construire. Il ne servira à rien de te mettre en colère, ce qui est fait est fait. La petite, à cause de sa naïveté, a commis l'irréparable. Elle en est malheureuse. Maintenant, il faut penser à son avenir et à celui de l'enfant qu'elle porte.

Marius était dans tous ses états, certes, il entendait ce que disait Marie, mais l'écoutait-il ? Il eut juste le temps de prononcer quelques mots : « J'aurais dû disparaître en mer », avant de s'écrouler. Affolée, Marie appela Valentin qui descendit rapidement. Elle s'assura que Marius respirait, mais ses mains étaient froides et son corps était traversé de temps à autre par de petites secousses. Aidée par son fils, elle l'allongea sur le lit, le déchaussa puis lui mit une couverture chaude sur le corps. Valentin enfourcha son vélo pour aller chercher le médecin.

Le docteur Roussel dont le cabinet n'était pas loin, arriva sur le champ. Il connaissait quasiment tous les habitants du secteur, soignait les familles depuis plusieurs années, et attendait qu'un jeune médecin vienne le remplacer pour prendre sa retraite. En plus des problèmes de santé pour lesquels il essayait de trouver des remèdes, il avait droit aux petits secrets et misères quotidiennes de ses patients.

Marie fit entrer le docteur qui immédiatement se dirigea vers le lit où Marius était allongé. Valentin lui avança une chaise, il s'assit, prit la main du patient, tâta son pouls, sortit le stéthoscope et l'ausculta. Marie et Valentin debout, observaient la scène avec une expression où se mêlaient contrariété et inquiétude.

— Eh bien docteur, de quoi souffre-t-il au juste ? demanda Marie d'une voix tremblante.

— Ne vous inquiétez pas Marie. Tout rentrera dans l'ordre dans quelques jours. Pourrions-nous nous isoler pour que vous m'expliquiez ce qu'il s'est passé pour que Marius soit dans cet état ?

Marie échangea un regard avec Valentin qui s'éclipsa discrètement. Il alla voir Édouard pour l'informer.

— Marius venait de rentrer d'une longue sortie en mer. Il s'est subitement effondré lorsque je lui ai appris que notre Apolline est enceinte. Le père est un jeune marin argentin de la frégate Libertad qui, comme vous le savez peut-être, vogue en mer depuis déjà quelques semaines.

— Alors, je comprends maintenant pourquoi son pouls est bas. Certes, je ne le vois que de temps en temps en consultation, mais je n'ai jamais remarqué d'anomalie au niveau de son rythme cardiaque. Cette nouvelle a dû lui infliger un tel stress qu'il s'est senti mal. C'est ce qu'on appelle dans notre jargon un malaise vagal. Dans ce cas, cela ne nécessite pas de traitement particulier. Je pense qu'il va récupérer progressivement. Mais il faut qu'il reste au repos pendant quelques jours avant de reprendre ses activités.

Le docteur Roussel revint au chevet de Marius, tâta de nouveau son pouls. Il se tourna vers Marie :

— Vous avez bien fait de le mettre en position allongée. Glissez des coussins sous ses jambes afin qu'elles soient surélevées pour favoriser l'oxygénation de son cerveau.

— Merci beaucoup docteur, répondit Marie. Me feriez-vous le plaisir de rester un moment avec nous pour prendre une tasse de café ?

— Avec plaisir, Marie.

Le docteur ne comptait pas son temps, il sillonnait les quartiers parfois jusqu'à minuit. Son épouse se plaignait régulièrement de ce dévouement, excessif à ses yeux, envers ses patients. Mais il répondait invariablement : « J'essaie de faire de mon mieux pour soulager les douleurs physiques de mes concitoyens. Pour le reste, hélas, je ne peux guère faire plus que d'être à l'écoute de leurs âmes en peine, et laisser au curé le soin de soulager la douleur résignée de ces marins dont la vie n'est qu'une succession de deuils. »

Alors que le docteur sirotait son café, Marius ouvrit les yeux et commença à bouger.

— Ah, enfin, vous voilà parmi nous ! s'exclama le docteur. C'est quoi cette façon d'occasionner une bonne frayeur à vos proches, Marius ? insista avec humour le médecin.

Le pauvre homme eut des difficultés pour parler. Il pensait à Apolline, à Édouard, et tentait vainement de comprendre pourquoi le destin s'acharnait sur sa famille. Il se mordit les lèvres, se tourna vers le docteur, le regard brouillé de larmes.

— Qu'avons-nous fait pour mériter ce qui nous arrive ? Il semblerait que Dieu nous ait oublié dans sa toute puissante miséricorde. N'est-il pas écrit dans l'Évangile selon Saint Luc[7] que Jésus disait : « Soyez miséricordieux comme votre Père est miséricordieux. »

— Ne soyez pas si désemparé, Marius, rétorqua le docteur. Je comprends votre désarroi, mais je sais que vous êtes un bon chrétien et en tant que tel votre foi va vous aider à surmonter ces moments difficiles. N'oubliez pas que Jésus disait aussi : « Ne jugez point, et vous ne serez point jugés ; ne condamnez point, et vous ne serez point condamnés ; absolvez et vous serez absous. »[8]. En d'autres

---

[7] Saint Luc : chapitre 6, verset 36. Jésus disait « Soyez miséricordieux comme votre Père est miséricordieux. »

[8] Saint Luc : chapitre 6, verset 37.

termes, je vous invite à pardonner à votre fille son erreur, à continuer à l'aimer et à la protéger. N'est-ce pas que nous naissons, vivons et mourons dans la douleur, et même qu'il nous arrive, de façon consciente ou inconsciente d'en causer aux autres. Il faut donc accepter une vérité évidente : la souffrance fait partie de la vie.

Marie se sentit soudainement soulagée. Les paroles du docteur la libéraient en quelque sorte de mener un combat personnel afin de convaincre Marius de venir en aide à Apolline plutôt que de la blâmer. Elle pensa que le bon sens l'emporterait. Dans un moment pareil, la petite avait besoin du soutien des siens. Il y aurait suffisamment de mauvaises langues à l'extérieur, qui lui feraient vivre des moments difficiles en proférant à son encontre des insultes et des insanités.

— C'est bien beau tout ça, docteur ! renchérit Marius, mais que pouvons-nous faire dans une telle situation ?

— Il est inutile de s'angoisser dans l'instant présent. Il faut apprendre à respirer profondément pour vous calmer, et arrêter de ruminer votre colère en acceptant la situation telle qu'elle est. Je suis certain qu'ensemble, vous allez trouver une solution à ce qui paraît à vos yeux être un drame insurmontable.

Voyant que Marius avait repris des couleurs, le docteur prit congé :

— Votre compagnie est fort intéressante, mais si je tarde trop, je vais me faire gronder par ma femme, je vais donc vous souhaiter le meilleur pour vous tous et pour la petite Apolline. J'aimerais la voir dès que possible dans mon cabinet pour qu'on puisse faire le point sur cette grossesse.

Marie conduisit le docteur jusqu'au seuil de leur maison et lui souhaita le bonsoir.

11
Apolline installée chez les Gavériaux

Marie, Édouard et Valentin, réussirent à convaincre Marius de laisser Apolline s'installer chez les Gavériaux. En dépit de cette période difficile, l'amour de Marius pour sa fille resta intact. Mathilde et Jérémy étaient heureux de l'accueillir. Pour eux c'était l'enfant que le destin leur avait refusé. Mais voilà, qu'à présent, ils allaient héberger une jeune femme et son futur bébé. La vie est ainsi faite, pleine de surprises, parfois bonnes, parfois mauvaises. Il faut accepter la réalité et continuer à vivre.

Ainsi Apolline commença une existence nouvelle. Dans la journée, Jérémy enfourchait son vélo et partait au temple. Avec Mathilde, ils étaient aux petits soins pour la jeune femme qu'ils avaient installée dans la chambre d'amis. Elle avait trouvé en eux une deuxième famille. Elle s'occupait bien des animaux et aidait Mathilde dans les tâches ménagères. Par moment, elle ressentait un manque et devenait taciturne. Il était difficile de vivre sans la tendresse de ses parents même si au début ils avaient été furieux contre elle. La présence de ses frères lui manquait aussi, même si de temps en temps, Valentin pouvait se libérer de son travail pour accompagner Édouard et lui rendre visite. Marius et Marie avaient aussi pour habitude de venir ensemble voir Apolline le dimanche.

Lorsque Marius était à la pêche à la morue, Marie n'hésitait pas à venir traînant derrière elle son petit chariot rempli de fruits de mer. Le culte communautaire au temple ou la messe à l'église étaient aussi des occasions pour Apolline de voir les membres de sa famille. La honte qui étouffait au début Marius et Marie ainsi que leur orgueil blessé étaient transcendés par la force des sentiments que la grossesse d'Apolline faisait naître dans leur cœur.

Le fait de reprendre leurs occupations quotidiennes avait fini par dissiper le malaise. Apolline, comme certainement tant d'autres filles, du fait de leur jeunesse et leur naïveté, n'avaient pas su résister à l'égarement des sens, était-ce une raison pour la blâmer éternellement à cause de ce faux pas ? Et puis, n'était-ce pas une nouvelle vie qu'ils allaient accueillir au sein de leur famille ? Tout ce qu'il fallait faire maintenant, c'était d'aider Apolline, et prier pour que son enfant vint au monde en bonne santé.

En dépit des précautions qu'ils avaient prises pour cacher le plus longtemps possible la grossesse d'Apolline, tout le quartier était au courant. Nicole et sa mère étaient à l'origine de la rumeur. On ne se gêna pas pour déblatérer sur Apolline en la traitant de fille facile. Marius et les siens étaient préparés à cette éventualité. Ils passaient la tête haute faisant fi des remarques désobligeantes qu'on lançait sur leur route. Cependant, de nombreux habitants du quartier témoignaient une sincère amitié et un profond respect à Marius et à sa famille. Ils pensaient, que cela aurait pu leur arriver.

Avec le temps, le cas d'Apolline avait fini par lasser les commères du quartier. Les gens avaient d'autres préoccupations quotidiennes plutôt que de s'attarder à écouter les mauvaises langues distiller leur poison. Apolline s'était habituée à sa nouvelle vie. Sa période de scolarité obligatoire étant achevée, elle n'avait pas à redouter une rencontre avec les élèves de sa classe.

Mathilde l'encourageait à aller se choisir un livre dans le coin bibliothèque aménagé par Jérémy.

Les livres étaient disposés sur des étagères. Il y avait ici les écrits d'Albert Camus, d'André Gide, de Colette, d'Alphonse Daudet, de Voltaire et d'autres auteurs. Les Quatre Évangiles étaient mis bien en évidence à côté des dictionnaires. Des romans traduits de l'anglais côtoyaient des livres de géographie ou d'histoire.

Apolline commença à lire *La Maison de Claudine*, de Colette. Dans ses rêveries, elle se projetait dans les souvenirs d'enfance heureuse de l'auteur et essayait d'imaginer tout ce qu'elle décrivait : sa famille, sa mère, les chats, les chiens et autres bêtes qui peuplaient son univers. De temps à autre, Mathilde passait sa tête par la porte, et constatant qu'Apolline était absorbée dans sa lecture, repartait ne voulant pas la déranger. Apolline passait alors des heures à lire savourant ce moment de liberté où elle accomplissait un voyage virtuel dans un univers enchanté. Une fois terminée la lecture d'un ouvrage, elle cherchait à en tirer le meilleur parti en discutant de son contenu avec Mathilde.

— Alors, as-tu trouvé un beau livre ? demandait Mathilde lorsqu'elle la voyait revenir vers la cuisine.

— J'ai aimé *La Maison de Claudine.*

— Tu as fait un bon choix. Colette a une prose magnifique. C'est un récit autobiographique sensible et émouvant.

— J'ai commencé à en feuilleter d'autres qui me semblent plus hermétiques.

— Dans quelque temps, tu les adopteras et les trouveras peut-être plus intéressants. Nous pourrons les commenter ensemble au coin du feu, si le cœur t'en dit. Des livres j'en ai lus mais c'est une longue histoire.

— Pourquoi c'est si long ! tu étais bibliothécaire ?

Mathilde eut un large sourire, avant de poursuivre :

— Je suis juive d'origine polonaise. J'étais enfant unique, orpheline de père et de mère, tous deux morts dans un stupide accident d'un chariot chargé de blé qui a versé dans un fossé en les ensevelissant. Non secourus à temps, ils sont décédés. J'ai donc été élevée par mon oncle du côté maternel. Fuyant la misère et l'antisémitisme ambiant, nous avons émigré en France avant la seconde guerre mondiale. J'ai su bien plus tard que d'autres membres de la famille se sont dispersés à travers le monde : aux États Unis d'Amérique, dans certains pays d'Amérique latine, en Suisse, en Australie et en Israël. Ils étaient pour la plupart de talentueux musiciens.

Mon oncle avait trouvé un travail dans un atelier de confection. Ma tante, sans enfant, reportait tout son amour filial sur moi. Elle m'avait initiée à nombre de savoir-faire quotidiens, mais aussi à son métier de dentellière. Elle m'avait appris que le carton n'était pas qu'un simple dessin du motif à tisser mais un guide technique qui était la base de tout le travail. Heureusement que je dessinais facilement et que j'ai pu, ainsi, perfectionner mes modèles. Au début de mon apprentissage, je manquais de patience et d'agilité, mais avec le temps j'ai acquis une maîtrise absolue qui faisait que mon ouvrage avançait seul. Nous avons fini par faire partie d'une liste de dentellières talentueuses.

Plusieurs ateliers faisaient appel à nous pour fabriquer des dentelles de luxe. Mes dessins connurent un véritable succès et furent à la base de guipures de soie, qui se vendaient à des prix élevés. En plus de ce travail, je suivais des cours de français et j'ai fini par faire d'énormes progrès. Mon oncle m'achetait souvent des livres et ma tante ne cessait de m'encourager. J'ai fini par passer des heures entières à lire lorsque je n'avais pas d'ouvrage à réaliser. Je m'isolais pour dévorer quelques œuvres de Marcel Pagnol, d'Alphonse Daudet, de Victor Hugo et bien d'autres auteurs. Alors, si tu veux on pourra commenter nos lectures.

— Mais où as-tu rencontré Jérémy ? demanda Apolline.

— À l'époque on vivait à Calais. C'est justement dans une bibliothèque de cette ville que je l'ai rencontré. Il était postier et fils unique. C'est autour des livres que nous avons fait connaissance, nous nous sommes plu et avons décidé de nous marier.

— Le fait que tu étais de confession juive et que Jérémy soit chrétien, n'a-t-il pas été un frein à votre union ?

— Mon oncle et ma tante n'étaient pas religieux. Ils ne respectaient pas les rites, on parlait de la bible sur un plan historique. Néanmoins, nous y puisions d'abord les supports de la transmission d'une identité culturelle. Malheureusement cela n'a pas empêché qu'ils soient déportés par les nazis. Ils ne sont pas revenus des camps d'extermination.

— Mais comment avez-vous pu échapper à cette folie des hommes ?

— Je me suis réfugiée chez des amis de Jérémy dans un petit village dans l'Aube. Plus tard, il a quitté son poste pour me rejoindre. Nous avons travaillé dans les champs comme ouvriers agricoles chez un riche propriétaire qui nous a logés dans une petite maison attenante à sa ferme. Les vendanges étaient également l'occasion de gagner quelques sous pour subvenir à nos besoins. À la Libération, Jérémy a réintégré son poste mais il a été affecté à Boulogne. Entre temps, ses parents étaient décédés et inhumés au cimetière de Calais.

—Vous avez fait preuve de courage pour traverser ces événements douloureux.

— Je crois que c'est notre amour qui nous a permis de faire face. Ne crois-tu pas qu'il serait temps d'informer Adriano que tu es enceinte ? Après tout, il est le père de cet enfant, il a le droit de savoir.

— J'y ai déjà pensé. Je l'aime et il m'aime. Il m'a promis de revenir m'épouser. Il m'a laissé l'adresse de ses parents pour lui écrire. Ils lui transmettront ma lettre au retour de son périple en mer.

— Eh bien, c'est une sage décision. Il arrive à Jérémy de revoir certains de ses collègues qui sont encore en activité. Il leur confiera ta lettre et s'assurera qu'elle est bien arrivée à destination.

— Merci mémé. Je vais m'y atteler ce soir même.

Adriano, mon amour,

Tant de choses se sont passées depuis ton départ. Je ne cesse de penser à toi, à notre rencontre, à nos baisers et à cette chose merveilleuse que nous avons vécue ensemble : tu m'as faite femme. J'ai une bonne nouvelle à partager avec toi, je suis enceinte. J'attends un enfant de toi.

Ça n'a pas été facile de l'annoncer à mes parents, surtout à mon père, comme tu peux l'imaginer. L'humiliation, le déshonneur le sentiment de honte, la peur du regard désapprobateur du voisinage, tout cela les rendait malades. Il a même été question d'avortement, mais je ne voulais pas qu'un petit bout de moi que nous avons conçu ensemble disparaisse à jamais. J'aurais été malheureuse toute ma vie. Pour cette raison et parce que l'atteinte à la vie était fondamentalement hors des principes religieux et spirituels de ma famille, la décision finale a été contre l'avortement. Avec l'accord de mes parents, et afin d'éviter de croiser les gens dans le quartier, mémé et pépé Gavériaux m'ont accueillie avec beaucoup de bienveillance et surtout d'affection.

Il commence à faire nuit, mais il y a encore une faible lumière du jour qui me permet de voir, par la fenêtre de ma chambre, l'immensité de l'océan et cela me fait penser à toi, toi qui vogues sur le Libertad vers le port d'une autre grande ville. J'aimerais tellement avoir de tes nouvelles : savoir si tu vas bien, s'il n'y a pas eu de grosses tempêtes, j'ai tellement peur que tu sois emporté par une vague. J'ai souvent entendu parler mon père du danger d'être pris dans une vague déferlante qui peut déverser des tonnes d'eau sur le bateau. Je n'ose t'imaginer dans cette situation. Je ferme les yeux et je prie pour que Dieu soit à tes côtés.

Pense comme moi à ce petit être qui grandit en moi. Mes seins gonflent légèrement et mon ventre jusque-là plat comme une galette commence à s'arrondir.

Réponds-moi vite, je me languis de toi.

Dans l'attente de te lire, je t'embrasse très fort.

Apolline.

12

Initiation au métier de fileteuse

Les Gavériaux étaient des gens charitables, mais Apolline ne voulait pas profiter de leur bienveillance. Certes, elle participait aux travaux ménagers, s'occupait des animaux, mais elle voulait travailler pour subvenir à ses besoins et à ceux de son futur bébé. Un jour, elle décida d'en parler à Mathilde.

— Il serait peut-être temps de me chercher un travail. Peut-être que je pourrais me faire embaucher dans l'un des ateliers de marée à Capécure ? Il parait qu'ils sont à la recherche de personnes à former pour le métier de fileteur.

Mathilde qui confectionnait l'ourlet d'un pantalon de Jéremy, la regarda avec des yeux pleins d'aménité :

— Que veux-tu chercher là, ma fille. Tu n'as pas besoin d'aller travailler dans ton état. Manques-tu de quelque chose ?

— Je ne manque de rien, mémé, je suis heureuse d'être là. Avec Jérémy, vous m'entourez de tellement d'affection et je vous en suis reconnaissante. Mais, ne m'as-tu pas dit un jour : rien de tel que le travail. Toi-même, tu as bien fini par être une dentellière talentueuse. Il paraît que le travail dans les ateliers de marée se passe dans une ambiance familiale.

— L'ambiance est une chose, mais le travail en est une autre. D'après ce qu'on m'a décrit, le métier est difficile. Il faut commencer tôt le matin, avec une courte pause pendant la matinée. Le travail se poursuit jusqu'à midi, parfois jusqu'à quatorze heures avant la pause du déjeuner. La journée se termine vers dix-sept heures. L'ouvrage se fait en position debout dans une atmosphère humide et froide, les mains dans la glace. Les ouvriers se plaignent de maux de tête, vertiges et douleurs musculaires.

— Je serai bien obligée de faire face, mémé. Mes parents ne se plaignent pas. Ils ne cessent de travailler avec courage. En tant que fille de pêcheur, il est tout naturel qu'en quittant l'école, j'apprenne un métier dans le conditionnement des produits de la mer. Je ne peux pas vivre sous ton toit et ne rien faire. Il faut que je trouve un emploi pour m'occuper et ramener un salaire afin de subvenir à mes besoins et peut-être économiser quelques sous pour acheter les affaires du bébé. Je ne peux rester éternellement à votre charge.

Mathilde opina de la tête :

— Eh bien ma fille, si c'est là ton choix, nous le respecterons. Nous t'aiderons de notre mieux. Jérémy, du fait de son ancien métier à la poste, connait plusieurs responsables d'ateliers. Il saura te recommander auprès de l'un d'entre eux pour l'embauche et la formation. Mais avant tout, il faudra en parler à tes parents pour recueillir leur assentiment.

— Merci mémé. Je suivrai ton conseil avisé.

Le dimanche suivant, Marius, Marie, Apolline et les Gavériaux se retrouvèrent ensemble au temple. Apolline fit part de son souhait à ses parents qui ne firent pas d'objection. Cependant, ils s'enquirent de sa situation actuelle et attirèrent son attention sur le travail difficile qui l'attendait. Mais, Apolline ne démordit pas de sa décision d'aller à Capécure. Elle ne cherchait pas à s'amender de quoi que ce soit. Elle était convaincue que travailler était un moyen d'occuper son esprit plutôt que d'attendre inlassablement un signe de son amoureux, et puis, cela lui permettrait de rapporter un salaire, de faire quelques économies dont elle aurait besoin. En dépit de son jeune âge, elle était pleinement décidée à assumer les conséquences de ce que certains nomment un péché. Avoir un enfant, n'était-ce pas une source de bonheur ? Sa mère, n'était-elle pas heureuse d'avoir eu plusieurs enfants ? Même si Édouard était né avec un handicap, et en dépit des difficultés quotidiennes de la vie d'une modeste famille de pêcheurs, ne disait-elle pas que ses enfants lui avaient apporté un épanouissement qu'elle n'aurait peut-être pas connu sans eux. Après tout, c'était son destin, et elle se sentit investie d'un pouvoir immense, celui de donner la vie.

Une semaine après, Jérémy trouva une place pour Apolline dans un atelier de marée. Elle se présenta à Roger, responsable d'atelier, et fit connaissance de sa tutrice qui fut bienveillante à son égard. Le lendemain tôt, elle fit une toilette rapide, s'habilla et rejoignit la cuisine où Jérémy avait allumé le feu et Mathilde préparé le café additionné de chicorée. Les bols, des tranches de pain grillées, du beurre et du sucre étaient déjà disposés sur la table. Après avoir embrassé Mathilde et Jérémy, elle s'assit, beurra ses tranches de pain qu'elle trempa dans son bol de café au lait. Pendant ce temps, Mathilde lui préparait un petit sac avec des tartines recouvertes de saindoux et de cassonade pour la pause du déjeuner, elle y ajoutait aussi un gros morceau de pudding[9] dont Apolline raffolait.

S'adressant à Mathilde, Jérémy luit dit :

— Il fait encore nuit, je vais accompagner la petite jusqu'au premier carrefour.

---

[9] Pudding : un gâteau typique du Nord à base de pain rassis, de lait, des œufs, de rhum, de sucre et de raisins secs.

— Ce n'est pas nécessaire, répliqua Apolline. Il ne faut pas vous déranger, la rue est éclairée, l'atelier n'est pas très loin. Par ailleurs, je vais trouver du monde sur le chemin, je ne suis pas la seule à travailler à Capécure.

Mathilde et Jérémy se regardèrent. Pendant qu'Apolline boutonnait sa parka, Jérémy se leva enfila la sienne et ouvrit la porte :

— Allez, mon enfant on fait quelques pas ensemble et puis, je retourne à la maison.

Quelques réverbères diffusaient une lumière jaunâtre enveloppée de la brume matinale. Elle permit néanmoins d'apercevoir des silhouettes qui se dirigeaient dans la direction de l'atelier. Jérémy essaya de rassurer Apolline :

— Bon courage, ma fille. C'est ton premier jour de travail. Roger est un ami, je le connais bien. Il a choisi Maryvonne Dupuis pour être ta tutrice. Elle te mettra au courant des tâches qu'il faudra exécuter et t'apprendra les petites ficelles du métier. Ça se passera bien.

— Merci pépé.

Apolline, après avoir embrassé Jérémy, continua courageusement son chemin. Elle marcha vite afin de ne pas arriver en retard. Dans ses mains, elle serrait fort son petit sac en toile où elle avait mis ses tartines. Devant elle, plusieurs femmes marchaient en file indienne. Arrivée à hauteur de l'une d'entre elles à la carrure d'athlète, elle vit que cette dernière la regardait avec intérêt:

— Tu es une nouvelle ?

— Oui, répondit Apolline.

— Tu es bien jeune, ma petiote. Comment te nommes-tu ?

— Apolline, madame, et j'ai eu dix-sept ans. Je vais à l'atelier de Monsieur Roger Dumont pour apprendre le métier de fileteuse, puis travailler dans ce secteur.

— Eh bien, tu ne fais pas ton âge. Ce n'est pas pour te décourager, mais le métier est difficile. Pas le travail en lui-même, mais les conditions dans lesquelles on l'effectue, surtout le froid, l'humidité et la station debout.

En la prenant familièrement par l'épaule, elle voulut la rassurer :

— Ne t'inquiète pas, au fil du temps on s'y habitue. Nous voilà arrivées, ton atelier est juste devant nous, le mien est juste à côté. Au fait, je m'appelle Hortense. Qui auras-tu comme tutrice ?

— Madame Dupuis, répondit Apolline.

— Ah, Maryvonne ! Tu sais, ici on s'appelle par nos prénoms, pas de chichi. Tu en as de la chance, c'est une femme douce et très gentille. Tiens, la voilà qui arrive vers nous.

Après un bref échange de salutations, Apolline fut conduite par Maryvonne au vestiaire pour se changer et mettre une tenue de travail. Il y avait là de nombreuses ouvrières qui se déshabillaient dans un vacarme assourdissant où se mêlaient des cris, des exclamations et des rires. Maryvonne lui attribua un casier, mais Apolline hésitait à enlever ses habits avec toutes ces femmes autour d'elle. Elle imaginait le moment où ses formes ne permettraient plus de cacher sa grossesse. Maryvonne ayant perçu sa gêne, lui prodigua quelques conseils :

— Au fur et mesure que tu déshabilles tu te couvres avec la tenue réglementaire.

— C'est une drôle de gymnastique, répondit Apolline, après avoir essayé, en se tortillant, d'accomplir les gestes pour parvenir à changer de tenue sans exposer son corps au regard des autres.

— Tu vois, tu y arrives, lança Maryvonne. Avec le temps, ça ira de plus en plus vite.

Elles suivirent les ouvrières qui se bousculaient pour arriver à leur poste. Apolline observa leurs gestes assurés et experts en posant sur elles un regard admiratif. Elle pensa qu'elle n'arriverait jamais à faire de même. Maryvonne perçut l'inquiétude de la jeune femme.

— Ne te stresse pas. Ces fileteuses exercent le métier depuis plusieurs années. Mon rôle est justement de t'accompagner jusqu'à ce que tu approches dans quelques semaines ce niveau de dextérité. Mais parallèlement à la pratique, je t'enseignerai les règles d'hygiène qui sont extrêmement importantes dans notre métier.

Apolline regarda travailler Maryvonne les premiers jours, puis cette dernière lui céda la place les jours suivants, tout en restant près d'elle pour corriger ses gestes quand c'était nécessaire. Inlassablement, et sans jamais montrer un quelconque mouvement d'impatience devant certaines maladresses de la jeune femme, elle lui apprit les bases du métier de fileteuse. Progressivement, Apolline comprit ce qu'il fallait faire pour mener à bien son travail qui exigeait une attention soutenue.

Lorsque la sonnerie se fit entendre, Maryvonne signifia à Apolline que la journée était bientôt terminée, et qu'elles allaient pouvoir partir. Les ouvrières quittèrent leur poste, Apolline évita la bousculade, et après être passée par les vestiaires, se dirigea vers la sortie.

En arrivant sur le chemin du retour, elle tomba nez-à-nez avec Hortense.

— Ah te voilà petiote ! Alors, on s'habitue ?

— Oui, madame. Le métier commence à rentrer.

— Puisque on sera amenées parfois à faire un petit bout de chemin ensemble, je préfère que tu m'appelles Hortense plutôt que madame, on n'est pas des bourges. J'ai un prénom composé, Marie-Hortense, mais tout le monde m'appelle Hortense.

— C'est joli comme prénom, répondit Apolline. J'ai fait un peu de latin. Hortense vient du latin « hortus » qui signifie jardin.

— Ah que c'est amusant ! mon grincheux d'ex-mari ne savait pas la chance qu'il avait de m'avoir épousée. Tu te rends compte, il avait un « jardin d'Eden » et il n'en était même pas conscient !

Elles furent toutes les deux prises d'une crise de fou rire.

— Que c'est agréable, une petite séance de rire après une journée de travail, dit Hortense en souriant à Apolline ! ce n'est pas trop dur pour toi ?

— Je suis moulue de fatigue. Ce qui est pénible, c'est la station debout et le froid. J'ai mal au dos, aux épaules et aux jambes.

— Oh ne t'inquiète pas. Il m'a fallu un peu de temps pour m'y habituer. Sois patiente, ça sera pareil pour toi.

Apolline baissa la tête tout en accélérant sa marche. Elle pensa que ce n'était que le début. Arriverait-elle à tenir le rythme ? n'avait-elle pas surestimé ses capacités physiques ? arriverait-t-elle à s'intégrer dans ce monde du travail ? Dans la rue, les gens s'invectivaient dans leur patois local, certains sortaient des troquets en état d'ébriété. Elle se sentait différente. Ce n'était pas la vie qu'elle espérait pour elle, encore moins pour l'enfant qu'elle portait. Les jours heureux, n'étaient-ils pas déjà derrière elle ? Les images d'Adriano et le peu de jours heureux vécus ensemble lui revinrent en mémoire. S'il avait été présent, il aurait fait ce qu'il avait promis : l'épouser. Elle décida de lui écrire de nouveau. Arrivée à un croisement, Hortense interrompit le cours de ses pensées :

— Tu es bien silencieuse, Apolline ! Je prends à gauche pour rentrer chez moi.

— J'étais dans mes pensées. Tu me fais revenir sur terre.

— Tâche de ne pas trop rêver. La vie n'est pas toujours tendre avec nous autres qui ne sommes pas nés avec une cuillère d'argent dans la bouche.

— Hélas, j'en suis bien consciente. Je vais à droite. Alors, on se verra peut-être demain ?

Mathilde et Jérémy attendaient avec impatience l'arrivée d'Apolline. Dès qu'elle frappa à la porte, Jérémy courut lui ouvrir. Elle répondit calmement à toutes les questions qu'ils lui posèrent. Elle fit en sorte de les rassurer sur tous les points. Alors, ils passèrent à table.

Mathilde avait préparé un ragoût de bœuf. Apolline avala le contenu de son assiette avec appétit. À la fin du repas, au bout de quelques minutes, la fatigue s'abattit sur ses épaules. En voyant ses traits tirés et son teint pâle, Mathilde lui suggéra d'aller se coucher car il fallait se lever tôt pour attaquer une nouvelle journée de travail. Apolline lui confia son inquiétude à propos de l'absence de réponse d'Adriano à sa lettre. Elle lui fit part de sa décision de lui écrire à nouveau.

— Il est peut-être encore en mer. Patiente un peu. Mais si tu sens le besoin d'écrire, alors n'hésite pas, fais-le. Jérémy se chargera de poster ta lettre et de s'assurer qu'elle arrive à bon port.

— Merci mémé. Je vais l'écrire. Ça ne me prendra pas beaucoup de temps. Il faut que je fasse une bonne nuit pour être en forme demain.

Mon cher Adriano,

Il me tarde d'avoir de tes nouvelles.

Cela fait plusieurs semaines que je t'ai envoyé une lettre et je n'ai pas eu de réponse. Je m'inquiète beaucoup pour toi. Même absent, tu continues à occuper toute la place dans mon cœur. Aujourd'hui, c'était mon premier jour d'initiation au métier de fileteuse dans un atelier de Capécure. En fait, j'ai décidé de travailler et de gagner un salaire pour pouvoir subvenir aux besoins de notre bébé.

Tu peux imaginer les vilains commentaires que les commères du quartier déversent sur mon compte. Alors, pour éviter de les croiser, je vis chez les Gavériaux qui se comportent avec moi comme si j'étais leur propre fille.

À l'atelier, le travail est difficile. Quand je rentre le soir, je suis épuisée. Heureusement, mémé et pépé sont là pour me réconforter. Ils sont aux petits soins avec moi, leur demeure est un havre de paix. Mes parents viennent me voir de temps en temps. Le dimanche, on se retrouve *ensemble pour prier le Seigneur à l'église pendant la messe et l'après-midi au temple.*

Tu imagines bien que je ne cesse de prier le Tout-puissant, pour toi, pour nous et pour notre futur bébé.

Tu me manques. Je ne sais pas où tu es, ni ce que tu fais.

J'espère que ce courrier t'arrivera.

Donne-moi de tes nouvelles.

Apolline qui t'aime.

13

Une vie rythmée par le travail à l'atelier

Apolline s'appliquait du mieux qu'elle pouvait. Ses gestes devenaient automatiques. L'habitude commençait à s'installer.

Quelques semaines plus tard, Maryvonne lui décerna un satisfecit pour son travail :

— C'est très bien lui dit-elle, tu t'y es mise assez vite par rapport aux autres stagiaires que j'ai pu former. C'est en filetant qu'on devient fileteuse, n'est-ce pas ?

— Je ne pensais pas y arriver, répondit Apolline. Mais grâce à toi, j'ai pu rapidement avancer en corrigeant mes erreurs. Je te remercie infiniment.

— C'est tout naturel. Cela fait partie de mon boulot, et pour moi, c'est un plaisir que d'apprendre le métier aux jeunes.

La vie d'Apolline fut rythmée par le travail à l'atelier, tous les jours de la semaine, sauf le dimanche.

Progressivement, elle s'habitua à la fatigue et au froid, et ses mains devinrent expertes pour fileter le poisson. Elle eut de bons rendements qui se traduisaient par une paye un peu plus conséquente en fin de semaine. Petit à petit, elle apprit à connaitre ses compagnes d'atelier. L'une d'entre elles, appelée Mauricette, était enceinte et traînait un gros ventre qui l'obligeait régulièrement à s'asseoir sur une caisse vide dans un coin de l'atelier. La malheureuse avait deux enfants en bas âge que gardait sa fille aînée âgée de huit ans. Le mari passait la majeure partie de son temps au bistrot à boire de la bière et jouer aux cartes en dépensant une bonne partie de son salaire. Mauricette devait ainsi travailler pour survivre. Apolline refusait de s'imaginer dans pareille situation. Adriano allait venir la chercher, se disait-elle. Il ne pouvait l'abandonner à son sort avec leur futur bébé.

Elle eut pitié de cette femme, dont le visage montrait une tristesse résignée qui faisait peine à voir. Sans rien dire, elle prenait sa place et filetait le poisson jusqu'à ce que Mauricette reprenne son poste. Le visage de cette dernière s'éclairait en regardant Apolline, avec une expression amicale et un sourire en guise de reconnaissance. Apolline se rendit compte à cette occasion que l'atelier n'était pas réellement un lieu où travaillaient les membres d'une grande famille, comme certains l'avaient décrit. Il y avait une sourde rivalité et des jalousies entre les ouvrières. Certaines avaient même critiqué le fait qu'elle soit venue en aide à Mauricette. Cela ne l'empêcha pas de continuer à faire ce qu'elle pensait être une bonne action. D'autant plus que cela n'influait pas trop sur son rendement et ses gains. La plupart du temps, elle avait une avance sur les autres.

Elle se rappela l'enseignement de la bible où il est dit : « De faire le bien, de devenir riche en bonnes œuvres, d'être généreux et prêts à partager avec autrui »[10]. Cela ne fit que renforcer son désir d'aider Mauricette.

Un jour, comme à son habitude en sortant de l'atelier, elle fit le chemin en compagnie d'Hortense. Elle lui parla de la situation de Mauricette qui demeurait digne dans son

---

[10] 1ère épitre de Saint Paul, apôtre à Timothée, chapitre 6, 18.

travail malgré sa grossesse, et du mépris que certaines ouvrières avaient à son égard.

— Que veux-tu ? répondit Hortense, il faut comprendre. Ces femmes travaillent dur, certaines ont une vie de famille compliquée, alors elles sont aigries, et ne cherchent pas à découvrir qui est Mauricette et quelle est sa vie. Elles ont, peut-être suffisamment de soucis sans penser à ceux des autres. Tu sais, moi non plus je n'ai pas eu une vie facile. Mon mari, lorsqu'il était bien imbibé de boissons alcoolisées, devenait méchant et me brutalisait. J'ai préféré m'en séparer avant que ça ne dégénère. Heureusement, nous n'avions pas d'enfant. Depuis mon divorce, je vis avec ma mère qui est un peu âgée et on ne s'en porte pas plus mal.

Dans un geste spontané, et sans dire un mot, Apolline prit la main d'Hortense et la serra très fort. Ce simple geste valait toutes les déclarations d'amitié et de tendresse. Hortense, émue, détourna son regard pour qu'Apolline ne voit pas ses yeux remplis de larmes.

— Je ne peux pas comprendre l'attitude de mes collègues de travail, poursuivit Apolline. La charité n'est-elle pas une vertu chrétienne ? Moi, je n'ai pas pu m'empêcher d'aider Mauricette.

— Tu as fait ce que tu pensais être juste, la religion n'a rien avoir là-dedans ! Si tu y tiens, je te dirais que le bon Dieu te le rendra, et je rajouterais, si ce n'est pas lui ça sera son fils !

— Tu ne crois donc pas en Dieu, demanda Apolline ?

— La crainte de Dieu et de l'enfer, pour moi c'est foutaise !

— Mais tu blasphèmes, Hortense ! Tu ne devrais pas dire ça.

— Il y a belle lurette que je ne crois plus au père Noël ! Regarde autour de toi. Pourquoi tant de misères, de souffrances si un bon Dieu existe vraiment ? Toi-même, tu m'as parlé de ton frère Édouard, qu'a-t-il fait pour mériter une telle maladie ?

— Mais, je te croyais chrétienne !

— Je l'étais. J'allais à la messe tous les dimanches, mais depuis j'ai ouvert les yeux. L'Église vit dans l'hypocrisie.

— Mais que racontes-tu Hortense ?

— La vérité, ma petite. J'en ai vu et entendu des choses pas jolies, jolies ! J'en ai connu des prêtres qui ont engrossé des jeunes filles ou qui avaient des maîtresses, des femmes mariées. La soutane est juste un masque. Le plus amusant, c'est le cas d'un curé qui ne croyait en Dieu que le dimanche, à cause de la messe et de l'argent que cela lui rapportait. Et quand je lui demandais ce qu'il pensait de la religion, la confession, la pénitence, la crainte de Dieu, il répondait : 'ce sont des balivernes que je raconte dans mon sermon. Ce que j'apprécie surtout ce sont les obits[11], ça rapporte. J'invite mes paroissiens à prier pour les âmes de ceux qui ont été généreux de leur vivant, et naturellement je commence par les nobles'. Il y en avait un autre, un coquin qui possédait une petite voiture dont je ne saurais plus dire

---

[11] Messes d'anniversaires pour les morts.

la marque. Il proposait aux paroissiennes de les transporter, mais pas à n'importe lesquelles, il choisissait les plus jolies. C'est qu'il avait les mains baladeuses, le petit curé. Lorsqu'il manœuvrait son levier de vitesse, sa main s'égarait quelque peu du côté des cuisses de sa passagère. Dès qu'il sentait le frémissement du corps et une certaine complaisance de la part de celle-ci, il passait à l'étape suivante : glisser ses mains entre les jambes de la femme, je te laisse imaginer la suite…

— Eh ben dis donc ! tu en sais des choses, il y a de quoi avoir honte ! s'exclama Apolline. Mais, dans ce cas, l'Église ne fait rien ?

— Oh ! mais on ne laisse pas traîner les choses, dès que ça commence à se savoir, le prêtre est muté ailleurs. C'est ça la mère Église, bienveillante et protectrice de ses serviteurs.

— Eh ben, elle est belle notre Église. Moi qui ne doutais pas de la vertu des prêtres, je tombe des nues. Du moment qu'ils avaient décidé de consacrer leur vie à notre Seigneur, naïvement je pensais que c'étaient des saints.

— Détrompe toi, certains font des propositions malhonnêtes à leurs paroissiennes. Les femmes mariées, dans un moment de faiblesse, tombent dans le piège, j'en sais quelque chose. Mais, cela ne les empêche pas de monter en chaire pour promettre l'enfer aux hommes coupables de pécher contre le neuvième commandement qui proscrit la concupiscence charnelle. Le problème, c'est que l'Église les contraint au mensonge. Après tout, elle n'a qu'à les autoriser à se marier, la tentation serait peut-être moins grande que d'aller butiner les femmes des autres, ou pire, de s'attaquer aux petits garçons.

— Eh ben, à ce qu'il me semble, tu as une dent contre l'Église. Tu ne trouves pas que tu es un peu dure avec elle ? demanda Apolline.

— Ce sont les comportements de certains hommes d'église qui m'ont ouvert les yeux, répondit Hortense. Et puis, de fil en aiguille, je me suis interrogée sur l'existence d'un bon Dieu, disons un Dieu aimant qui s'occupe de ses créatures. Dans un monde où on assiste aux famines, aux épidémies, aux catastrophes, on est en droit de se demander où est Dieu dans tout ça ? est-il indifférent ou inexistant ?

— Oh ! Oh ! Tu blasphèmes…rétorqua Apolline.

— C'est toi qui t'enfermes dans des certitudes. Tu es encore jeune, bien imprégnée par tout ce qu'on t'a enseigné. Mais je t'aime bien, tu as de beaux sentiments de générosité et je respecte ta croyance. Tu apprendras au fil du temps que même si on est croyant, ceci n'empêche pas de penser. D'ailleurs, n'est-ce pas Dieu, s'il en existe un, qui t'a dotée d'une capacité à raisonner ? Alors, n'est-ce pas lui faire honneur que d'utiliser cette faculté pour réfléchir ? Ce n'est pas parce que je parle en patois que je suis ignare. J'ai lu les œuvres de Voltaire , de Jean-Jacques Rousseau et quelques autres. Ce sont les vicissitudes de la vie qui ont fait que je sois obligée de travailler dans un atelier et sentir le poisson pour gagner ma vie.

— Eh ben, tu m'en apprends des choses ! s'exclama Apolline.

— Demain c'est dimanche, profites-en pour méditer sur tout ce que je viens de te dire. C'est en me basant sur ce que j'ai pu voir et vivre que j'ai ce point de vue personnel sur la religion.

Elles arrivèrent au croisement des chemins où elles se saluèrent et prirent des directions opposées. Apolline continua son chemin en pensant à tout ce qu'elle venait d'entendre, toute surprise que cela vienne d'une femme qu'elle pensait être une simple ouvrière dans un atelier de transformation de poisson.

Décidemment, l'habit ne fait pas le moine. C'est étrange, se dit-elle : à propos de religion, mon frère Édouard, tient parfois un langage similaire à celui d'Hortense. Serait-il devenu non-croyant à cause de sa maladie ? Tout en marchant, elle fut surprise de se parler à elle-même à haute voix : Édouard et Hortense ne sont pourtant pas de mauvaises personnes, ils ont peut-être raison d'exprimer leurs griefs haut et fort. Jésus lui-même, n'avait-il pas crié en mourant : Mon Dieu, mon Dieu, pourquoi m'as-tu abandonné ? Où est Dieu ?[12], et puis j'en connais des chrétiens qui disent que leur prière se heurte au silence de Dieu. Oh, tout cela est bien compliqué, je ferai mieux d'accélérer le pas, Mathilde et Jérémy vont s'inquiéter.

Rentrée à la maison, Apolline, comme à son habitude fit une toilette rapide, se changea pour se débarrasser des odeurs de poisson, et sitôt le repas terminé, elle embrassa Mathilde et Jérémy et alla dans sa chambre. Elle s'allongea sur son lit, ferma les yeux et fit défiler dans sa mémoire les événements de la journée. L'épuisement la fit glisser dans un sommeil profond duquel elle n'émergea que le lendemain tard lorsque Mathilde vint secouer son épaule avec douceur pour la réveiller.

— Hier soir, j'ai bien vu que tu étais épuisée, lui dit Mathilde, lorsqu'elle vit qu'Apolline ouvrait les yeux.

---

[12] D'après Marc et Matthieu, début du Ps 22.

J'espère que tu as fait une bonne nuit de sommeil. Tu as encore le temps de prendre tranquillement ton petit-déjeuner, avant d'aller à la messe ou au culte. Nous on va au temple. Si tu te sens encore fatiguée, prends un livre et reste au coin du feu.

— Merci mémé. Je vais me préparer et je vous rejoindrai. Je suppose que mes parents, comme à leur habitude, iront au temple cette après-midi.

14

Armand Fontaine : charpentier de marine

Levé tôt, Armand Fontaine, après avoir bu un bol de café et avalé deux tartines au beurre, enfourcha sa bicyclette pour se rendre à l'atelier où il exerçait son métier de charpentier de marine. Son père Antoine, resté seul après avoir perdu sa femme quelques années auparavant, était un patron-pêcheur, bien connu à Grand-Fort-Philippe. Il était propriétaire d'une petite flottille hauturière comprenant plusieurs navires et quelques dizaines de marins qui lui vouaient un profond respect. Il répondait invariablement, lorsqu'on l'interrogeait sur le pourquoi il ne se remariait pas, qu'il ne pouvait aimer une femme profondément qu'une seule fois. C'est ainsi qu'aidé par une de ses sœurs, il éleva ses deux fils, Armand et Roger.

Armand, pour sa part, avant d'être charpentier, avait participé à des saisons entières de pêche en haute mer et avait acquis le savoir-faire des marins-pêcheurs. Son caractère indépendant l'avait guidé dans sa prise de décision afin de changer de métier et devenir charpentier de marine. Antoine ne fut pas très enthousiaste, mais après bien des tergiversations, il consentit à épauler son fils dans son choix en lui apportant une aide matérielle durant sa formation en tant qu'aspirant auprès d'une communauté de compagnons. Il fallait apprendre à manier avec précision de nombreux outils et à travailler non seulement le bois, mais aussi à connaître les différentes essences, leur résistance, leur dureté et leur élasticité. Armand alliait ainsi une double compétence, la connaissance du bois et celle de la mer. Il créa son propre atelier. Les premiers temps, il eut des commandes de son père, puis des demandes de restauration de barques. Ses clients, pleinement satisfaits de son travail, le recommandèrent à leurs connaissances. Bien vite, il acquit une solide réputation dans la région et les commandes affluèrent.

Antoine regardait son fils s'affairer avec une fierté qu'il s'efforçait de dissimuler. Il trouvait à peu près normal qu'Armand puisse être patron de son atelier même si sa réussite était un peu grâce à lui. À trente-cinq ans, Armand avait son indépendance. Contrairement à son frère cadet qui travaillait encore avec leur père, lui, avait quitté la demeure familiale depuis longtemps pour aller se former à son nouveau métier, puis s'était marié et avait divorcé peu de temps après. En effet, sa femme l'avait quitté car il ne pouvait pas avoir d'enfant.

Il avait attendu longtemps avant que le chagrin ne s'estompe. Son divorce lui avait laissé une certaine méfiance envers les femmes, mais son travail le passionnait et lui apportait de grandes satisfactions. Des années s'étaient écoulées durant lesquelles il avait réparé et rénové de nombreux bateaux de pêche, et obtenu des commandes pour la construction de barques neuves. Bien que son père figurât parmi ses clients, il gardait son indépendance pour prioriser ses chantiers et traiter ses affaires, ce qui de temps en temps mécontentait Antoine lorsque ses propres bateaux n'étaient pas traités en priorité. Il répétait alors en ronchonnant : quand même ! j'y suis pour quelque chose dans la naissance de cet atelier…

En arrivant ce jour-là à son atelier, Armand trouva son père déjà installé dans les lieux à l'attendre, sa casquette de marin vissée sur la tête. C'était un homme bien bâti débordant d'énergie, aux traits autoritaires, ayant des mains larges et puissantes, le teint hâlé, une épaisse moustache bien taillée, des yeux qui pétillaient d'intelligence.

— Bonjour, fiston. Que t'est-il arrivé ? tes ouvriers sont déjà là.

Armand essayait toujours de se comporter avec gentillesse avec son père, même si son caractère impatient l'exaspérait par moments.

— Bonjour, père, répondit Armand. J'ai mal dormi hier, alors ce matin j'ai mis un peu plus de temps pour avaler mon petit déjeuner. Mais, dis-moi, tu ne devais pas être de sortie en mer ?

— Eh ben, non. La météo annonce un très mauvais temps, je ne vais pas mettre en danger mes bateaux et la vie de mes marins.

— C'est plus prudent, poursuivit Armand. Autrement, quel bon vent t'amène par ici ?

— J'ai un de mes amis, patron de pêche à Boulogne qui a des soucis pour une de ses embarcations. Il vient de perdre son meilleur charpentier, décédé dans un accident stupide, écrasé lors du retirement d'une épave. Il m'a demandé si tu pouvais lui consacrer du temps pour finir le travail de réparation de son bateau. Tu seras très bien rémunéré, en plus, ton logement et tes frais de séjour seront pris en charge.

— C'est ridicule. Et qui s'occupera de mon atelier ? répondit Armand.

— En ce moment, c'est plutôt calme. Tu n'as pas de chantier en cours, à ce que je sache ! Albert, ton ouvrier, peut bien terminer les quelques réparations que tu as commencées.

Armand n'aimait pas qu'on lui dicte ce qu'il devait faire ou ne pas faire. Il se sentait bien assez grand pour décider lui-même. D'autre part, il essayait à chaque fois d'éviter une altercation avec ce père autoritaire mais qui avait toujours été protecteur de ses enfants. Lorsqu'il réfléchissait à tout ce que son père avait enduré pour leur assurer une vie confortable, il ne pouvait que se réjouir et remercier Dieu de l'avoir fait naître dans la famille Fontaine. Il avait lui-même travaillé sous les ordres de son père. Il se souviendrait toujours de ce que son père lui avait appris et s'efforçait jour après jour de mettre cela en pratique. Dès lors, il ne pouvait lui refuser le service qu'Antoine lui demandait.

— Je vais laisser mes consignes à Albert, je pense qu'il saura bien faire. Et puis Boulogne n'est pas si loin de Grand Fort Philippe. Je pourrai toujours venir voir si jamais il y avait un problème quelconque. Je passerai demain à la maison dire au revoir à tout le monde.

— À la bonne heure, fiston. C'est l'affaire de quelques semaines.

15

Apolline agressée

La nouvelle existence d'Apolline lui apportait un bon équilibre qu'elle appréciait grandement. Elle s'habituait à son travail, elle était bien soignée, bien nourrie et entourée par des personnes attentionnées et aimantes. Cependant, elle continuait de penser et croire fermement à la promesse d'Adriano : viendrait-il la chercher ? pourquoi tardait-il à répondre à ses lettres ? était-il souffrant ? lui était-il arrivé quelque chose de grave ? autant de questions qui tournaient en boucles dans sa tête, surtout lorsqu'elle rejoignait sa chambre, et qu'elle essayait, vainement, de vider son esprit.

Des semaines passèrent ainsi. Un soir alors qu'elle sortait de l'atelier pour rejoindre le domicile familial, elle fut surprise de ne pas voir son amie Hortense. La compagnie de cette dernière la rassurait, c'était en quelque sorte son chaperon. Elle fait peut-être des heures supplémentaires, se dit-elle ! La nuit allait bientôt tomber, il était temps de presser le pas pour parcourir seule les quelques centaines de mètres qui la séparaient de son domicile. Le chemin était jalonné d'estaminets[13] d'où entraient et sortaient des hommes, certains paraissaient grossiers, ils s'invectivaient en patois, et parfois en arrivaient aux mains. Seule, ce jour-là, elle ne se sentait pas rassurée. Elle avait, depuis son réveil le matin, la vague crainte d'un danger. Elle se sentait épiée, suivie. Pendant la journée, son travail lui avait permis de chasser cette appréhension de son esprit. À la sortie de l'atelier, une partie du chemin était parsemé de chaque côté de hautes herbes et de ronces. Les regards jetés de temps à autre dans les fourrés ne lui permettaient pas de distinguer un quelconque mouvement qui signifierait que quelqu'un s'y dissimulait. C'est encore mon imagination qui me joue des tours ! se dit-elle.

Cependant, arrivée à un tournant du chemin, elle vit deux jeunes hommes qui s'approchaient rapidement vers elle. Le cœur d'Apolline s'était serré de peur. L'avaient-ils

---

[13] Estaminet : terme utilisé surtout dans le nord pour désigner un café qui sert des boissons alcoolisées et peut aussi proposer du tabac.

attendue sachant qu'elle passait tous les jours par ce chemin ? l'avaient-ils épiée depuis son départ de l'atelier ? Avaient-ils vu qu'elle était seule ? Avaient-ils emprunté un autre chemin pour l'attendre ? Sentant qu'une menace planait, elle adopta une attitude qui paraissait sereine en disant timidement :

— Bonsoir, il commence à faire frisquet !

Alors qu'elle essayait de les contourner en pressant le pas, l'un des deux individus lui prit les bras et les bloqua derrière son dos. Au moment où elle allait crier pour appeler de l'aide, l'autre comparse plaqua sa main sur sa bouche. Ils la tirèrent non loin du chemin dans les fourrés. Ils lui bâillonnèrent la bouche avec un chiffon, ce qui libéra les bras du deuxième agresseur qui la maintenait au sol. Elle avait beau se débattre, elle était à la merci des deux malfrats. Elle prenait conscience de la circonstance tragique dans laquelle elle se trouvait, la situation était sans issue. Elle se dit qu'ils allaient la violer, lui faire subir les pires atrocités, et peut-être même la tuer. Elle pensa de suite au bébé qu'elle portait.

Comment pouvait-elle s'y prendre pour faire comprendre à ces individus malfaisants qu'elle était enceinte ? Des larmes inondèrent son visage. Elle fut prise d'une effroyable terreur. Elle luttait pour se dégager. Plus elle pensait à son bébé et plus ses cris étouffés se transformaient en sanglots désespérés. Les deux individus furent surpris par sa réaction. L'un d'eux sortit un couteau et mit sa lame sur le coup d'Apolline en la menaçant :

— Ça va mal se passer pour toi si tu continues à gigoter, sale pute. Tu as bien écarté tes cuisses pour un amerloque ! Pourquoi pas nous, tes compatriotes ? Qu'est-ce qu'il a de plus ce salopard ? Tu crois qu'on n'est pas au courant ?

Au contact de la lame du couteau, Apolline ressentit une peur épouvantable qui envahissait tout son corps, tout son être, provoquant en elle des tremblements incontrôlés. Elle eut des flashs de la douceur du cocon familial dans lequel elle vivait, et puis son esprit revint soudainement à la situation difficile où elle se trouvait. Elle avait la certitude que les deux individus connaissaient son histoire, qu'ils devaient être du coin. Ils l'avaient certainement suivie pendant un certain temps, avaient découvert où elle habitait, quelles étaient ses habitudes, l'avaient guettée jusqu'à aujourd'hui où elle était seule. Alors, ils savaient qu'isolée, elle représentait une proie facile.

La main d'un des agresseurs d'Apolline agrippa le haut de sa robe, et ses doigts glissèrent sur la peau pour libérer ses seins. Le tissu ne fut plus qu'un chiffon déchiqueté. La main droite de l'autre acolyte descendit le long du corps de la jeune femme pour soulever sa robe, remonta le long de sa cuisse, et d'un geste violent déchira la culotte qui l'entravait dans sa progression vers l'intimité d'Apolline. Il dénoua la ceinture de son pantalon qui glissa à terre. Au même moment, le deuxième acolyte rangea le couteau avec lequel il menaçait Apolline et s'éloigna pour allumer une cigarette en attendant son tour. Le violeur commença à mordiller le cou d'Apolline, qui voyant que le comparse s'était éloigné, fit un effort désespéré pour ramener sa main droite au niveau de son visage afin d'enlever le chiffon qui obstruait sa bouche. Ses lèvres trouvèrent l'oreille droite de son agresseur qu'elle mordit avec tant de violence que le malfrat hurla en lâchant prise. Apolline en profita pour pousser son violeur sur le côté, se souleva, prit une poignée de terre qu'elle lança à la figure de l'individu tout en appelant au secours. Alors que le comparse s'apprêtait à venir l'immobiliser de nouveau, il vit arriver un homme pressant le pas armé d'un gourdin. Il partit en courant laissant son compagnon de beuverie à genoux se frottant les yeux. D'un coup de pied, l'inconnu frappa l'agresseur au ventre qui retomba sur le dos, les bras en croix. L'homme prit Apolline par le bras, l'aida à se remettre debout et à ajuster sa robe tant bien que mal. Il lui mit sa veste sur les épaules afin de couvrir sa nudité. Il lui murmura quelques paroles de consolation, mais Apolline tremblait de tout son corps et elle sanglotait convulsivement. Elle fut prise de spasmes et se mit à vomir.

L'inconnu partit en courant vers son vélo qu'il avait abandonné sur le chemin au moment où il avait entendu les cris d'Apolline. Il revint avec une gourde pleine d'eau qu'il avait dans sa sacoche. Elle put se rincer la bouche et boire un peu, puis s'affala de nouveau par terre en sanglotant. Un groupe d'ouvrières parmi lesquelles Hortense, qui avaient fini leur journée et qui retournaient vers la ville pour rentrer chez elles, s'aperçurent de l'agitation qui régnait plus loin. Elles accélérèrent le pas et arrivèrent essoufflées sur les lieux de l'agression.

— Que s'est-il passé demanda Hortense ? s'adressant à l'homme qui avait secouru Apolline.

— Cette jeune fille a été agressée par deux individus. Heureusement, je suis arrivé à temps pour faire fuir l'un des agresseurs et assommer le deuxième qui, comme vous le voyez, gît devant vous.

— Mais c'est Apolline, cria Hortense ! Ils t'ont fait du mal, lui demanda-t-elle en la serrant dans ses bras.

— Non, répondit Apolline en pleurs. Ils n'ont pas réussi à me violer, heureusement que ce monsieur est arrivé.

— Il faut absolument appeler la police ! lança Hortense. Ces salopards vont recommencer leurs agissements s'ils ne sont pas arrêtés.

Pendant ce temps-là, l'homme au sol commença à remuer. L'inconnu qui avait porté secours à la jeune femme, tira de sa poche une cordelette et attacha solidement les mains de l'agresseur derrière son dos. Il se dirigea vers l'estaminet le plus proche pour téléphoner au commissariat qui se trouvait non loin du lieu de l'agression. Les policiers arrivèrent, enregistrèrent les témoignages des personnes présentes et embarquèrent le malfrat. Ils firent appel à une ambulance pour conduire Apolline à l'hôpital Saint Louis pour un examen médical. Hortense décida de l'accompagner. L'homme qui l'avait secourue avait entendu qu'elle se prénommait Apolline, il s'approcha d'elle et lui demanda :

— Voulez-vous que j'aille donner de vos nouvelles à votre famille ?

— Oh oui, s'il vous plaît, monsieur.

Apolline indiqua à son sauveur l'adresse des Gavériaux, et lui demanda surtout de les rassurer, ce qu'il accepta volontiers.

L'homme reprit son vélo. Puis, quelque peu désorienté par ce qu'il venait de vivre, se mit en quête de l'adresse indiquée. Lorsqu'il fut devant la maison des Gavériaux, il rangea son vélo le long du mur et frappa à la porte. Guettant un éventuel bruit de pas et n'entendant rien, il réitéra son action.

— Oui, oui, j'arrive, fit une voix douce.

Il y eut un cliquetis de serrures, et Mathilde apparut dans l'entrebâillement de la porte dont elle n'avait pas retiré la chaîne de sécurité.

— Bonsoir madame….

— Je suis désolée, monsieur, on a besoin de rien.

— Madame, je pense qu'il y a méprise. Je n'ai rien à vendre.

Jérémy qui, ayant entendu parler Armand, rejoignit Mathilde. Tous deux fixèrent Armand d'un air sceptique.

— Excusez-moi, je suis un peu essoufflé et encore ému par ce que j'ai vu. Je m'appelle Armand Fontaine. En revenant de Capécure où se trouve l'atelier où je travaille, j'ai secouru une jeune femme qui s'appelle Apolline. Elle a été agressée par deux délinquants. J'ai fait fuir l'un d'eux et assommé le deuxième que la police vient d'embarquer. Cette jeune personne est partie en ambulance à l'hôpital, Hortense, une de ses collègues l'a accompagnée.

— Est-ce à dire que vous l'avez sauvée ? demanda Mathilde, toute tremblante.

— Oui, mais elle a été agressée violemment. Elle a quelques égratignures sur les bras et des griffures sur le visage. La police voulait qu'elle soit examinée par un médecin pour établir un certificat médical.

— Entrez-donc, monsieur Fontaine, dit Jérémy qui gardait son calme. Nous n'allons pas rester sur le pas de la porte.

— La jeune femme m'a demandé de venir vous avertir pour ne pas vous inquiéter.

— On ne vous remerciera jamais assez, monsieur Fontaine. Vous avez été courageux de porter secours à Apolline. Nous allons avertir ses parents.

— Vous êtes donc ses grands-parents ? demanda Armand.

— C'est un peu long à expliquer, répondit Mathilde. Disons que nous sommes ses grands-parents d'adoption. Nous la considérons comme notre fille. Voulez-vous boire quelque chose, monsieur Fontaine ?

— Faites-moi plaisir en m'appelant, Armand, tout court.

— Pourquoi tout court ? votre nom n'est pas Fontaine ? demanda Mathilde.

Armand fit un effort terrible pour ne pas éclater de rire.

— Non, je voulais juste dire que c'est plus simple de m'appeler Armand.

— Ah, bon ! Alors appelez-moi donc Mathilde, et voici mon mari Jérémy.

— Je voudrais bien un verre d'eau, s'il vous plaît, demanda Armand. Avec toute cette violence, j'ai la gorge sèche, et la gourde que je porte souvent dans ma sacoche est vide.

— Asseyez-vous donc, je vais plutôt vous servir un remontant. Je vous apporterai une carafe d'eau pour étancher votre soif. Aimez-vous le genièvre ?

— Avec plaisir, merci.

Alors que Mathilde s'affairait dans la cuisine pour apporter à boire, Jérémy enfourcha son vélo et partit avertir Marius et Marie. Il rentra chez eux et ôta son béret. Des gouttes de sueur perlaient sur son front. Il les essuya du revers de la main, caressa sa longue moustache.

— Que t'arrive-t-il pépé pour venir à cette heure de la soirée tout essoufflé ? demanda Marius.

— Apolline a été agressée en revenant de son travail, annonça-t-il.

— Mon Dieu, cria Marie !

Marius et Marie devinrent très pâles. Édouard, assis dans son fauteuil roulant, et Valentin regardèrent avec angoisse leurs parents, Édouard serra fortement la main de Marie qui était à côté de lui.

Jérémy, après un léger moment de répit, tenta de les apaiser :

— Ne vous inquiétez pas. Il n'y a pas eu de mal. Un certain Armand Fontaine, qui revenait de son travail l'a secourue. Il a fait s'enfuir l'un des agresseurs et assommé le deuxième qui s'est fait embarquer par la police. Ce sont probablement des gars qui habitent dans le quartier et qui connaissent les habitudes d'Apolline. Elle a le bras un peu écorché et des griffures sur le visage, mais rien de bien grave. Une ambulance l'a transportée à l'hôpital afin qu'elle soit examinée par un médecin pour établir un certificat médical.

— Dieu soit loué. Mais elle est toute seule, s'exclama Marie !

— Non, Hortense, une de ses amies, fileteuse, l'a accompagnée. Elles ne tarderont pas à revenir.

Ils décidèrent de repartir rapidement chez les Gavériaux pour attendre l'arrivée d'Apolline. En arrivant à la maison, ils furent accueillis par Mathilde :

— Ne soyez pas inquiets, heureusement rien de grave n'est arrivé. Venez donc près du feu pour vous réchauffer. J'ai préparé du café en attendant. Je crois bien qu'on ne dormira pas de sitôt ce soir.

Après quelques heures d'attente qui leur semblèrent interminables, Apolline et Hortense arrivèrent enfin à la maison.

— Apolline, mon enfant ! s'écria Marie. Comment te sens-tu ?

— Je vais bien, maman. J'ai été agressée et j'ai eu très peur. J'ai eu tout de même de la chance que monsieur

Fontaine soit arrivé pour me secourir. Hortense, que je te présente, travaille à Capécure. Elle est mon amie, et m'a accompagnée pendant tout ce temps. C'est mon ange gardien.

Après les embrassades et les étreintes nombreuses auxquelles Apolline eut droit de la part des personnes présentes, elle leva les yeux et croisa le regard d'Armand qui l'observait, sans en avoir l'air, et qui lui sourit. Elle n'avait pas fait attention à cet inconnu qui l'avait secourue. Elle remarqua alors qu'il avait une belle stature, un visage carré, un front encadré par des boucles, un nez fin, des lèvres charnues et un beau sourire chaleureux. Elle se sentit rougir et s'adressa timidement à Armand :

— Je vous serai reconnaissante toute ma vie de m'avoir secourue. Sans vous, je ne m'en serais pas sortie indemne.

— C'était tout naturel, Mademoiselle. Mais avant que j'intervienne, vous vous étiez bien défendue. Vous êtes une fille courageuse.

— Dans quelque temps, ça ne sera plus qu'un mauvais souvenir, lança Jérémy. Puis, il poursuivit en direction de son épouse : dis-moi Mathilde, tu ne nous préparerais pas une omelette et une salade de notre jardin ? C'est l'occasion de partager un dîner en famille avec notre sauveur et la précieuse ange gardienne de notre Apolline.

— En voilà une bonne idée. C'est comme si c'était fait ! s'exclama Mathilde, qui s'affaira sur le champ pour préparer le souper.

Les conversations portèrent sur les métiers de la pêche, la dure vie des ouvriers et la misère sociale que vivaient certaines familles. Hortense illustra, avec quelques exemples, le vécu de certaines de ses compagnes d'atelier. Ce fut aussi l'occasion d'ironiser sur la bourgeoisie et le patronat égoïste, fidèles à leur leitmotive de 'toujours plus' dans leurs poches et 'toujours moins' pour les prolétaires.

— Les ouvriers qui triment sans relâche, parviendront-ils un jour à faire plier les patrons pour leur attribuer des salaires convenables, afin de faire vivre décemment leurs familles ? lança Hortense. C'est quand même grâce à nous si les ateliers marchent.

— Ce n'est pas le cas de tous les patrons, protesta Armand, en pensant à son père.

— Qu'est-ce qui vous fait dire cela ? demanda Hortense.

— Je suis bien placé pour savoir que mon père, par exemple, partage équitablement les revenus de la pêche avec ses marins. D'autres patrons font de même. J'ai moi-même un ouvrier charpentier de marine, comme je le suis, dans mon atelier à Grand-Fort-Philippe, et je ne pense pas qu'il soit malheureux.

— C'est tout à votre honneur, mais ce n'est pas la majorité des patrons qui se conduisent pareillement. J'en sais quelque chose, répondit Hortense. Mais que diable, faites-vous à Boulogne ?

— Je suis charpentier de marine à Grand-Fort-Philippe. Je suis ici afin d'aider un confrère qui a des difficultés techniques pour réparer un bateau qu'il est sensé livrer dans deux mois. Je loge rue Victor Hugo chez un particulier, le temps que le travail soit réalisé.

— Et votre femme et vos enfants, pendant ce temps, ils ne vous manquent pas ? demanda Hortense.

Marius et les autres se regardèrent un peu surpris par cette question.

— Je vous trouve bien indiscrète, Hortense, intervint Mathilde.

Armand jugea bon de répondre :

— Je n'ai ni femme ni enfant qui m'attendent.

— C'est la providence qui a guidé vos pas sur le chemin qu'a emprunté Apolline, lui dit Marie. Quelle chance que vous l'ayez secourue !

— C'est une chance d'être arrivé à temps. Je suis fier d'avoir pu secourir Apolline, répondit Armand.

— Quand je pense que j'ai failli vous fermer la porte au nez en pensant que vous étiez un marchand ambulant ! s'exclama Mathilde.

Les convives se mirent à rire, puis Marie et Marius suivis de Valentin, se levèrent pour prendre congé. Hortense ainsi qu'Armand firent de même. Valentin poussa le chariot d'Édouard vers la sortie.

— Allons, vous pouvez bien rester encore un peu ? insista Mathilde.

Le sentiment général était qu'il se faisait tard et qu'il serait bon de rentrer. Après les salutations d'usage, Mathilde et Jérémy suivirent leurs hôtes jusqu'au seuil de leur maison.

Armand resta légèrement en retrait laissant partir les convives, puis s'adressant à Apolline, il lui demanda :

— Pourrais-je revenir demain prendre de vos nouvelles ?

Avant qu'Apolline ne dise un mot, Mathilde répondit :

— Vous serez toujours le bienvenu.

Apolline qui était restée silencieuse tout au long du repas, s'adressa à Armand d'une voix étranglée :

— Vous recevoir sera toujours un plaisir pour moi. Vous êtes mon sauveur, je ne l'oublie pas.

Le regard d'Armand plongea dans celui d'Apolline qui se tenait appuyée à l'encadrement de la porte. Celui-ci soulignait l'intérêt qu'il portait à la jeune femme.

— J'en suis ravi, répondit Armand. Alors, à demain Apolline.

Tandis que Mathilde s'apprêtait à fermer la porte, les regards d'Apolline et d'Armand se croisèrent de nouveau. Armand s'inclina légèrement, la jeune femme se sentit rougir. Elle le vit qui enfourchait son vélo et commençait à pédaler en luttant contre le vent glacial qui soufflait fort, puis il disparut dans la nuit.

— Hâtons-nous de rentrer ! s'exclama Mathilde, on sera mieux à l'intérieur.

Avant de se coucher, Apolline prit sa plume et du papier à lettre.

Mon cher Adriano,

Aujourd'hui a été une journée sombre pour moi. J'aurais tellement aimé que tu sois près de moi. Alors que je revenais de mon travail, j'ai été agressée par deux jeunes gens. Je me suis débattue comme j'ai pu, et au moment fatidique où le premier d'entre eux allait me violer, un jeune homme est arrivé et m'a sauvé des griffes de ces individus dangereux qui menaçaient ma vie et celle de l'enfant que je porte, le tien, le nôtre.

C'est une peur indescriptible que je sentais monter en moi pendant que je me débattais avec mes agresseurs. Elle me commandait de fuir, mais comment aurais-je pu le faire alors que j'étais maintenue au sol par les deux pervers. Je pensais au bébé, quelque part dans mon ventre : avait-il ressenti cette agression ? Avait-il subi du stress ? J'avais une colère profonde envers les malfrats. Mais en même temps, pensant à cet événement qui aurait pu être une tragédie, un sentiment fort est en train de naître en moi, un fort désir de chérir cet être que je sens vivre en moi.

Je continue à penser à cette promesse que tu m'avais faite : venir me chercher, la tiendras-tu ? Dois-je te le rappeler à chacune de mes lettres ? Le temps passe, et pas de réponse.

J'aurais tellement aimé que, ce jour, ce soit toi mon sauveur. J'aurais été fière.

Si tu savais comme tu me manques !

16

Armand amoureux

Apolline se coucha, épuisée, et commença à réciter ses prières, mais les scènes vécues pendant la soirée vinrent perturber sa concentration. Puis, elle revoyait le visage d'Armand, son sourire séduisant, ses cheveux bouclés, ses yeux bruns, son regard franc, son teint mat, son air calme et doux. Il avait une allure qui tranchait avec les manières parfois vulgaires des hommes qu'elle voyait sortir des estaminets lorsqu'elle regagnait la maison après sa journée de travail. Elle repensa de nouveau à la promesse d'Adriano. Il viendrait la chercher, il l'avait promis. Elle resta éveillée encore un long moment, puis finit par sombrer dans le sommeil.

Armand gagna son logement après avoir pesté contre le vent qui soufflait sur son visage, et contre la fine pluie glacée qui piquait ses joues. Il se prépara un grog et pour se réchauffer s'installa devant son poêle à bois qu'il réactiva en le tisonnant. Rêveur, il songea à ce qu'il venait de vivre dans la soirée. Était-il certain d'avoir compris la situation d'Apolline ? Pourquoi habitait-elle chez les Gavériaux plutôt que chez ses parents ? Il l'avait trouvée tellement séduisante. Elle lui paraissait si fragile. Il commença à s'interroger : mais pourquoi est-ce qu'il s'intéressait à cette fille ? Ses pensées se faisaient plus tendres quand il revoyait le visage d'Apolline. Il commença à se parler à lui-même, à voix haute : si ça continue, je vais m'attacher à elle ! Ce n'est vraiment pas le moment, j'ai un ouvrage à finir. Allez, j'ai eu assez d'émotions comme cela aujourd'hui, je vais me coucher, demain est un autre jour.

Le lendemain de l'agression, Apolline eut la visite de la police pour enregistrer sa plainte. Elle apprit que le salaud qui l'avait molestée, avait donné le signalement de son comparse, tous les deux résidaient dans un quartier proche de celui où habitaient Marius et Marie ; la nouvelle de l'agression d'Apolline s'était très vite répandue et l'affaire serait donc traitée par la justice.

C'est en fin d'après-midi le lendemain que Mathilde entendit quelqu'un frapper à la porte. Elle ouvrit et vit Armand qui garait son vélo le long du mur de la maison.

— Bonjour Mathilde. Comme promis, je viens prendre des nouvelles d'Apolline. Comment se porte-t-elle ?

— Entre donc, répondit-t-elle. On peut se tutoyer. Apolline est dans le coin bibliothèque. Elle bouquine, c'est plutôt bon signe.

En voyant arriver Armand, le cœur d'Apolline se mit à battre très vite. Une bouffée de chaleur envahit tout son corps et elle rougit. Elle baissa les yeux, intimidée par les émotions qu'elle éprouvait, émotions qu'elle n'avait ressenties qu'une seule fois dans sa vie, c'est-à-dire lors de sa rencontre avec Adriano. Qu'est-ce qu'il m'arrive ? se demanda-t-elle.

— Je suis ravi de voir que vous allez bien, déclara Armand. Je vous ai apporté une boîte de chocolats, j'espère que vous aimez le chocolat ?

— Oh oui, c'est ma gourmandise préférée ! C'est gentil, répondit timidement Apolline.

— C'est un plaisir pour moi de vous voir ainsi, croyez-le. On pourrait peut-être se tutoyer, Qu'en pensez-vous ?

— Oui, bien sûr, répondit Apolline avec un large sourire.

Mathilde intervint en proposant de préparer du café à la chicorée.

— C'est une bonne idée, releva Apolline.

Ils prirent le café tout en bavardant de choses et d'autres. Dès qu'Armand regardait Apolline, elle s'empressait de baisser les yeux, gênée de sentir de nouveau monter en elle cette chaleur qui faisait rougir ses joues, et des sensations étranges qui l'envahissaient tout à coup. Elle avait la certitude qu'elle plaisait à Armand, elle le percevait dans ses yeux pendant les quelques secondes où leurs regards se croisaient.

Que lui arrivait-il ? Oubliait-elle déjà Adriano ? Certainement pas. Elle pensait à lui tout le temps. Sans aucune nouvelle, sans aucune lettre depuis des mois, elle ressentait parfois de la colère. Elle se disait qu'il n'avait pas le droit de l'abandonner, encore moins à présent avec l'arrivée de leur enfant.

Pendant qu'Apolline divaguait au gré de ses pensées, Mathilde stoppa net ses rêveries :

— Veux-tu encore un peu de café, Apolline ?

— Non merci mémé.

— Mais pourquoi tu vis ici plutôt que chez tes parents, demanda Armand, s'adressant à Apolline ?

Il y eut un léger moment de silence, puis Mathilde intervint :

— Tu n'as peut-être pas entendu la question d'Armand te concernant, tu es encore bouleversée par cette terrible agression, n'est-ce pas ? En fait, il ne comprend pas que tu sois chez nous et pas chez tes parents.

Apolline reprit pied dans la réalité et répondit aussi dignement qu'elle put :

— Excuse-moi, j'avais l'esprit ailleurs.

Mathilde observa pensivement Apolline et vint à son secours :

— Apolline a rencontré un jeune marin argentin membre de l'équipage de la frégate Libertad qui a fait escale au port de Boulogne. Ils se sont aimés et promis de se marier lorsque le jeune homme aurait terminé son périple en mer. Or il n'a plus donné signe de vie depuis le départ du Libertad. Apolline s'est retrouvée enceinte. Ses parents ont décidé de nous la confier. Ainsi elle vit à l'écart de son quartier pour couper court aux commérages. Mais pour moi, c'est la Providence qui l'a amenée, c'est la fille que j'ai toujours rêvé d'avoir.

Avec gravité, Armand rappela d'une voix posée :

— Dieu merci, Apolline et son futur bébé ont échappé à ce qui aurait pu être un drame.

Puis en posant son regard profond et intense sur Apolline, il lui demanda :

— Pour quand est le bébé ?

— Dans quelques mois, répondit Apolline.

— C'est étrange, ce jeune marin semblait tellement désireux de revenir à la fin de son périple en mer pour t'épouser ! s'exclama Mathilde. Et toujours pas de nouvelles.

— Oui, renchérit Apolline, un peu amère. J'espère qu'il n'a pas été victime d'accident.

— Il ne faut pas être anxieuse à ce point et envisager toujours le pire, rétorqua Armand. Tu es au sein d'une famille aimante et tu es bien entourée. Crois-moi, il y a des situations plus dramatiques. Tout ira bien pour toi et ton bébé.

— Que Dieu tout puissant t'entende, poursuivit Mathilde.

Armand eut un léger sourire, puis jeta un œil sur l'horloge murale, et s'exclama :

— Que le temps passe vite ! J'aurais aimé rester encore un moment en votre compagnie, mais je dois terminer la réparation d'un bateau. Ce n'était pas prévu, mais j'ai accepté de le faire. Alors, je vais tenir ma promesse.

— Je pensais que le travail de charpentier de marine se limitait à travailler le bois pour réparer les bateaux ? demanda Apolline.

— L'histoire du métier est assez longue à raconter, répondit Armand. L'ancêtre du charpentier de marine est Noé. Depuis cette prouesse légendaire, le travail est devenu progressivement très technique. Le maître charpentier est à la fois architecte et ouvrier, il conçoit et réalise.

— Ça doit être passionnant ! s'exclama Apolline.

— Oui, à certains égards. Le travail du bois peut parfois aboutir à des œuvres d'art. La construction des cathédrales en est un bel exemple. Très loin dans l'histoire, la charpenterie est l'une des premières professions à s'organiser en compagnonnage, le premier des mouvements ouvriers. J'ai moi-même été formé par les compagnons du Devoir.

— Alors en tant que compagnon, tu as dû beaucoup voyager et voir du pays ? demanda Mathilde.

— Ah, ça oui, répondit Armand. Les déplacements de chantier en chantier pour le partage des connaissances sont à la base du compagnonnage. J'ai traîné ma carcasse un peu partout. Me voilà maintenant à Boulogne. Mais grâce à un événement qui aurait pu se terminer tragiquement, j'ai eu la chance de faire la connaissance d'Apolline et de vous tous.

Le regard plein de bonté qu'il posa sur Apolline au moment où il s'exprimait fit que cette dernière détourna la tête, le rouge aux joues. Armand eut de nouveau un sourire irrésistible, il se leva pour prendre congé, et en s'adressant à Apolline et à Mathilde, il demanda :

— Me permettez-vous de revenir un de ces jours ?

Mathilde s'empressa de répondre :

— Tu seras toujours le bienvenu ici. Viens donc déjeuner avec nous dimanche prochain. Puis, s'adressant à Apolline, elle lui demanda de le reconduire.

Apolline escorta Armand jusqu'à la porte, il récupéra sa parka et sa casquette, puis sortit en lui disant :

— À très bientôt, Apolline.

— Oui, j'espère, répondit timidement cette dernière.

Elle le regarda enfourcher son vélo, il leva la main pour lui faire signe sans se retourner avant de disparaître dans l'obscurité de la nuit.

En revenant dans le salon, elle dit d'une voix émue :

— C'est un homme qui semble gentil et attentionné, n'est-ce pas ?

Mathilde acquiesça d'un signe de tête, prit les tasses et le plateau qu'elle emporta dans la cuisine. Apolline reprit le roman qu'elle était en train de lire avant l'arrivée d'Armand. Elle n'arrivait pas à se concentrer sur le texte, reprenant à plusieurs reprises la lecture d'un même paragraphe pour en comprendre le sens. Son esprit était ailleurs. Même absent, Adriano continuait d'occuper ses pensées qui ,de temps en temps devenaient confuses avec le visage d'Armand qui venait s'insérer dans le décor. Le dernier regard qu'Armand avait posé sur elle la troublait. Elle était persuadée qu'il s'intéressait à elle. En l'écoutant parler, elle l'appréciait de plus en plus, et pour une raison inconnue, elle se sentait à l'aise et rassurée en sa présence. Elle ressentait une certaine admiration pour lui, qui par ailleurs la réconfortait en l'encourageant à aller de l'avant.

Armand revint le surlendemain, puis le dimanche suivant et devint bientôt un habitué de la maison. Parfois, le dimanche, il retrouvait les autres membres de la famille, Marius, Marie Édouard et Valentin. Il n'était pas particulièrement attiré par la religion. Faute de réponses à plusieurs de ses interrogations, il était habité par le doute. Cependant, cela ne l'empêchait pas d'accompagner son père à la messe. Il en fit de même avec ses nouveaux amis issus de familles de longue tradition catholique, pour les Lejeune, et protestante pour les Gavériaux. Il fréquenta ainsi l'église et le temple. En dépit de ses doutes, il se sentait baigné d'une paix profonde et son esprit était serein lorsqu'il pénétrait dans ces lieux de culte.

D'un commun accord, les parents d'Apolline et les Gavériaux décidèrent qu'Apolline n'irait plus travailler à l'atelier de Capécure. Mathilde lui apprendrait à réparer les défauts dans les pièces de dentelle. En effet, comme elle avait elle-même exercé cette activité dans son jeune âge, elle avait dans ses connaissances une personne qui ramenait des ballots remplis de rouleaux de dentelles de Calais qu'elle distribuait à des raccommodeuses. Le travail consistait à réparer les imperfections, or Apolline avait appris à coudre avec minutie. C'est ainsi qu'elle put mener son activité à domicile, et ainsi thésauriser une partie de son salaire en prévision des besoins futurs de son bébé.

C'était devenu une habitude chez Apolline. Elle grimpait, accompagnée d'Édouard, jusqu'au calvaire des marins. En dépit du fait que ses prières n'avaient pas été exaucées, elle continuait   d'y aller. Armand les accompagnait régulièrement dans ce court pèlerinage. Même s'ils n'étaient pas certains d'avoir conservé la foi, Édouard et Armand respectaient ce qu'ils appelaient « la grimpette ». Une amitié sincère s'était tissée entre eux. Ils partageaient certains points de vue sur la religion. Lorsque le curé prononçait son sermon où il était question de dures épreuves et de volonté de Dieu, ils avaient plutôt tendance à douter. Ils n'étaient plus sûrs de leur ferveur religieuse. Parfois leurs questions étaient formulées à voix haute. Apolline s'empressait immédiatement de les reprendre :

— Arrêtez de blasphémer ! disait-elle souvent. Dieu aime d'avantage ceux qui traversent de dures épreuves ! Dieu va finir par vous tourner le dos.

— Nous sommes tous baptisés, répondait Armand. Mais, nous sommes des êtres humains. Si le Créateur nous a doté d'un cerveau, c'est bien pour réfléchir, penser, douter. S'interroger sur les croyances est une démarche passionnante. Et puis, il sera toujours temps de demander pardon pour ses propres doutes.

— Arrêtez vos sornettes, s'exclamait Apolline.

Pendant qu'elle priait, les deux amis profitaient de la superbe vue sur l'océan et la plage qu'offrait le site. À la sortie du calvaire, les trois pèlerins reprenaient le chemin du retour. Armand les quittait au coin de leur rue, sur un signe de tête amical.

Seule dans sa chambre, Apolline s'interrogeait sur les intentions d'Armand. Qu'espérait-il dans la fréquentation assidue de sa famille ? S'il avait des vues sur elle, il n'avait encore fait aucune approche qui pouvait laisser penser cela. Il savait qu'elle était liée par un serment avec Adriano. Bien que ce dernier n'ait encore pas donné signe de vie, elle était toujours amoureuse de lui et elle portait son enfant. Et ça, Armand le savait.

Après plusieurs visites d'Armand, un soir Mathilde fit une remarque à Apolline :

— Je pense qu'il s'intéresse beaucoup à toi. Que penses-tu de lui ?

— Il est gentil et très attentionné. C'est un homme intelligent et sensible, et en plus, il est galant.

— Je crois qu'il ne vient que pour toi, ma fille, crois-en mon expérience. Tu illumines ses yeux qui parlent pour lui.

— Mémé…. Tu sais bien que je ne suis pas libre. Mon cœur est ailleurs !

— Je pense qu'il est temps, ma fille, que tu prennes conscience que le père de ton enfant ne veut pas ou n'est pas en mesure de reconnaitre sa progéniture. Cela fait plusieurs mois de grossesse et toujours pas de nouvelles. Si Armand a des intentions honnêtes, il ne faut surtout pas les ignorer.

— Si le cas se présentait, je lui ferais comprendre gentiment que j'ai besoin de temps, c'est un homme patient.

Les semaines suivantes, Armand fit une cour assidue à Apolline. Il l'invita à déjeuner, à prendre le thé, à se promener le long des remparts. Elle se sentait bien depuis qu'ils se fréquentaient. Armand ne faisait plus mystère de ses intentions. Lors de leurs balades, il avançait sa main, avec l'espoir qu'Apolline y placerait la sienne. Elle finit par comprendre l'appel, leurs paumes s'effleurèrent puis, restèrent longtemps enlacées. Armand finit par demander :

— Veux-tu être ma femme ?

— Ta... ?

— Oui, tu as bien entendu : être ma femme, en d'autres termes, m'épouser !

— Tu connais ma situation, je porte l'enfant d'un autre homme.

— Ça ne change rien à ma demande. Je suis amoureux de toi. C'est ce qu'on appelle le coup de foudre. Ce que je sais c'est l'embrasement de mon cœur pour toi, mais je ne peux l'expliquer. J'ai su depuis cette fameuse agression que tu es une personne qui compte énormément dans ma vie. Je ne sais si je dois maudire cette agression ou bénir ce hasard qui m'a fait te rencontrer.

— Le coup de foudre est-il suffisant pour construire une relation durable ? Regarde ce qui m'est arrivé avec Adriano. Je serais malhonnête envers toi si je te disais qu'il n'est plus dans mon cœur. Mais suis-je encore dans ses pensées ? maintenant, j'en doute ! Comment ai-je pu être aussi niaise ?

— Si j'ai bien compris, c'était ta première expérience. Une erreur de jeunesse en quelque sorte. On en fait tous. Regarde mon cas, je pensais que le mariage était l'union de deux personnes qui s'offraient mutuellement leur amour, leur présence et un soutien moral quelle que soit l'épreuve. Eh ben, je me suis trompé, ce n'était pas le cas ! Mais les jours difficiles ne durent pas toujours. J'ai cru que mon cœur ne battrait jamais plus pour une femme, et voilà que grâce à toi, je découvre que ce n'est pas vrai..

— Cela me fait plaisir d'entendre cela. Tu es un homme attentif et chaleureux et tu possèdes des trésors de gentillesse. Mais, je crains que rien ne sera possible entre nous. J'ai toujours rêvé de quitter cette vie monotone, me marier et fonder une famille, ailleurs, dans un endroit où le quotidien serait meilleur. Mais le sort en a décidé autrement.

— Tout n'est pas forcément sombre. Nous pouvons essayer de construire quelque chose ensemble. Si tu acceptes, je serais pour toi, un mari, un frère, un amant. Ton bébé sera mon enfant.

— Oui…et l'amour, alors ? Tu dis que tu m'aimes, mais moi, j'en aime un autre ! Tu es un homme plein de qualités. C'est vrai que j'apprécie beaucoup ta compagnie. Ta présence fait disparaître mes idées noires, une sorte de plénitude m'envahit le corps, et la tristesse qui me ronge par moments commence à s'estomper. Mais est-ce suffisant ?

— L'amour est contagieux. Ça viendra avec le temps. Ne réponds pas tout de suite. Tu réfléchiras le temps nécessaire, je saurai attendre.

Armand lui sourit et elle lut dans ses yeux un regard qui l'enveloppait d'une tendresse infinie.

Apolline passa les jours suivants contrariée. Elle n'avait pas prévu la déclaration d'amour d'Armand, encore moins la demande en mariage. Elle fut bousculée dans ses rêves d'avenir avec Adriano. Mathilde n'était pas dupe, elle sut voir le tracas sur le visage d'Apolline.

— Qu'as-tu donc, ma fille ? demanda Mathilde. Es-tu souffrante ?

Des larmes remplirent les yeux d'Apolline. Elle les chassa rageusement d'un revers de main, releva sa tête et, en regardant Mathilde lui déclara :

— Armand voudrait m'épouser !

— Et c'est cela qui te rend si triste ! Mais c'est une bonne nouvelle, ma fille. Si Armand t'aime, ne le repousse pas. C'est un homme honnête, charmant et plein d'attention, et puis, tu n'as toujours pas de nouvelles d'Adriano !

Embarrassée, Apolline répondit timidement :

— Mais j'aime encore Adriano, mémé. Si je me marie, ce sera par amitié et dans la plus grande estime pour Armand, j'ai beaucoup d'affection pour lui, mais je n'en suis pas amoureuse.

— Réfléchis bien ma fille avant de prendre une décision. Avec Armand, le bébé aura un père, toi, un excellent mari et vous formerez une vraie famille.

Mon cher Adriano,

Je commence à désespérer d'attendre un signe de toi qui ne vient pas.

Mon terme arrive à grands pas et je n'ai toujours pas de nouvelles. Je me déplace de plus en plus difficilement. Je commence à avoir mal au dos et mes jambes deviennent de plus en plus lourdes.

Armand, mon sauveur dont je t'ai parlé, est un jeune homme sérieux, attentif et chaleureux. En venant prendre de mes nouvelles, il a fait la connaissance de mes parents et de mes grands- parents adoptifs avec qui j'habite. Il est très apprécié par la famille. Il est tombé amoureux de moi. Il connait notre histoire, mais vu que tu ne donnes pas signe de vie, il a cru bon de me déclarer sa flamme, me propose de l'épouser et donner son nom à mon bébé.

Il m'aide à remonter la pente, alors que l'absence de tes nouvelles me rend triste et déprimée.

Il a réussi à chasser les idées noires qui trottaient dans ma tête, et sa compagnie m'est très agréable et me fait retrouver ma gaieté.

Je pense qu'il est sincère et qu'il éprouve de vrais sentiments pour moi.

J'en ai parlé à Mémé, qui m'a clairement signifié que je serai stupide de répondre non à sa demande en mariage.

C'est peut-être mon étoile qui va me permettre d'élever mon enfant sans avoir honte du regard des autres.

Apolline qui te garde pour toujours une place dans son cœur.

17

Première étreinte amoureuse

Apolline s'était glissée dans les draps depuis plus d'une heure, mais le sommeil ne venait pas. Elle continuait à penser à la proposition d'Armand. C'était sans conteste un homme bon. Il était beau, intelligent, distingué et généreux. Il avait la magie de lui faire retrouver son naturel gai en faisant disparaître la tristesse qui par moment l'habitait. Il avait su se faire aimer de toute la famille. Apolline réfléchissait sérieusement à la demande d'Armand. Elle se disait que peut-être avec le temps, elle parviendrait à l'aimer. Elle qui rêvait d'un amour sans mesure avec Adriano. Mais, à présent, elle se trouvait devant un choix de raison, et elle entendait une voix en elle qui l'encourageait : Armand sera un mari honorable auprès duquel tu auras une existence agréable. Ton enfant aura un 'père de remplacement' qui saura le chérir comme si c'était son propre enfant.

Un dimanche matin, le soleil illuminait la ville. Armand vint sonner à la maison et proposa à Apolline une promenade autour des remparts. Mathilde l'encouragea :

— Tu as déjà terminé ton travail sur la dernière pièce de dentelle. Tu as du temps libre. Profite de cette journée ensoleillée. Même s'il fait un peu frais, en te couvrant convenablement, tu vas profiter du bon air. Cela va te faire du bien.

Apolline tint compte des conseils de Mathilde. Elle mit son chapeau, un manteau bien chaud et sortit avec Armand. Les quatre portes des fortifications médiévales permettaient l'accès au chemin de ronde. Apolline et Armand eurent le loisir de contempler la vue sur toute la ville et ses environs.

— Tu as une mine reposée, Apolline.

— Pourtant j'ai eu du mal à m'endormir hier soir. Puis le sommeil est venu tout d'un coup.

— As-tu réfléchi à ma proposition ?

— Oui.

— Et alors…

— Peut-être...

— C'est une réponse de normand. Je m'attendais à une décision franche : oui ou non. Si c'est un non, je serai bien obligé de m'en contenter, mais rassure-toi, je ne t'en voudrai pas.

— Pourquoi m'as-tu choisie, moi ? Tu es un homme bien sous tous rapports. Je suis une fille de pêcheur, sans fortune, et de surcroît enceinte d'un argentin.

— J'ai une seule bonne raison : je suis amoureux de toi. Si tu m'acceptes, je te ferai oublier les épreuves qui ont jalonné ta vie, et je serai un père pour l'enfant que tu portes même si ce n'est pas moi qui l'ai conçu.

— Tu portes en toi une noblesse d'âme que l'on trouve rarement. Ce n'est pas donné à tout le monde ! Je suis d'autant plus touchée et émue par ta proposition que j'accepte.

Armand eut un sourire joyeux, prit tendrement la main d'Apolline et l'attira dans un recoin du chemin de ronde qui était à l'écart des promeneurs. Il enlaça la jeune femme qui se laissa aller contre lui. C'était la première fois qu'ils étaient si proches physiquement. Armand était heureux de sentir le corps d'Apolline tout près de lui. Il enfouit son visage dans son cou et sentant l'odeur de ses cheveux il lui murmura à l'oreille :

— Tu sens bon, j'aime tout en toi.

Appuyant légèrement sa tête contre celle de son compagnon, Apolline lui répondit timidement :

— Merci. Je me sens bien avec toi, comme si depuis que tu m'as sauvée, tu me protèges.

Leurs deux corps se rapprochèrent et ils goûtèrent au plaisir de se sentir étroitement enlacés. Après ces moments délicieux, Armand suggéra de poursuivre la balade, et passer rendre visite aux parents d'Apolline pour demander leur consentement. Tout en allant, il espéra dans son for intérieur que cette première étreinte langoureuse, serait un prélude à bien d'autres plus passionnées.

18

Organisation du mariage

Ce dimanche matin, toute la famille Lejeune était présente. Dès qu'ils furent au courant de la demande d'Armand, des exclamations et des cris de félicitations fusèrent de partout. Marius clama qu'il fallait arroser cette bonne nouvelle, mais que les Gavériaux devaient être présents. Valentin fut chargé d'aller les chercher. Mathilde et Jérémy furent enchantés, et décidèrent de ne pas aller au temple l'après-midi pour fêter dignement l'évènement. Les futurs époux baignèrent dans une atmosphère de rires et de gaîté bruyante. Par la suite, il fut question de l'organisation du mariage.

— Il faudrait que j'annonce mon intention d'épouser Apolline à mon père, dit Armand à l'assistance.

— Ah ! parce que ce n'est pas encore fait ? demanda Marius.

— Ce n'est que ce matin qu'Apolline a bien voulu me dire qu'elle acceptait de m'épouser. Donc c'est tout récent !

— Mais n'es-tu pas un homme divorcé ? demanda Marie. Tu ne pourras pas te marier religieusement.

— C'est vrai que les hommes d'église vous diront, qu'à la lumière de leur lecture des Évangiles, le mariage religieux a un caractère sacré et indissoluble. À ce titre, je ne pourrai prétendre me remarier à l'église. J'aimerais mieux un mariage civil, poursuivit Armand. Je ne suis plus très sûr d'être un bon chrétien. L'Église vit dans l'hypocrisie et c'est en partie pour cela que beaucoup s'en éloignent.

— Il n'en est pas question, répondit Marius. Marie va en faire une jaunisse. Elle est pieuse jusqu'au bout des ongles.

Tout en triturant sa moustache, Jérémy intervint en s'adressant à Armand :

— Ne t'inquiète pas. Il y a moyen de faire autrement.

Toute l'attention fut portée sur le vieil homme qui continuait à effiler les pointes de ses longues moustaches.

— Comment donc ? demanda Marie qui semblait être la seule à insister pour qu'Apolline et Armand se marient religieusement.

— Si vous n'y voyez pas d'inconvénient, notre pasteur sera heureux de procéder à la bénédiction nuptiale au temple, répondit Jérémy.

Ce fut des cris d'enthousiasme. Mathilde fut la première à lancer des exclamations de joie. Son vieil homme avait réussi à trouver une solution et à mettre tout le monde d'accord. Ils soulevèrent tous le problème du curé Chabrol dont il faudrait ménager la susceptibilité.

— Ne vous inquiétez pas, insista Marius, j'en fais mon affaire. Je lui rappellerai tout simplement l'intransigeance de l'Église catholique vis-à-vis des hommes divorcés. Ça va encore être un débat animé entre nous deux, mais j'ai l'habitude.

La semaine suivante, Armand écrivit à son père pour lui annoncer son amour pour la jeune et jolie Apolline, et lui faisait part de son intention de l'épouser. À l'ouverture de la lettre, Antoine Fontaine qui déjeunait avec des invités, fut pris d'une rage folle. La domestique qui servait le repas laissa tomber un des plats qu'elle apportait, et courut se cacher dans une remise à outils au fond du jardin. Heureusement, pensa-t-elle, qu'Armand n'est pas présent, son père en serait venu aux mains.

— Vous vous rendez compte, il veut épouser une intrigante qui a réussi à l'embobiner. Et vous savez quoi, elle attend un enfant d'un autre homme. Mais, non de non ! Il a un petit pois à la place du cerveau. Aurait-il perdu tous ses neurones en si peu temps à Boulogne-sur-Mer ? C'est-y pas malheureux ! Je vais lui écrire, moi, et lui dire ce que je pense de ses divagations. S'il persiste, je romps toute relation avec lui, et je vous demande de faire de même.

En lisant la lettre d'Antoine, Armand fut désolé. En dépit du caractère impossible de son père, il l'aimait sincèrement. Il s'était dévoué pour lui et son frère afin d'assurer leur éducation et faire en sorte qu'ils ne manquassent de rien. Mais, n'avait-il pas le droit, à trente ans, d'être libre de ses actes ? Peut-être que lorsque son père ferait la connaissance d'Apolline, il changerait d'avis ?

Lors d'une de leur promenades, Armand fit part de la missive à Apolline qui, le cœur serré, répondit :

— À te voir avec ce regard triste, j'avais deviné que tu cherchais comment m'annoncer la nouvelle.

— Je ne changerai pas d'avis. Tu seras ma femme devant Dieu et devant les hommes.

— Mon Dieu ! s'exclama Apolline. Serais-tu prêt à rompre avec ton père pour moi ?

— Pour toi, je suis prêt à tout.

— Mais, moi, je ne veux pas être un sujet de discorde. Je m'en voudrais d'être la cause d'une rupture avec ton père que tu aimes. Un jour, peut-être que tu me le reprocheras !

— Je ne te reprocherai rien. Me marier avec toi est mon choix personnel et ma propre décision.

— Ne pouvons-nous pas attendre un peu, le temps que je fasse sa connaissance ? demanda Apolline.

— Tu ne connais pas mon père. Il est têtu. Il ne veut pas te rencontrer, et de surcroit et sans t'avoir vue, il te considère comme une intrigante qui cherche à mettre le grappin sur son fils.

Les yeux d'Apolline se remplirent de larmes. Armand eut un pincement au cœur, il l'attira à lui, l'enlaça, essuya ses larmes, et se mit à l'embrasser tendrement. Apolline lui entoura le cou de ses deux bras et se laissa aller. Il la sentit trembler contre sa poitrine. Il détacha ses lèvres des siennes puis, lui murmura dans l'oreille :

— Ne te chagrine pas pour ça, j'en fais mon affaire. Mon père finira bien par revenir à de meilleurs sentiments. N'en parlons plus et préparons notre mariage. Pour l'instant, je ferai bien de te conduire à la maison. Il se fait tard.

Il lui prit la main, elle le suivit docilement. Lorsqu'ils arrivèrent, ils trouvèrent Mathilde et Jérémy assis dans leur fauteuil au coin du feu. Mathilde, qui surveillait du coin de l'œil la cafetière posée sur la cuisinière, annonça que le café était prêt.

— Eh ben, mes deux tourtereaux ! On dirait que le café attendait patiemment votre venue ! s'exclama Mathilde.

— Prenez-en une bonne tasse pour vous réchauffer, ça va vous faire du bien ! Il commence à faire frisquet dehors, dit Jérémy.

— Mais dites-moi, vous avez l'air anxieux d'enfants perdus, remarqua Mathilde. Ai-je tort ?

— On ne peut rien te cacher, dit Armand. Mon père est contre mon mariage avec Apolline. Mais, moi, cela ne m'empêchera pas de l'épouser. C'est mon souhait le plus cher. Ce qui est affligeant, c'est qu'Apolline ne voudrait pas que je me brouille avec mon père et qu'elle s'en sente responsable.

S'adressant à Apolline, Mathilde lui dit :

— Tu es bien bonne, ma fille ! Je sais que c'est ton tempérament, tu ne veux causer de tort à personne, mais c'est ton bonheur qui est en jeu. Armand t'aime, et il veut t'épouser en dépit du refus de son père. C'est qu'il tient à toi, et je ne peux que l'admirer. Tu n'as pas de scrupules à avoir.

— Mais si on patientait un peu, avec le temps monsieur Fontaine changerait peut-être d'avis, répondit Apolline !

— Je connais assez mon père, rétorqua Armand. Il ne changera pas d'avis, et même si par chance ça lui venait à l'esprit, ça prendrait des années. Moi, je veux que tu sois ma femme rapidement.

— Ça, c'est bien dit ! approuva Mathilde.

Jérémy regarda Mathilde qui lui souriait d'un air entendu, puis s'adressant à Armand et Apolline :

— Et n'oubliez pas que votre préparation spirituelle sera guidée par notre pasteur au moins trois semaines avant la cérémonie. Vous n'aurez pas besoin de présenter des extraits de naissance ou des certificats de baptême comme à l'Église catholique. L'acte de mariage et la fiche d'état civil des témoins sont suffisants.

Durant les jours suivants, Armand céda son atelier à son ouvrier. Émile, son patron à Boulogne, fut très content de l'avoir comme associé responsable de l'atelier de réparation des bateaux de pêche. Il fut même décidé de le moderniser afin d'envisager de répondre aux demandes de nouvelles constructions. Par ailleurs, il fallait se former aux nouveaux procédés de fabrication utilisant de l'acier, de l'aluminium ou des composites. Émile lui rapporta que son père, ayant appris qu'il l'avait embauché, était furieux contre lui. Leur amitié qui durait depuis très longtemps fut brisée par cette affaire. Cependant, il ne regrettait rien car il trouvait l'attitude d'Antoine stupide.

Armand, en prévision d'accueillir sa future épouse, loua une petite maison dans une rue tranquille, et se préparait à mener sa nouvelle vie avec enthousiasme.

Mariage d'Apolline et naissance d'Anaïs

La cloche du temple protestant de Boulogne sonnait à la volée pour célébrer le mariage d'Apolline et d'Armand. Ce jour-là, il n'y avait pas foule pour assister à cet heureux événement. Seuls étaient présents les membres de la famille Lejeune, les Gavériaux, Hortense qui s'était liée d'amitié avec Apolline aux ateliers de Capécure, Émile son patron ainsi que quelques amis venus depuis Grand-Fort-Philippe. Si Armand de son côté n'éprouvait pas de peine quant à l'attitude de ses proches, Apolline se sentait responsable de la rupture entre son mari et son beau-père, Antoine. Elle aurait voulu que son mariage se fasse avec la bénédiction de ce dernier. Elle savait qu'Armand, en dépit du caractère difficile d'Antoine, l'aimait beaucoup. Elle ne voulait pas en arriver à une situation extrême où Armand devrait choisir entre elle et son père. Tous les soirs, elle priait pour qu'Antoine change d'avis. Mais, hélas, il resta intraitable.

Mais cela n'altéra pas la joie des futurs époux. Apolline, radieuse dans sa belle robe de mariée en dentelle de Calais, offerte par Mathilde et Jérémy, et Armand dans son costume sombre, une chemise blanche et une cravate noire, s'avançaient vers le lieu de la cérémonie d'un pas tranquille en souriant.

Apolline au bras de son père, et Marie à celui d'Armand, franchirent le seuil de la mairie. Pendant un instant, alors que le regard de la jeune femme fixait le maire qui allait procéder à la cérémonie, son esprit était ailleurs. Elle revoyait le visage d'Adriano et pensait à l'enfant qu'elle portait, fruit de leur brève union pendant laquelle elle était noyée dans un océan d'amour. Cette relation intense et le fruit qui se développait dans son corps faisaient partie d'elle. Elle ne pouvait les gommer d'un seul trait. Pourtant, elle ne voulait pas gâcher cette fête. La vie était ainsi faite, elle ne pouvait pas changer son cours. Armand était un homme gentil, plein de bonnes intentions, il était surtout amoureux d'elle et désirait la protéger. Apolline l'estimait beaucoup et avait accepté sereinement de l'épouser. Elle signa le registre qu'on lui présenta et elle échangea avec Armand un regard plein de tendresse.

Au temple, après une lecture des textes bibliques, l'échange des consentements et des alliances, les époux prièrent pour que leur mariage soit béni, puis une Bible fut offerte aux nouveaux mariés. À la sortie du temple, ils furent accueillis par une foule de curieux et d'enfants, attirés par la coutume de distribution de friandises, et qui scandaient ' Vive la mariée'. Armand lança en l'air des poignées de pièces de monnaie et de dragées, les enfants se précipitèrent pour les ramasser tout en criant leur joie. Apolline aperçut quelques-unes de ses compagnes d'atelier qui lui firent une ovation. Quelques voisins et amis proches de la famille Lejeune et des Gavériaux ainsi que les amis d'Armand furent invités au vin d'honneur et au repas qui eurent lieu dans la salle communale louée pour l'occasion.

La veille, Marie aidée de Mathilde et d'Hortense, avaient préparé le déjeuner : des tourtes farcies, du gigot et des volailles. Le repas fut arrosé de bons vins, et se termina par un plateau de fromages accompagnés d'une salade verte. L'arrivée de la pièce montée constituée de choux à la crème, nappés de caramel et de nougatine, fut applaudie par les convives. Un soleil radieux baignait la ville et le port de Boulogne ; et pourtant des larmes coulaient sur les joues d'Apolline. Armand tendit discrètement la main et les essuya tendrement. Il lui chuchota à l'oreille :

— Apolline, tu es si belle. Tu es le rayon de soleil qui réchauffe mon cœur. Aujourd'hui est un grand jour qui scelle notre union devant Dieu et devant les hommes. Il n'y pas lieu d'être triste, je ferai tout pour te rendre heureuse.

En guise de réponse, Apolline posa sa tête sur l'épaule de son époux qui l'entoura de ses bras et couvrit son visage de baisers, auxquels elle répondit tendrement.

Le soir, la fête se poursuivit par un nouveau repas, entrecoupé de chansons et danses au son de l'accordéon et du violon de deux amis de Valentin qui, musiciens pendant leur temps libre, animaient à la demande, les mariages qui se déroulaient dans le quartier. Apolline fut sollicitée pour des danses, elle passait ainsi de bras en bras et retrouvait dans cette ambiance sympathique et festive, sa gaîté et sa joie de vivre.

Après que les tartes et le café additionné de genièvre furent servis, il se fit tard, et les convives commencèrent à partir en réitérant leurs souhaits de bonheur aux mariés. Marius, les yeux larmoyants, prit Armand par l'épaule et lui chuchota à l'oreille de bien prendre soin d'Apolline, puis l'embrassa affectueusement. Marie serra longuement sa fille dans ses bras et lui souhaita tout le bonheur du monde. Hortense et Valentin décidèrent d'accompagner les jeunes époux jusqu'à leur logement. Ils s'en allèrent après les avoir embrassés et leur avoir souhaité une bonne nuit. C'était la première fois qu'Apolline venait dans la petite maison qu'avait loué Armand. Il la souleva et la porta dans ses bras pour passer le seuil. Une douce chaleur régnait dans la maison. Armand avait demandé auparavant à Valentin et Édouard de venir allumer le feu dans le poêle à bois qui trônait dans la pièce à vivre, modestement meublée. En la déposant devant le feu où elle s'installa confortablement dans une des deux chauffeuses, Armand lui dit :

— Nous sommes enfin chez nous, ma douce. J'espère que tu vas apprécier notre petit nid douillet et que tu vas t'y sentir bien.

— C'est joliment décoré. Je vois qu'il y a plusieurs toiles de paysages marins. Cela invite au voyage, à l'évasion et la sérénité. Je crois que je vais m'y plaire.

Apolline éprouvait beaucoup d'affection et de tendresse pour Armand. C'était un homme prévenant, plein de pudeur et de délicatesse. Il l'avait toujours respectée et n'avait jamais été loin dans ses approches pour avoir des relations charnelles. Maintenant qu'elle était devenue son épouse devant Dieu et les hommes, elle voulait être sa femme. Elle le sentit hésitant, tentant de se rapprocher d'elle. Elle l'encouragea en se blottissant contre sa poitrine. Très lentement, Armand l'enveloppa de ses bras aux muscles déliés et, avec passion, se mit à l'embrasser. Apolline se surprit à répondre avec fougue à l'étreinte de son époux.

Armand l'emmena dans la chambre et, lentement, la déshabilla avec douceur, admira ses seins, sa silhouette joliment sculptée avec son ventre arrondi. Elle était à plus de six mois de grossesse. Ses lèvres coururent sur ce corps qu'il avait tant désiré. Il l'allongea sur le lit, se déshabilla, puis continua à l'embrasser. Apolline fut saisie par des frissons qui irradièrent tout son corps. Son esprit se brouilla et elle ne pensa plus qu'au corps d'Armand qui s'unissait au sien et auquel elle s'agrippa avec force alors qu'il lui murmurait des mots et des paroles d'amour. Ils furent alors submergés par une vague intense de plaisir.

Apolline, nicha sa tête au creux de l'épaule d'Armand puis, ferma les yeux. Elle s'endormit progressivement sous les caresses de son mari qui de son côté était resté un petit moment éveillé. Il avait tellement patienté en attendant le jour où Apolline serait sienne, qu'il voulait continuer à savourer le moment présent.

Lorsqu'Apolline ouvrit les yeux, une agréable odeur de café flottait dans l'air. Quelques rayons de lumière diffuse passaient à travers un léger rideau. Les légers bruits qui résonnaient dans la pièce indiquaient que les gens commençaient à s'activer pour une nouvelle journée de travail. Apolline se redressa sur son lit et s'étira. Elle ferma les yeux et ses pensées se mirent à tourner autour de ce qu'elle avait vécu avant sa rencontre avec Armand. Cela ravivait les souvenirs de ses étreintes avec Adriano mues par le seul amour qui habitait leurs cœurs. Elle se concentra sur les sensations que lui avaient procurées les caresses d'Armand. Il avait su la combler en la faisant sienne, lentement et avec douceur. Elle essuya furtivement quelques larmes de gratitude ; c'était une reconnaissance envers son mari qui s'était montré tellement délicat et prévenant. C'est à ce moment qu'Armand parut dans l'embrasure de la porte en lui adressant un large sourire, il portait un plateau avec un copieux petit déjeuner.

— As-tu bien dormi ma chérie ?

— Oui, merci Armand.

— Le petit déjeuner est prêt, j'ai pensé qu'il valait mieux te le servir au lit. Tu dormais tellement profondément que je ne voulais pas te réveiller.

— Oh, mais il ne fallait pas. J'allais te rejoindre quand j'ai senti la bonne odeur du café. Je t'ai même entendu fredonner. C'est que tu chantes bien, tu as une belle voix !

— C'est gentil. Si tu venais me voir travailler dans l'atelier, tu serais alors étonnée ! Il m'arrive souvent de pousser la chansonnette tout en travaillant sur mes modèles. Pendant mon adolescence, j'ai fait partie d'un chœur et j'ai rêvé d'être chanteur. Mon père a jugé que ç'était un métier sans avenir, et j'ai dû abandonner.

Apolline après avoir profité du copieux petit déjeuner, mit le plateau en bas du lit, se rapprocha d'Armand et l'étreignit en caressant son dos. Surpris qu'elle prenne les devants, le désir le reprit, la prenant dans ses bras, ils s'aimèrent avec passion. A partir de ce jour, Apolline comblée par l'amour d'Armand, mena une vie heureuse. Elle prit possession de sa nouvelle maison. Elle apporta quelques touches personnelles à la décoration, et décida de délimiter dans le jardin un coin potager où elle mit en terre des plants de salades et de choux qu'Armand avait apportés d'une pépinière. Elle préparait les repas, et découvrait ainsi avec le temps, les plats que son mari préférait. Elle mettait le couvert en attendant avec impatience l'arrivée d'Armand qui, dès qu'il passait le seuil de la porte d'entrée, la serrait contre lui, l'embrassait avec fougue en lui chuchotant dans l'oreille que la journée avait été longue sans elle. Après le repas et avant de partir travailler, il n'hésitait pas à essuyer la vaisselle et à la ranger en faisant semblant de ne pas avoir entendu la remarque d'Apolline :

— C'est moi qui me charge des tâches ménagères, ce n'est pas ton travail !

— C'est pour tu puisses avoir un peu de temps libre et faire autre chose. Je sais que tu aimes la lecture. Alors, profite du plaisir de lire ! Quant au petit jardinet, je m'en occuperai, n'oublie pas que tu dois te ménager pour toi et le bébé que tu portes.

— C'est vrai qu'en ce moment je n'ai pas eu de pièces de dentelles à réparer. Mais, ça ne va pas tarder d'après mémé Mathilde. Je devrais profiter de cette période creuse pour consacrer quelque temps à la lecture, ça va me reposer.

Quelques jours après leur installation, Marius, Marie et les Gavériaux vinrent lui rendre visite. Apolline fut heureuse de les recevoir. Elle leur fit faire le tour de sa maison qu'ils jugèrent tous chaleureuse et accueillante. Ils la félicitèrent pour la tenue de son intérieur et du choix des jolies décorations.

— Je n'ai pas été seule à choisir, répondit Apolline. Armand a largement contribué à l'organisation de l'espace dans la maison, et puis le choix des tableaux de peinture, c'était son idée.

— Ce n'est pas étonnant, répliqua Marius. La mer est source d'inspiration pour de nombreux peintres. Pour nous marins, c'est la mère nourricière.

— Allons donc dans la cuisine, reprit Apolline, j'ai préparé du café.

— Nous avons apporté une tarte aux mûres, dit Mathilde. Jérémy est allé cueillir les fruits dans les bois. La récolte a été bonne cette année, nous pourrons faire des confitures.

— C'est la tarte de mémé que je préfère. Merci à vous deux.

— Tu nous manques, Apolline, avoua Jérémy. Mathilde et moi-même n'avons plus personne pour parler le soir au coin du feu. Alors nous consacrons beaucoup de temps à la lecture. Je vais régulièrement à la bibliothèque municipale emprunter des livres. Ça nous fait tout drôle de nous retrouver tous les deux, nous nous étions habitués à ta présence.

— Nous aurons bientôt des pièces de dentelle à réparer, répondit Apolline. Peut-être que mémé Mathilde viendra ici et nous pourrons travailler en bavardant.

— Ah, c'est une bonne idée, ma fille. Ça me fera du bien de marcher un peu.

Après avoir bu le café et mangé la tarte, les visiteurs embrassèrent Apolline et promirent de venir la voir le plus souvent possible. Debout sur le seuil de sa maison, Apolline les regarda partir en leur faisant de larges signes de la main en guise d'au revoir.

Les frères d'Apolline venaient la voir régulièrement. Édouard profitait des périodes où Valentin n'était pas de sortie en mer pour lui demander de le conduire chez sa sœur dont la compagnie lui manquait terriblement. Armand ayant pris conscience de cet indéfectible attachement d'Édouard pour sa sœur, n'hésita pas à aménager la chambre d'amis afin qu'Édouard puisse rester chez eux quand il le souhaitait. Mathilde, dès qu'elle eut reçu les coupons de dentelle, se fit un plaisir de venir certains après-midis bavarder avec Apolline tout en travaillant. Cette dernière était heureuse de constater qu'elle n'avait pas perdu son habileté pour coudre et réparer soigneusement les endroits défectueux.

Au fil du temps, le ventre d'Apolline s'arrondissait de plus en plus. Armand fit en sorte de rentrer de son travail le plus tôt possible. Tous les membres de la famille étaient aux petits soins pour elle. Armand avait acheté un fauteuil inclinable. Chaque jour, Apolline passait une bonne partie de son temps, assise confortablement dans ce fauteuil pour lire les livres de leur bibliothèque ou ceux ramenés de la bibliothèque municipale. Pour faire plaisir à son épouse, Armand en achetait dans une librairie non loin de leur demeure.

Elle fut sensible à la lecture de Germinal d'Émile Zola. Elle découvrit avec stupeur les conditions effroyables dans lesquelles travaillaient les mineurs de fond, leur résignation face à l'injustice de leur employeur. Elle prit conscience de la naissance dans le monde ouvrier de la notion de combat pour de meilleures conditions de vie, et de la lutte des classes. Elle fut enchantée par la lecture de certains poèmes de Charles Baudelaire, entre autres 'l'Homme et la mer'. Elle pensa à son père Marius et à son mari, tous deux passionnés par la mer. Elle retrouvait dans les vers écrits par le poète une réflexion sur le monde et l'existence humaine qui l'avaient bouleversée. Ce fut le sujet de longues discussions avec Armand lorsqu'ils se retrouvaient le soir avant d'aller se coucher.

Marie avait fait appel à une sage-femme, Émeline, qui l'avait aidée à mettre au monde Valentin et Apolline. C'était une femme joviale dont la voix avait un effet apaisant sur les parturientes. Elle avait rendu visite plusieurs fois à Apolline. L'étroitesse du bassin de cette dernière inquiétait quelque peu Émeline, mais elle n'en fit rien paraître, de peur d'effrayer la famille. Ce n'était pas la première fois qu'elle faisait face à ce cas de figure. C'était une femme d'expérience, elle y penserait le moment venu.

Les premières contractions réveillèrent Apolline alors qu'elle dormait paisiblement son corps blotti contre celui d'Armand. Ce dernier ouvrit les yeux et demanda :

-Qu'y a-t-il, ma chérie ? Tu as mal ?

— Je crois que c'est le bébé qui se prépare à venir, répondit Apolline. J'ai senti une douleur, puis une autre plus intense.

Armand sauta du lit :

— Je vais chercher Émeline et je passe chez tes parents. Ta mère voudra certainement venir t'aider.

— Ne me laisse pas trop longtemps seule. Les douleurs se manifestent de nouveau. Je ne pensais pas avoir aussi mal.

— Je vais faire vite. Tâche de suivre les conseils d'Émeline : respirer, bien respirer.

Armand s'habilla rapidement, et après avoir déposé un baiser sur le front d'Apolline, enfourcha son vélo et partit en pédalant avec énergie. Pendant ce temps, Apolline essaya de s'apaiser avec les exercices de respiration que lui avait enseignés la sage-femme afin d'atténuer la douleur. Elle pria de toutes ses forces pour qu'Armand fasse le trajet sans souci. Elle avait toujours eu des appréhensions quant à l'utilisation de la bicyclette, mais Armand n'avait pas cessé de la rassurer. Pour lui, bien qu'ayant la possibilité d'acquérir une petite voiture, il considérait que la bicyclette était un moyen efficace et pas cher pour les déplacements quotidiens.

Émeline arriva la première, elle prit place près du lit. Apolline agrippa sa main, et d'une voix plaintive lui dit :

— Ah, Dieu merci vous voilà, j'ai des douleurs qui me font très mal !

— Ça va aller, ma fille. Il faut s'armer de patience. Criez si cela vous procure un soulagement, mais respirez profondément et essayez de vous reposer entre chaque contraction.

Émeline rabattit le drap qui couvrait Apolline, souleva la chemise de nuit pour examiner la jeune femme qui souffrait tant. Elle épongeait le front d'Apolline perlé de sueur. Marie arriva toute haletante accompagnée d'Armand et de Marius qui voulait absolument être présent près de sa fille.

Émeline leur demanda de rester hors de la chambre, puis ordonna à Marie de faire chauffer de l'eau, d'apporter du linge et de quoi couvrir le bébé. Elle palpa le ventre d'Apolline d'une main experte, les craintes qu'elle avait se dissipèrent. Elle donna à boire à Apolline, puis parla pour la rassurer :

— Les poussées ont été efficaces, le bébé va bientôt naître.

Les gestes d'Émeline étaient précis et sûrs. Ses paroles rassurantes permirent à Apolline de supporter avec courage les douleurs provoquées par les contractions utérines. Émeline et Marie prodiguèrent à Apolline leurs encouragements, puis remarquant que le bébé était descendu dans le bassin, Émeline s'adressa à Apolline :

— Maintenant il est temps de pousser. Allez, respirez à fond et poussez, poussez. Relâchez vos sphincters, n'ayez pas de pudeur déplacée !

Le visage baigné de sueur et de larmes, Apolline sentit une douleur extrêmement forte, une brève sensation d'écartement et de déchirure, puis un vagissement s'éleva dans la pièce. Apolline ouvrit les yeux, vit Marie assise à son chevet arborant un large sourire et Émeline qui portait un petit être qu'elle déposa sur son ventre. Elle coupa le cordon ombilical et Marie prit le bébé pour le laver. Une fois propre et habillé, Marie et Émeline s'approchèrent d'Apolline pour le lui présenter.

— C'est une petite fille, elle est mignonne et bien vivante ! lui lança Émeline.

Apolline eut quelques secondes d'hésitation et de peur de briser les os de ce petit être si délicat et fragile, avant de prendre sa fille contre sa poitrine. Elle avait les larmes aux yeux, c'était des larmes de bonheur, le bonheur d'avoir son enfant dans les bras.

Armand suivi de Marius vint près d'Apolline et déposa un baiser sur son front en lui chuchotant à l'oreille :

— Merci, mon amour.

Avec son beau-père ils contemplèrent le bébé.

— Elle est belle, cette petite ! murmura Marius, émerveillé. Je sens que je l'aime déjà.

À travers sa vue brouillée, Apolline vit le visage d'Armand, qui lui aussi, avait les yeux embués de larmes. Il avait furtivement détourné son visage pour regarder ailleurs. Elle comprenait son émotion, et se rendit compte, tout à coup, qu'elle avait pour son mari un amour grandissant.

Armand suivi de Marius sortit de la chambre pour rejoindre Émeline qui, assise dans la cuisine, prenait une tasse de café que Marie avait préparé. Armand s'approcha d'Émeline :

— Je tiens à vous remercier pour tout ce que vous avez fait pour ma femme.

— C'est toujours avec plaisir que j'assiste mes patientes. Je fais de mon mieux pour que tout se passe bien. Je suis vraiment contente pour vous et pour votre épouse. Vous avez une jolie petite fille. Je passerai demain pour m'enquérir de la santé de la maman et de l'enfant. Mais si vous préférez faire appel à médecin, c'est votre choix.

— Revenez donc, vous êtes la bienvenue, répondit Armand.

— Je vous dis donc à très bientôt.

Pendant ce temps, Marie plaça le bébé dans le berceau, débarrassa la chambre du linge souillé, changea les draps, lava le visage d'Apolline, la coiffa, lui passa une nouvelle chemise de nuit et la recoucha avec délicatesse. Elle partit alors dans la cuisine pour préparer une soupe de légumes.

Apolline demeura couchée pendant cinq jours. Marie resta avec sa fille pour l'aider à faire sa toilette, tenir la maison, préparer les repas, faire la lessive et s'occuper de l'enfant à qui les parents avaient donné le prénom d'Anaïs. La petite était nourrie au sein. Ainsi, Apolline éprouvait un sentiment de plénitude au contact du corps de son enfant. Elle passait de longs moments à la regarder et la caresser. Mathilde, Jérémy, Valentin et Édouard se firent le plaisir de venir contempler la petite endormie dans son berceau. Tous embrassèrent Armand et Apolline et les félicitèrent pour le bébé. Édouard comme à son habitude, improvisa à cette occasion un petit poème :

Oh Dieu du ciel,

Faites qu'Anaïs,

S'épanouisse,

Tel un beau fruit,

Ou une belle de nuit.

— Notre Édouard s'exprime encore en vers. Viens que je t'embrasse grand frère. Tu es comme la mer, tu caches au fin fond de toi-même des richesses insoupçonnables.

Avec une certaine émotion dans la voix, Jérémy, en s'approchant d'Apolline lui murmura à l'oreille :

— Je suis heureux d'avoir vu ce petit bout de chou avant que notre Seigneur m'appelle auprès de lui.

— Mais pourquoi dis-tu cela, pépé, lui demanda Apolline ?

— Je ne sais pas, petite, c'est peut-être bientôt le moment.

Mathilde qui écoutait d'une oreille les compliments des visiteurs et prêtait l'autre oreille à ce que disait son mari, s'exclama en s'adressant à Apolline :

— Ne l'écoute pas ma fille. En ce moment, il n'est pas bien dans sa tête, mais ça va lui passer.

Apolline prit la main de Jérémy et l'embrassa. Ce dernier la regarda ému par cette marque d'affection.

— Tu es le plus doux pépé du monde, je t'aime.

Jérémy sentait le picotement des larmes qui voulaient se déverser sur ses joues. Ceci ne lui correspondait pas. Il avait vu passer tellement d'évènements, heureux ou malheureux, qu'il s'était fait une carapace. Mais là devant ce petit ange, il ne pouvait maîtriser ses sentiments. Il trouva la force de murmurer :

— Merci, ma fille. Ta présence dans notre foyer nous a apporté du bonheur et a illuminé la vie qui coule et s'égrène. J'espère vivre longtemps pour faire sautiller la petite Anaïs sur mes genoux, et lui faire découvrir les poils de ma superbe moustache.

— Arrête de te lamenter. On croirait, à t'entendre, que tu es à l'article de la mort ! s'exclama Mathilde ! Tu auras l'occasion de lui faire découvrir tes fameuses moustaches…

Apolline, Mathilde et Jérémy, ensemble, se mirent à rire de bon cœur.

Armand se chargea de la déclaration à la mairie. Émeline vint rendre visite à la maman et au bébé. Elle fut rassurée. La petite avait pris du poids et la maman se remettait peu à peu de l'accouchement. Marie et Mathilde vinrent régulièrement rendre visite à Apolline et voir la petite Anaïs. Elles avaient tant à faire qu'elles ne prirent plus en charge de pièces de dentelles à réparer.

Les semaines se succédèrent, puis vint le printemps et ses fleurs, enfin l'été arriva avec ses journées ensoleillées. Apolline et Mathilde promenaient la petite qui, sous l'effet du balancement de sa poussette, dormait paisiblement la plupart du temps. Elles longeaient les berges de la Liane, le fleuve boulonnais, ou partaient du côté des remparts de la vieille ville en empruntant le chemin de ronde. Elles faisaient des haltes pour profiter des jardins fleuris qui jalonnaient leur parcours. Elles rentraient de ces longues promenades heureuses d'avoir partagé des moments de complicité.

C'est en rentrant chez elle, après avoir laissé Apolline et la petite Anaïs à leur domicile, que Mathilde aperçut une voiture de police garée devant sa maison. Un homme en civil était en train de sonner à sa porte, alors que son collègue en uniforme de policier était au volant du véhicule. Le rythme cardiaque de Mathilde s'accéléra alors qu'elle pressait le pas pour arriver à hauteur de l'agent à qui elle s'adressa :

— Bonjour Monsieur, puis-je vous renseigner ?

— Je suis l'inspecteur de police Lefebvre, et voici mon collègue l'agent Dubois. Nous voudrions parler à madame

Gavériaux. J'ai actionné le heurtoir à plusieurs reprises, personne ne répond.

— Je suis madame Gavériaux, que se passe-t-il ? Y-a-t-il eu un cambriolage dans ce quartier si tranquille ?

— Non rien de cela, Madame. Nous serions peut-être mieux à l'intérieur pour vous parler !

Mathilde, impatiente de savoir de quoi il retournait, ouvrit avec fébrilité la porte, fit rentrer l'inspecteur de police et son collègue, et les invita à s'asseoir.

— Nous sommes malheureusement porteur d'une mauvaise nouvelle, madame. Votre mari est décédé d'une crise cardiaque. Un passant a vu un vélo renversé le long du chemin, et a découvert votre mari allongé dans le fossé. Alertés, les pompiers n'ont pas pu le réanimer.

La stupeur cloua Mathilde sur place. Son corps fut subitement baigné d'une sueur froide. Dans son esprit embrumé, des images de Jérémy qui, juché sur son vélo, lui faisait un petit signe de la main avant de s'éloigner en direction du temple. Elle venait de comprendre qu'elle ne le verrait plus. Son malaise s'accentuait, elle essaya de se relever mais retomba sur son siège. L'inspecteur alla vers le robinet et rempli un verre d'eau qu'il lui présenta :

— Buvez Madame, cela vous fera du bien.

Mathilde but l'eau qui remédia à une sécheresse de la bouche qu'elle ressentait depuis la terrible nouvelle qu'elle venait d'apprendre. Son regard fut voilé d'une profonde tristesse. Son esprit s'abîma dans ses souvenirs. Voyant l'état de Mathilde, l'inspecteur lui demanda :

— Y-a-t-il une personne de votre famille ou des voisins qu'on pourrait avertir pour qu'ils puissent venir vous tenir compagnie ? demanda l'inspecteur Lefebre. Sinon, on peut appeler un médecin car vous n'avez pas l'air d'aller bien. Nous ne pouvons pas vous laisser dans cet état.

Mathilde leva difficilement la tête. Des larmes coulaient sur ses joues. Elle regarda l'inspecteur sans vraiment le voir, perdue qu'elle était dans ses pensées. Ce dernier la fixa, touché par son corps frêle encore parcouru par de grands frissons. Elle finit par murmurer :

— Avertissez, s'il vous plaît, Armand Fontaine et ses beaux-parents, Marius et Marie Lejeune.

Elle indiqua brièvement les deux adresses que l'agent Dubois s'empressa de noter sur un carnet. Ils portèrent Mathilde dans sa chambre, l'allongèrent sur son lit. L'inspecteur plaça une carafe d'eau et un verre sur sa table de chevet.

— Vous serez mieux installée dans votre lit. Nous allons faire vite pour joindre vos amis. Ne vous inquiétez pas !

L'inspecteur et l'agent annoncèrent le décès de Jérémy aux deux familles Lejeune et Fontaine. Marie, Marius et Valentin qui n'étaient pas sortis en mer ce jour-là, ainsi qu'Armand qui était déjà de retour de son travail, tous, affligés par la nouvelle, accoururent chez Mathilde. Apolline insista pour aller voir Mathilde accompagnée de sa petite Anaïs emmitouflée dans sa poussette. Tous avaient une mine abattue. Ils entourèrent Mathilde et essayèrent de la consoler, mais le chagrin les avait submergés. Tous appréciaient Jérémy et lui vouaient un profond respect.

C'était un grand-père, gentil, doux, généreux et affectueux pour les Lejeune.

Les familles Lejeune et Fontaine, des anciens compagnons de travail et son ami le pasteur vinrent bénir le corps de Jérémy. Mathilde recevait leurs condoléances, mais elle avait son esprit ailleurs. Les visages sombres et malheureux de tous les visiteurs, signaient la perte d'un ami très cher.

La cérémonie religieuse et l'inhumation se déroulèrent dans une très grande simplicité selon le rite protestant. Le pasteur rappela que la vie était un don de Dieu et qu'il veillait maintenant sur Jérémy. Il évoqua la ferveur protestante du défunt. Sa vie avait été un modèle de dévouement. Il avait consacré sa vie au bien être des siens, mais il avait aussi été d'une grande générosité envers ses semblables. Et pour couronner le tout, il leur fit part d'une information que peu de gens connaissaient : Jérémy en tant que facteur, faisait circuler au temps de l'occupation, les écrits clandestins des résistants. Il les intercalait avec le courrier ou dans les liasses de journaux. Contrairement à certains résistants de dernière heure, Jérémy ne se vantait pas de sa contribution dans la résistance. Bien au contraire, il n'en parlait jamais.

Un grand silence d'étonnement régna dans l'assistance. Chacun en son for intérieur, mesurait la grandeur d'âme du défunt, sa générosité et son dévouement.

DEUXIÈME PARTIE

1

Le Libertad poursuit son itinéraire de navigation

Une fois l'avarie réparée et après l'inventaire du ravitaillement, le Libertad poursuivit son itinéraire de navigation au départ de Boulogne en mettant le cap sur Liverpool, il accosta ensuite à Dublin, puis Cadix l'une des plus anciennes villes d'Espagne fondée en 1104 par les Phéniciens et ayant une riche histoire. Elle était le port d'attache des navires espagnols qui rapportaient les trésors des Amériques, après les découvertes de Christophe Colomb. Le majestueux voilier rejoignit ensuite, la rade de Toulon. À chaque escale, le navire-école arrivait toutes voiles dehors avec les marins accrochés à la mâture, ce formidable spectacle attirait beaucoup de monde, une foule de gens se pressaient sur les quais. Une certaine ferveur était perceptible parmi les spectateurs.

À chaque fois que le superbe voilier s'approchait d'une côte en vue, Adriano observait les reliefs terrestres qui formaient des côtes rocheuses et élevées. Puis, les petites taches blanches des villes côtières se distinguaient au loin, et se transformaient progressivement en immeubles et autres constructions. À chaque fois que le navire s'approchait d'un quai, il revit en pensées l'arrivée du voilier au port de Boulogne, la rencontre avec Apolline, les tours de danse endiablés qu'ils avaient faits ensemble, leur sortie en mer, leurs balades en ville. Le soir quand il fermait les yeux, il pensait tellement à Apolline qu'il la croyait près de lui, prête à renouveler les caresses tendres qu'ils s'échangeaient. Son esprit se brouillait, et il ne pensait plus qu'au corps d'Apolline qui s'unissait au sien.

La nuit, il lui arrivait de se réveiller en pleurs, résultat de cauchemars où il voyait sa bien- aimée se faire offrir par un jeune et bel homme une orchidée dont la fleur était de couleur mauve. L'homme séduisait avec délicatesse Apolline qui finissait par céder à son charme jusqu'à tomber dans ses bras.

Pendant la journée, il avait des moments d'absence où il se demandait ce que faisait Apolline ; était-elle chez ses parents ou chez les Gavériaux ? Peut-être était-elle de sortie avec son amie Nicole pour aller danser avec des jeunes gens ? Il aurait tellement aimé qu'elle soit à ses côtés, qu'il puisse enfouir sa tête dans sa longue chevelure. Il réalisa que l'occupation était le meilleur remède pour chasser les mauvaises pensées. Il faisait partie de plus d'une centaine d'élèves officiers qui avaient embarqué pour compléter leur instruction maritime durant une campagne école d'environ sept mois. Chaque jour il parcourait quelques kilomètres de coursives, d'escaliers, de ponts, de soutes et de cales. Il montait, il descendait, courait d'un point à un autre pour ne penser qu'à son travail. Ses pensées s'aéraient lorsque, par temps clair, il remontait sur le pont, observait la mer, le ciel bleu, au loin l'horizon, et suivait du regard l'écume laissée par le sillage du navire.

À Toulon, les cadets, après avoir écouté attentivement les recommandations du capitaine qui commandait le Libertad, eurent droit à une permission d'aller flâner dans les rues de la ville. Des collègues entraînèrent Adriano dans le port pour faire la tournée des bars. Il ne se sentait pas à l'aise, comme à son habitude. L'un de ses amis, Georgio, lui murmura dans l'oreille :

— Tu m'as l'air triste ! Allez, essaye de profiter de cette sortie et choisis-toi une partenaire pour danser. Tu ne changeras rien à la situation. Ton Apolline est bien loin maintenant, c'est de l'histoire ancienne, peut-être est-elle en train en ce moment de faire de même : se choisir un cavalier ?

— Arrête d'insulter ma future épouse ! Tu es mon ami Georgio, si cela avait été quelqu'un d'autre, je lui aurais flanqué mon poing dans la gueule.

— Désolé, mon ami. J'ai bien vu que tu n'étais plus le même depuis notre escale à Boulogne. Nous avons encore la traversée de l'Atlantique à faire, alors essaye de te distraire un peu.

— Fais quand même attention à ce que tu dis, lui conseilla Adriano.

Georgio rejoignit des hôtesses de différents âges, en petite tenue, accoudées au bar attendant le client. Adriano vit son ami au bras d'une femme ayant une silhouette filiforme. Ils grimpèrent des escaliers qui menaient au premier étage. Pendant ce temps, une hôtesse vint se positionner devant Adriano en lui demandant :

— Bonsoir beau gosse. Tu m'offres un verre ?

Adriano leva les yeux vers la femme qui le fixait avec un large sourire. Elle était bien dodue, avait un front légèrement bombé, des lèvres charnues, outrageusement maquillées, une voix gutturale due peut-être à un excès de cigarettes. Avant même qu'il ne réponde, la femme s'assit, posa ses mains sur les bras d'Adriano et commença à les caresser.

Adriano voulait rester poli. Il conserva son calme.

— Je veux bien vous offrir un verre, mais avant de commander, je préfère que vous retiriez vos mains de mes bras, insista Adriano.

La femme soufflait comme un phoque, Adriano recevait son haleine alcoolisée en plein visage. Il changea légèrement de position afin de s'en éloigner.

— Oh là là, tu n'es pas comme les autres, toi ! s'exclama l'hôtesse. Tu es là pour te distraire ou pour autre chose ? Peut-être que tu préfères les garçons ?

Adriano n'eut pas le temps de répondre que le serveur se présenta, transféra le contenu de son plateau vers la table : deux verres de whisky et des amuse-gueules. Adriano fut surpris, parce qu'il n'avait rien commandé. Cependant, l'hôtesse prit un whisky, commença à grignoter quelques cacahuètes et lui murmura :

— Ne soit pas surpris, beau gosse. C'est une commande télépathique ! Tu as une attitude qui tranche avec celles de tes copains qui ont des manières un peu vulgaires. Es-tu descendant de la noblesse ? peut-être un petit nouveau dans la marine ?

Adriano ne put réprimer un sourire. Alors qu'il s'apprêtait à poursuivre le dialogue avec l'hôtesse, Georgio revint, les joues rouges, les yeux brillants.

— Eh bien, je vois que tu es en charmante compagnie ! s'exclama Georgio. Tu as changé d'avis, n'est-ce pas ?

— Non. J'ai juste offert un verre à cette dame qui s'apprêtait à partir, répondit Adriano.

Pas très souriante, l'hôtesse se leva et s'adressant à Georgio, elle dit :

— Pas très causant ton ami. Il vient d'où ce zèbre ? tes compagnons sont tous des amateurs de découvertes intimes, par contre lui, c'est un glaçon, brrr... je te laisse lui raconter tes fredaines, ça va peut-être réveiller les sens de l'homme de Cro-Magnon !

L'hôtesse, pas très contente, s'en alla reprendre sa place au comptoir en attendant le prochain client.

— Alors, tu es repu, demanda Adriano, en souriant à son ami ?

— Oh là, je sors d'une chambre qui sentait le fauve, et mon passage n'a pas amélioré son odeur. La faible luminosité que diffusait une petite loupiotte supposée éclairer la pièce, révéla une silhouette maigrichonne. J'ai eu quelques hésitations à m'approcher de cette forme squelettique de peur de lui faire mal. Eh bien, en ni une ni deux, elle s'est pendue à mon cou en me chuchotant dans l'oreille : tu peux bouger mon grand, ce n'est pas interdit !

— Eh, si j'ai bien compris, tu n'as pas eu le temps de toucher terre ?

— Comme tu dis, on a tout fait dans les airs. Infatigable, la femme, je ne sais pas ce qu'elle a avalé ! J'ai fini par lui mettre dans sa main son dû comme convenu et je me suis faufilé dans le couloir de crainte qu'elle ne me saute à nouveau dessus.

— Tu as bien fait. Autrement elle t'aurait essoré comme une serpillière. Tu aurais été incapable de reprendre du service, surtout si tu es désigné de quart. Tu sais que demain le navire va larguer les amarres. Ouf, on rentre enfin chez nous !

— C'est dommage, répondit Georgio. En dehors de la formation pour la navigation, ce que j'ai beaucoup apprécié, ce sont les escales. Non seulement on découvre de nouvelles cités qu'on n'aura peut-être plus l'occasion de voir dans notre vie, mais on en profite aussi pour faire la fête, se distraire…

— Sachant que tu t'es marié juste avant d'embarquer, tu vas certainement jurer à ta jeune épouse, comme beaucoup d'autres marins, que tu as été d'une fidélité exemplaire, n'est-ce pas ? demanda Adriano.

— Ah toi ! tu fais partie du peu de marins qui résistent à la tentation. Je ne sais pas comment tu fais pour ne pas succomber aux sourires éblouissants des petites femmes qui viennent papillonner autour de nous.

— C'est simple, répondit Adriano. Je pense très souvent à Apolline. Pour elle, je suis prêt à tout. Elle m'est promise. Elle sera ma femme.

Tout en lui adressant un sourire affectueux, Georgio lui dit :

— J'espère que ton rêve se réalisera.

2

Réception en l'honneur d'Adriano à Pigüé

Après s'être assuré de la qualité et du volume des approvisionnements suffisants pour le voyage, le capitaine du Libertad donna l'ordre de larguer les amarres et mit le cap sur Buenos Aires. La traversée de l'Atlantique se passa sans encombre. L'arrivée du Libertad fit sensation. L'équipage ainsi que les cadets furent accueillis en fanfare. Ces derniers éprouvèrent une certaine fierté d'avoir participé à cette aventure unique en son genre. L'inquiétude et l'angoisse de la longue traversée de l'Atlantique étaient maintenant derrière eux. Les cadets quittèrent l'école mécanique de la marine avec leur brevet d'élève-officier. La remise des diplômes fut conduite de façon solennelle. Une fête mémorable fut organisée à cette occasion. Les parents des élèves-officiers étaient conviés à un vin d'honneur et à un banquet, ceux d'Adriano ne purent se déplacer, retenus par la distance et leurs responsabilités. Ils étaient propriétaires de plusieurs milliers d'hectares où ils pratiquaient un élevage extensif de bovins. En dépit de la faible densité d'animaux à l'hectare, ce mode d'élevage permettait de faire paître des centaines de têtes de bétail, dans un cadre qui entretenait et préservait le milieu naturel, mais exigeait une surveillance régulière des troupeaux.

Carlos et Leonora Rivière accueillirent leur fils unique avec un immense soulagement, heureux de le voir revenir sain et sauf après avoir navigué sur une mer qu'ils considéraient comme source de dangers. Leonora, les yeux emplis de larmes et le cœur débordant de bonheur s'avança et étreignit son fils dans un rare élan d'effusion.

— C'est bon de te revoir, fils !

— Moi aussi, mère. Je suis content de revenir à la maison et de voir que vous vous portez bien.

Adriano s'avança vers son père, ils s'embrassèrent :

— C'est une belle journée, mon grand. Te voilà de retour sain et sauf et diplômé.

Une grande réception fut organisée en l'honneur d'Adriano. Carlos et Leonora voulaient fêter le retour de leur fils et renouer des liens, quelque peu, distendus depuis son départ, avec leurs amis et connaissances. Étaient présents, les voisins proches, les relations d'affaire, quelques élus locaux, le médecin de famille, l'évêque du diocèse, le prêtre de Pigüe et même des amis venus de paroisses limitrophes. Les hommes étaient en majorité des éleveurs. Les femmes portaient leurs plus belles robes, de beaux chapeaux, et des châles aux couleurs chatoyantes.

Leonora avait demandé à son fils de porter son uniforme lors de la réception. Au moment où les invités dégustaient leur apéritif maison, et que les conversations allaient bon train, une jeune fille poussa soudain une exclamation :

— Ah, voici le jeune marin !

Tous se retournèrent pour regarder le beau jeune homme qui descendait le perron menant à l'entrée principale de la maison. L'apéritif était servi dans le jardin. Adriano souleva légèrement sa casquette pour saluer les personnes présentes.

Il remarqua en se dirigeant vers ses parents, en pleine conversation avec l'évêque et le curé, que la gente féminine ne le quittait pas des yeux. Il réalisa soudainement qu'il n'avait pas pensé à Apolline durant la dernière heure. Il s'attendait à trouver une lettre, un mot, un signe à son arrivée, mais ses parents ne lui parlèrent de rien. De son côté, il n'avait pas voulu dévoiler son petit secret tant qu'Apolline n'aurait pas donné de nouvelles. Peut-être avait-t-elle déjà rencontré un autre amoureux ? En pensant à cette éventualité, une tristesse infinie le submergea, Apolline lui manquait terriblement. Il fut au bord des larmes. Il fixa son attention quelques instants sur un point à l'horizon, le temps que son esprit se remobilise, puis il s'avança vers ses parents. Son père le prit par la main et le présenta à l'évêque :

— Voici notre fils unique, Adriano.

Adriano salua l'homme d'Église :

— Bonjour, Monseigneur.

— Bonjour, mon fils. En tant qu'un de nos jeunes diocésains, je vous félicite d'avoir accompli un parcours sans faute. Maintenant, il vous faudra penser à fonder une famille.

Et s'adressant à Carlos, il lui dit :

— N'est-ce pas, Monsieur Rivière ?

— Certainement, Monseigneur. La famille, le travail et notre mère l'Église, c'est le triptyque qu'il faut garder à l'esprit à tout instant.

— Vous avez tout à fait raison, Monsieur Rivière. Les familles honorables ne manquent pas dans notre diocèse.

Leonora vint vers eux, et leur demanda de rejoindre le buffet et de s'installer à table pour le repas. Tous, hommes, femmes, enfants, s'agglutinèrent autour du buffet dont l'une des extrémités était occupée par un serveur en charge du barbecue pour les amateurs de viandes grillées.

Leonora prit Adriano par le bras et le conduisit vers un groupe de jolies jeunes filles qui chuchotaient entre elles et se poussaient du coude en riant. Elles lançaient des regards furtifs qui convergeaient vers Adriano. Arrivée à leur hauteur, Leonora s'adressa à son fils :

— Tu te souviens des filles de nos voisins les plus proches, peut-être que tu reconnaîtras certaines d'entre elles. Elles ont peut-être fréquenté la même école que toi, il y a de cela quelques années ?

Après quelques secondes d'hésitation, Adriano, un peu troublé par le fait qu'il ait été ainsi un objet de curiosité, s'adressa aux jeunes filles :

— C'est vrai qu'entre les périodes de pensionnat et ma formation dans la marine, je n'ai pas toujours été présent au ranch. Mais, je me rappelle bien de certaines d'entre vous, en l'occurrence Camilla, Sofia, Tatiana et Victoria. Vous êtes toutes devenues de belles demoiselles.

Les filles en entendant le compliment, se regardèrent et rougirent en baissant la tête.

Adriano voyait bien où voulait en venir ses parents. Le commentaire de l'évêque n'était pas anodin. C'était calculé. Cette réception n'avait qu'un but, lui faire rencontrer les jeunes filles du pays afin qu'il reprenne contact.

Adriano feignit de jouer le jeu, il poursuivit en disant :

— Je me souviens qu'adolescents, même si nous avions un climat un peu rude et pas de visiteurs l'hiver, on n'hésitait pas à sortir pour profiter de la nature. Nous étions déjà de bons cavaliers, et avec Tania et Victoria, nous dévalions les collines environnantes au galop en criant comme des indiens. Nous étions libres d'errer à notre guise dans ces étendues magnifiques.

— C'est impressionnant, vous vous souvenez de ces épisodes ? demanda Victoria.

— Oh, oui. Tu étais intrépide et tu aimais les défis. On te considérait comme un garçon manqué. Mais cela n'empêchait pas les garçons de te tourner autour tellement tu les hypnotisais avec tes étonnants yeux verts et tes long cheveux roux.

Victoria se sentit mise en valeur.

Adriano et le groupe de jeunes filles allèrent vers le buffet pour se servir. Victoria ne quitta plus Adriano. Ce dernier un peu gêné par la situation, regrettait les compliments qu'il lui avait spontanément adressés. Il lui semblait que la jeune fille pensait qu'il lui faisait la cour, or ce n'était pas le cas. Ses pensées étaient ailleurs, il aurait tellement aimé qu'Apolline soit là. Il aurait fait en sorte qu'elle soit la reine de cette fête.

Après le repas, l'orchestre installé sur une tribune dans le jardin de la maison, entama une musique vive et entraînante. Un groupe folklorique formé de couples de danseurs, habillés de tenues colorées, interpréta des danses traditionnelles. Les chansons parlaient toutes de fêtes et d'histoires d'amour heureux ou malheureux. Ceux des convives qui connaissaient les chansons, se faisaient un plaisir d'accompagner le rythme en battant si fort des mains qu'on aurait cru entendre un tonnerre. Certains rejoignaient la piste pour danser. Victoria glissa sa main dans celle d'Adriano qui eut un léger sursaut :

— Veux-tu faire quelques pas de danse avec moi ? lui demanda-t-elle.

Adriano la considéra un instant, puis en tournant la tête vers l'assistance, il vit le regard de sa mère qui lui faisait un signe d'encouragement. Il pressa la main de Victoria, puis d'un pas vif, l'entraîna dans un tourbillon qui les fit virevolter sans fin sur la piste. Il sentit les regards des convives rivés sur eux, et surprit Leonora toute souriante qui les surveillait du bord de la piste.

Lorsque la musique s'arrêta, des applaudissements et des hourras s'élevèrent dans l'assistance. Adriano accompagna Victoria pour rejoindre le groupe qu'ils formaient initialement. Il s'excusa en prétextant qu'il était un peu fatigué après cette longue journée. Les filles le regardèrent partir avec admiration :

— Tu l'as accaparé à toi toute seule, s'exclama Tatiana. Un beau marin n'est pas chose courante par ici.

— Je ne l'ai pas fait volontairement, je crois bien que je lui plais, répondit Victoria.

— Pfft…répondit Tatiana. Dis plutôt que tu t'es arrangée pour accaparer son attention pendant toute la soirée. Tu rêves, ma pauvre !

— Vous verrez les filles, il sera à moi. J'imagine déjà notre vie commune.

Sur cette affirmation, Victoria tourna les talons et s'en alla vers ses parents qui lui faisaient signe de loin, qu'il était temps de rentrer.

Victoria revint le lendemain, puis quelques jours plus tard. Leonora était aux anges, elle ne demandait que cela. Elle encouragea vivement Adriano à faire preuve de galanterie envers Victoria.

— Après tout, ce n'est pas moi qui l'attire ici, lui disait-elle. À mon avis, elle vient spécialement pour toi. J'ai raison, n'est-ce pas ?

Voyant qu'il ne répondait pas, elle poursuivit :

— Que penses-tu d'elle ?

Ne voulant pas être désagréable envers sa mère, Adriano répondit :

— Elle est bien gentille, mais un peu collante. Tu ne trouves pas ?

— C'est une belle jeune fille, douce, intelligente et de bonne famille. Ne penses-tu pas qu'il serait temps pour toi de fonder une famille ?

Adriano ne fut pas totalement surpris par cette question. Elle ne faisait que dévoiler les arrière-pensées de Leonora et Carlos. Ces derniers voulaient organiser un mariage arrangé en lui choisissant eux même sa future épouse.

— Je vois où tu veux en venir, mais j'ai un autre projet en tête.

— Mon fils, certains proverbes sont de bon sens. On dit souvent 'prends ta femme dans ton village et tes bœufs dans le voisinage'. Tu as beaucoup voyagé, et peut-être as-tu rencontré d'autres filles ?

Adriano eut de nouveau une pensée pour Apolline. Mais n'ayant pas eu de nouvelles de sa part, il commençait à douter de la sincérité de la jeune fille quand elle lui disait qu'elle l'attendrait. Peut-être avait-elle rencontré un jeune homme de son quartier ? Il ne voulait pas parler de son projet tant qu'Apolline n'aurait pas donné de ses nouvelles.

— Tu ne dis rien. C'est que j'ai vu juste, n'est-ce pas ? demanda Leonora.

Adriano garda le silence.

— Je vois que tu es pensif, pas très gai. J'ai bien remarqué que tu avais dansé un peu à contre cœur, puisque c'était plutôt Victoria qui t'a entraîné sur la piste. Il y a dans le village plus d'une fille qui ferait une bonne épouse. Tu seras l'unique héritier de nos biens. Victoria est une jolie fille, qui, par ailleurs, aura une bonne dot qui augmentera ta fortune. Si ce n'est pas elle, je t'en ferai rencontrer d'autres. Qu'en penses-tu ?

— Le mariage n'est pas une affaire d'intérêt, mère ! répondit Adriano. C'est, d'abord une question de sentiments, me semble-t-il !

— Pfft…les sentiments, les sentiments…ce n'est pas ce qui représente le socle d'un couple qui dure. Ça peut venir après. Il te faut une épouse dévouée, soumise, bonne ménagère, avec qui tu auras des enfants. Une épouse qui voit loin, en étant économe ; pas de ces écervelées qui ne pensent qu'à dépenser ton bien dans des futilités.

— Et tu crois que tu pourrais me trouver, ce qui, de ton point de vue, serait une épouse idéale ?

— Oui. Victoria en serait une. Mais, il y en a d'autres dans mes connaissances qui pourraient convenir également, répondit Leonora.

— Père m'a convaincu de rester travailler dans le ranch plutôt que de m'engager dans la marine, alors, nous aurons le loisir de reparler de tout cela. Pour le moment, il est trop tôt.

Le lendemain de cet échange entre Adriano et Leonora, Victoria arriva à cheval tôt le matin, prétextant l'envie de faire une balade, et demanda à Adriano de l'accompagner. Sous le regard insistant de sa mère, il se dirigea vers un pré où paissaient plusieurs chevaux criollos[14]. Il choisit un bel étalon à la robe gris de fer, un joli dégradé de gris clair au plus foncé. Le cheval arriva au trot à sa rencontre, signe qu'il existait entre l'animal et le cavalier une relation particulière. Adriano sella son cheval puis rejoignit Victoria déjà prête à commencer la promenade. Après avoir chevauché à bride abattue pendant une dizaine de minutes,

---

[14] Cheval Criollo : Cheval créole, descendant de chevaux andalous et arabes importés par les conquistadors espagnols au XVIe siècle. Adaptés aux plaines de la Pampa, les gauchos (gardiens de troupeaux) les utilisent dans leur travail quotidien. Les chevaux sont faciles, calmes, et peuvent endurer de longues heures de travail dans des conditions difficiles.

ils ralentirent leurs montures et se mirent à trotter. Victoria remarqua avec un sourire affectueux :

— Cela ne te rappelle pas notre adolescence ?

Adriano qui était resté muet tout le long du parcours, avait ses pensées à des milliers de kilomètres. Il revoyait Apolline, le teint rose de ses joues, ses jambes fermes, ses seins ronds, le pétillement de ses yeux lorsqu'elle était en sa présence. Ils s'aimaient et s'étaient promis de se marier. Il aurait tellement aimé qu'elle soit à ses côtés à ce moment-là. Alors qu'Adriano était noyé dans ses pensées, Victoria, en élevant la voix, lui demanda :

— Tu es ici ou ailleurs ?

— Excuse-moi, mon attention s'est un peu assoupie, répondit Adriano en balbutiant.

— Tu te croyais encore voguant sur l'Atlantique ?

— Oui, il y a un peu de ça, ce phénomène d'absence momentanée m'arrive de temps en temps. C'était quoi ta question ?

— Je voulais juste savoir si notre chevauchée ne te rappelait pas nos anciennes promenades à cheval lorsqu'on était adolescents ?

— Oh oui. Tu étais même la plus intrépide de nous tous. Nous avons passé de bons moments.

— Tous les deux, nous flirtions déjà un peu, t'en souviens-tu ?

— Oui. Je suis allé en pension juste après, puis on s'est perdus de vue.

— Tu ne penses pas que c'est agréable qu'on se retrouve après tout ce temps ?

Constatant qu'il hésitait à répondre, elle poursuivit en lui adressant un large sourire :

— Peux-tu m'aider à descendre ? J'ai envie de me dégourdir les jambes.

Sachant que Victoria était une bonne cavalière qui n'avait besoin de personne pour monter ou descendre d'un cheval, Adriano hésita un court instant, puis galamment lui tendit la main. Victoria fit semblant de trébucher, se rattrapa en glissant sa main sur la nuque du jeune homme sans le quitter des yeux. Après un mouvement de bascule, sa bouche chaude surprit celle réticente d'Adriano, et sa deuxième main rejoignit la première autour de son cou pour se rapprocher de lui. Adriano sentit ses seins fermes contre sa poitrine. Victoria dégageait un parfum de jasmin enivrant. La chaleur de son corps souple irradiait celui du jeune homme qui depuis qu'il avait quitté Apolline n'avait plus eu de contact avec une femme. Une petite voix intérieure lui criait qu'il ne fallait pas ! Mais comment résister ? Il hésitait, Victoria pressa encore ses lèvres pulpeuses contre les siennes en un baiser passionné. Il s'abandonna au plaisir de cette étreinte. Sa bouche écrasa celle de la jeune fille qui, sentant que la réticence d'Adriano avait fait place à un désir aussi violent que le sien, força à petit coups de langue, les lèvres souples du jeune homme. Adriano se mit à serrer la jeune fille avec énergie, son cœur s'était emballé, sa gorge était en feu, sa raison l'avait quitté et il ne pensait plus qu'à ce corps de jeune femme qui faisait monter en lui un puissant désir de lui faire l'amour.

Victoria fit un pas en arrière et se dirigea vers sa monture, et retira de dessous la selle en un geste rapide une grande couverture qu'elle étala sur l'herbe. Elle fit glisser au sol sa tenue de cavalière, dévoilant ses mamelons dressés. Elle attira Adriano vers elle, se pressa contre son corps, l'embrassa avec fougue, entreprit de le déshabiller. Nu lui aussi, il saisit dans la paume de ses mains les seins de la jeune fille, puis commença à les embrasser. Allongés sur la couverture, leurs jambes s'entremêlèrent, et lorsque Adriano voulut entrer en elle, Victoria murmura à son oreille :

— Vas-y doucement, je suis encore vierge !

Adriano eut un léger sursaut et voulut se dégager. Victoria le rattrapa de ses mains et de ses jambes qu'elle écarta en l'invitant à venir en elle :

— Je te veux toi, Adriano. Prends-moi…doucement…

Victoria suffoqua lorsqu'il la pénétra, son esprit se brouilla, puis une vague de plaisir la submergea, et elle ne pensa plus qu'au corps d'Adriano qui s'unissait au sien. Elle s'agrippa à son amant qui couvrait son cou et son visage de baisers tout en lui murmurant des paroles douces. Ils furent alors, submergés par une vague de plaisir partagé, et restèrent longtemps allongés regardant le ciel bleu couvrant les grands espaces cernés de montagnes, et baignés de lumière.

Depuis cette balade à cheval, Victoria ne cessa de venir rendre visite à Adriano. Leonora fut ravie de la tournure que prenaient les événements ; enfin, son fils avait une relation suivie. Quant à Adriano, il oscillait entre la joie que lui procurait les relations intimes avec Victoria et une inquiétude chaque fois qu'il pensait à Apolline. Il était heureux, puis immédiatement se sentait coupable. Mais, si elle éprouvait des sentiments forts pour lui, elle se serait déjà manifestée en envoyant une lettre à l'adresse qu'il lui avait indiquée, se disait-il. Tel n'était pas le cas depuis plusieurs mois. Il était peut-être temps de tourner la page et d'oublier cette aventure. Mais, il y avait des souvenirs qui demeuraient ancrés dans sa tête. Elle était présente dans ses rêves, et même dans la réalité lorsqu'il embrassait Victoria. Il avait, soudain, envie de repousser cette dernière. Victoria s'en apercevait mais ne disait rien.

Lorsque Victoria revoyait ses amies, celles-ci percevaient des changements affirmés dans son visage. Elle avait le regard pétillant et un sourire éclatant. Tatiana qui avait aussi des vues sur Adriano, lui demanda :

— Alors, ça y est ?

Victoria eut un large sourire radieux, puis répondit :

— C'est bien parti. Nous avons passé des moments exquis pendant lesquels nous étions aspirés dans un tourbillon de bonheur. Laissez vagabonder votre imagination…

— Ce n'est pas juste, rétorqua Tatiana. On a bien vu ton manège. Tu as fait montre de toutes tes coquetteries pour accaparer son attention. Tu as vu là un beau jeune homme libre, et pourquoi pas disponible.

— Oh, pas si disponible que ça dans sa tête, et je ne sais pour quelle raison, répondit Victoria. Mais, j'ai réussi à vaincre ses réticences. Maintenant, il prend goût au plaisir d'être avec moi.

— Oh, il fait partie des marins ! s'exclama Tatiana, avec un sourire narquois. Quand ils ont goûté aux bordées traditionnelles dans chaque port où les attendent des filles de joie, ils rempilent avec plaisir.

Victoria accueillit la remarque avec un léger hochement de tête et un sourire condescendant.

— Détrompe-toi, ma belle. Il a décidé de rester. Il prend en charge le suivi des équipements. Tu sais que leur grand ranch dispose de nombreuses machines : des tracteurs, des faucheuses, des pailleuses, des bennes et d'autres gros engins que je ne saurais énumérer. Or Adriano est sorti de l'école de la marine avec un diplôme d'ingénieur mécanicien. Il est déjà au travail. J'ai même été le voir dans son bureau, et figure-toi que je l'ai tellement excité qu'il a baissé les stores et m'a fait l'amour sur le canapé, c'était merveilleux.

— Ça ne durera pas longtemps, bougonna Tatiana.

— Tu es une envieuse. C'est un sentiment bien triste, ma chère. Tu partagerais mon bonheur si tu étais une amie sincère.

Les autres jeunes femmes s'impatientaient, et afin d'éviter que la confrontation ne dégénère, l'une d'entre elles rappela aux autres qu'elles étaient attendues.

3
Adriano et Victoria : une rencontre arrangée

Pendant quelques semaines, Victoria ne cessa de venir se blottir dans les bras d'Adriano. À chaque visite, elle s'arrangeait pour venir en fin de journée, lorsqu'il quittait son atelier. Elle le suivait dans son logement qui était attenant à la grande maison familiale. Ainsi leur relation se poursuivait au fil des jours.

Victoria était heureuse, elle disait à ceux qui voulaient l'entendre qu'elle vivait un conte de fées. Ses parents étaient au courant de sa liaison avec Adriano, ils étaient enthousiastes et fiers que leur fille soit choisie parmi d'autres par Adriano. Alors que les deux familles s'apprêtaient à célébrer les fiançailles, une nouvelle un peu inattendue les décida à accélérer le programme des réjouissances. En effet, quelques semaines après sa liaison avec Adriano, Victoria s'aperçut qu'elle attendait un enfant. Elle avait des nausées matinales et de temps en temps se sentait mal dans la journée. Elle eut un malaise en présence de sa mère, Rosa, qui comprit tout de suite que sa fille était enceinte. Mais pour écarter toute autre éventualité, elle appela le médecin de famille qui arriva quelques dizaines de minutes plus tard.

— Alors, Victoria ? Qu'est-ce qui t'arrive ?

— Ce n'est rien. Ça va passer.

Le médecin et Rosa échangèrent un regard complice, puis le docteur s'exclama :

— Comment, ce n'est rien ? Tu déjà eu des malaises de la sorte ?

— Oui, surtout le matin, répondit Victoria.

— Hum, hum…tu as un visage fatigué, les yeux cernés et une pauvre mine. De quand datent tes dernières règles ?

Victoria réfléchit un moment, puis déclara :

— Il y a plus de six semaines.

— Ah ! Ah ! Allonge-toi, ma fille. Je vais t'examiner.

Rosa en profita pour s'éclipser et laisser le médecin faire son travail. Il pratiqua un toucher vaginal, puis demanda Rosa de revenir, et annonça :

— Il y a de fortes chances que Victoria soit enceinte d'une quinzaine de jours. Je vais lui faire une prise de sang et prendre un échantillon d'urine pour un examen au laboratoire afin de confirmer mon diagnostic. Toutes mes félicitations, Victoria. J'ai assuré ton suivi médical depuis ta naissance, j'espère que je serai encore de ce monde, et en forme, pour voir grandir en bonne santé ton futur enfant.

Rosa, proposa au médecin de la suivre dans le bureau de son mari. Elle referma la porte et recommanda au médecin de garder la nouvelle secrète. Il était impératif de célébrer le mariage de Victoria et Adriano dans les plus brefs délais.

Le médecin suivait l'état de santé des deux familles depuis plusieurs années. Il avait l'habitude de tutoyer tous ses patients. Il regarda Rosa, les sourcils foncés, et s'exclama :

— Mais, ma chère Rosa, as-tu déjà entendu parler du secret médical ?

Après quelques hésitations, Rosa balbutia timidement :

— Oh oui, bien sûr…

— Alors, ne t'inquiète pas, c'est mon devoir de garder le secret. En les voyant ensemble lors de la soirée organisée en l'honneur du retour d'Adriano, j'ai eu l'impression qu'ils étaient faits l'un pour l'autre. Ils te feront de beaux petits enfants.

— Nous vous communiquerons très bientôt la date du mariage, nous comptons sur votre présence et celle de votre épouse.

— Ce sera un plaisir pour ma femme et moi-même. J'espère être encore en forme pendant quelques années pour voir grandir vos petits-enfants et veiller sur leur santé.

— Encore merci docteur.

— À bientôt, Rosa.

Aussitôt le docteur parti, Victoria sauta dans la voiture de Rosa stationnée dans la cour de la maison, et se dirigea vers le ranch de la famille Rivière. Adriano était occupé avec le chef mécanicien. Il vit arriver Victoria, il l'observa de loin avec inquiétude, et demanda au chef de se retirer pour reprendre le travail plus tard.

— Qu'as-tu, Victoria ? Tu es malade ? lui demanda-t-il, en lui prenant la main.

— Je n'ai rien, Adriano. À cause de mes nausées matinales, ma mère a appelé le médecin. Il pense que j'attends un enfant.

Après quelques secondes d'hésitation, Adriano conduisit Victoria dans son bureau et la fit asseoir.

— Tu as l'air inquiet ? demanda, Victoria.

— Non, non… c'est juste que je ne m'attendais pas à cette surprise. Mais, c'est une bonne nouvelle. Allons l'annoncer à mes parents qui, j'en suis certain, seront très contents.

Tout en traversant l'allée pour se rendre à la demeure de la famille Rivière, Adriano réalisa qu'il n'aimait pas Victoria d'un amour passionné tel celui qu'il éprouvait encore pour Apolline. Certes, il ressentait de l'attirance, beaucoup de tendresse et de désir vis-à-vis de Victoria, mais cela était-il suffisant pour fonder un foyer et partager sa vie avec elle ? Il était bien trop tard pour se poser ce genre de question, pensa-t-il. Un enfant avait été conçu, il fallait assumer.

À l'annonce de la nouvelle Leonora, d'abord surprise, s'empressa de les embrasser avec affection :

— En voilà une bonne nouvelle. Carlos sera aussi très content. Maintenant, mes enfants, il va falloir accélérer les préparatifs, et elle ajouta, ce ne sont plus les fiançailles qu'il faut envisager mais le mariage.

Pendant quelques semaines, les deux familles conjuguèrent leurs efforts pour organiser les festivités. Victoria, aidée par l'une de ses cousines, couturière, choisit un modèle sur catalogue qui donnait une élégance naturelle à la future mariée. Sa chevelure rousse réunie en une épaisse natte, descendait le long de son dos et captait le moindre rayon de soleil qui traversait la pièce où se déroulait l'essayage.

— Te voilà habillée comme une princesse ! lui déclara la cousine.

Victoria se regarda dans la glace et fut toute émoustillée de se voir dans cette belle robe. Elle embrassa la couturière tout en la serrant affectueusement dans ses bras.

— C'est la robe que tu mettras une seule fois, lui dit sa cousine. Il est important que tu paraisses pétillante et originale. Il faut te dire que tu vas être la princesse de la journée, alors tant qu'à faire, il faut que tout soit parfait.

Victoria appela sa mère qui vint donner son avis. Elle fut ravie du résultat et félicita la couturière.

De son côté, pour son costume de soirée, Adriano fut habillé par un tailleur habitué à travailler pour les notables de la ville. Les bans furent publiés. Les festivités durèrent pendant trois jours. Durant le premier jour, les fiancés accompagnés de leurs parents, de deux témoins et de quelques amis, se rendirent à la mairie pour signer le registre national devant le maire qui prononça leur mariage civil.

La cérémonie religieuse eut lieu le deuxième jour dans la cité. Les familles, les amis et les proches des deux mariés prirent place dans l'Église. Victoria, habillée de sa ravissante robe, fut accueillie sur le parvis de l'église par son père qui la conduisit devant l'autel. Adriano, vêtu de son bel uniforme d'officier de la marine, vint tout seul, comme le veut la tradition se placer à proximité.

Après que l'union d'Adriano et Victoria ait été bénie par le prêtre, les mariés sortirent de l'église entourés de leurs proches sous une pluie de grains de riz. Les sons de cloches et les cris de 'vive les mariés' se firent entendre. Après les félicitations, embrassades et accolades, le cortège passa devant les statues de deux personnages de légende :

Clément Cabanettes[15] et Edouardo Casey[16]. Adriano eut un pincement au cœur en regardant la statue du français Cabanettes. En l'espace de quelques minutes, il revit dans ses pensées l'arrivée de la frégate Libertad au port de Boulogne, ses amours passionnées avec Apolline. Il aurait tellement aimé qu'Apolline fut là, et pas seulement à cet instant. Il avait envie qu'elle soit près de lui pour toujours.

Le sentant perdu dans ses pensées, Victoria tira sur son bras en lui chuchotant à l'oreille :

— Tu es avec moi, ou encore en train de voguer sur un océan ?

---

[15] Clément Cabanettes : Un aveyronnais de la vallée du lot, qui est à l'origine de l'émigration à la fin du XIXe siècle, d'une quarantaine de familles rouergates du département français de l'Aveyron en Argentine. Ces familles furent à l'origine de la fondation de la ville de Pigüé.

[16] Edouardo Casey : Homme d'affaires argentin né de parents irlandais qui avait participé avec Clément Cabanettes à la fondation de la ville de Pigüé.

— C'est encore un petit moment d'absence, mais tout va bien. Ne t'inquiète pas !

Victoria sentait bien qu'il y avait une part d'ombre dans l'attitude d'Adriano, peut-être due à son vécu sur le Libertad ? J'attendrai qu'il éprouve le besoin de m'en parler, pensa-t-elle.

Les festivités se prolongèrent encore le lendemain de la cérémonie religieuse. La maison de la famille Rivière était assez grande pour installer le jeune couple. Victoria ne fut pas très contente de cette décision. Elle exprima son désir d'avoir un logement indépendant.

— Pourquoi faire ? s'exclama Leonora. Notre maison est assez vaste pour accueillir plusieurs familles. Adriano sera plus proche de son travail. Et puis, ne t'inquiète pas, tu feras ce que tu voudras, personne ne te commandera, si c'est cela qui te préoccupe.

Sentant qu'il n'était peut-être pas judicieux d'être déjà en froid avec sa belle-mère, Victoria dut se résigner. Elle accepta sans grand enthousiasme de s'installer avec

Adriano dans la demeure des Rivière. Adriano la remercia d'avoir accepté la proposition de sa mère.

Passé une période de quelques mois pendant laquelle Victoria se força à maintenir un semblant d'harmonie, sa vraie nature ne tarda pas à reprendre le dessus. Elle avait des accès de colère soudains pour des raisons futiles qu'Adriano et son entourage n'arrivaient pas à comprendre. Il fut sidéré de découvrir des aspects de son épouse qu'il ignorait jusque-là. Ce n'est que plus tard, qu'il apprit fortuitement en parlant à des amies de Victoria, en particulier Tatiana, que sa jeune femme avait un tempérament volcanique. Il réalisa soudain que les manifestations d'amour enflammé que lui montrait la jeune femme au début de leur rencontre, n'étaient pas d'une totale sincérité. L'injustice de la situation le révoltait.

Même si Apolline se manifestait maintenant, je ne suis plus libre, pensa-t-il, et c'est uniquement de ma faute. J'aurais dû patienter. Un enfant va naître, je vais être père, c'est une responsabilité à laquelle je ne peux me dérober. Il est un peu tard pour regretter, ce qui est fait est fait, je ne peux revenir en arrière sous peine de mettre en péril l'équilibre de deux familles.

Depuis qu'il avait découvert cette facette de Victoria, les rapports qu'ils entretenaient encore, se limitaient au strict minimum. Sans les caresses et des gestes de tendresse qui sont à la base des relations dans un couple amoureux, ils finirent par faire chambre à part. La vie conjugale d'Adriano passa au second plan, loin derrière sa passion pour son travail.

Alors qu'il se trouvait dans l'atelier de mécanique, un ouvrier vint lui annoncer que les gendarmes étaient dans la cour et souhaitaient lui parler. Adriano se précipita le cœur battant très fort dans sa poitrine, que lui voulaient-t-ils ?

— Bonjour, Monsieur Rivière, dit le gradé, avec une mine bouleversée.

— Bonjour, capitaine, j'espère qu'il n'y a rien de grave.

— Malheureusement si, Monsieur Rivière. J'aurais tellement souhaité ne pas vous apprendre cette terrible nouvelle ! C'est à propos de vos parents.

Adriano fut pris d'une panique soudaine, les yeux agrandis de stupeur :

— Que leur est-il arrivé ? Un accident ?

— Hélas, oui, monsieur Rivière. Un camion poids lourd les a percutés, ils ont été tués sur le coup.

Hébété par cette terrible nouvelle, il fixa l'officier de gendarmerie sans pouvoir prononcer un seul mot. Le gendarme subalterne le prit par le bras et le guida vers un fauteuil dans la véranda où il se laissa choir. Il prit la tête dans ses mains, il éclata en sanglots comme un enfant en quête de secours. Les images se précipitaient dans sa mémoire, il revit ses parents monter, souriants, dans leur voiture. Ils allaient rendre visite à un couple d'amis. En partant, ils lui firent signe de la main juste avant que la voiture ne franchisse la grande grille du domaine qui restait ouverte toute la journée.

Quelques jours après l'accident, les obsèques se déroulèrent dans l'église du village. La famille Rivière, étant honorablement connue dans la région, de nombreuses personnalités et habitants des villages voisins, assistèrent à la messe de funérailles à côté des proches de la famille. Les gens défilèrent devant les deux cercueils dans le cœur de l'église. Adriano accompagné de Victoria menait le deuil. Il paraissait absent, l'esprit égaré, son corps agissait en automate. Comme Adriano était très apprécié par ses concitoyens, ils étaient tous profondément attristés par le terrible deuil qui le frappait et lui assurèrent leur soutien affectueux.

Depuis la mort de ses parents, Adriano n'arrivait plus à dormir. Il restait des fois tard le soir dans le parc à regarder les étoiles. Victoria devenait de plus en plus exécrable. Plus le temps passait et plus sa relation se distendait avec Adriano. Ce dernier espérait que la naissance proche du bébé allait arranger les choses, hélas ! ce ne fut pas le cas.

Deux ans après le retour d'Adriano de son périple sur le Libertad, Victoria donna naissance à un beau garçon, bien portant. Cependant, elle s'obstinait à bouder et à invectiver le personnel de maison en leur ordonnant de se taire dès qu'ils ouvraient la bouche. Ses parents ne cessaient de la raisonner sans grand succès.

Victoria ne supportait pas l'idée d'allaiter. Adriano engagea une jeune paysanne comme nourrice. De toute façon, avec les crises de nerfs à répétition de la jeune femme, il était plus rassurant de procéder de la sorte. Heureusement, le lait de la nourrice fut profitable au bébé qui au fil du temps devint un adorable poupon. Une fois que l'enfant fut sevré, la nourrice fut remplacée par une nurse dont le mari devint régisseur du domaine. Adriano, prit en charge l'éducation de son fils, veilla sur ses jeux, et lui apprit à lire et à écrire. Lorsque l'enfant eut atteint l'âge de cinq ans, Victoria fut brusquement emportée par un cancer du pancréas extrêmement agressif.

TROISIÈME PARTIE

1

Anaïs

Anaïs fut entourée de l'amour de sa mère et de son père adoptif. Elle fut un bébé paisible, qui, au moment de la tétée, commençait à gazouiller comme pour rappeler qu'elle avait faim. Une fois repue, elle continuait son exploration en cherchant le contact du corps de sa mère avec ses petites mains. C'étaient des moments remplis d'émotion. Les caresses de ce petit corps qui commençait à se développer, les câlins, les regards, les petits sourires, tout cela comblait Apolline de bonheur. Dès qu'il rentrait de son travail, Armand jetait un coup d'œil dans le couffin pour voir si la petite dormait. Si elle était réveillée, il la prenait sur ses genoux, lui parlait, la chatouillait. Apolline les regardait avec ravissement. Les grands parents Lejeune, ses oncles Valentin et Édouard ainsi que Mathilde l'adoraient. C'est qu'elle est jolie, la petite, disaient-ils. On l'aime tant !

Anaïs avait une petite tête recouverte de cheveux fins, châtain-clair qui bouclaient naturellement. C'était une enfant qui souriait facilement, c'est un petit ange, disait Mathilde ! Elle ne tarda pas à faire ses premiers pas à l'âge d'un an, puis elle prononça ses premiers mots : ʻmama et papa'. Ce fut une explosion de joie dans la famille Fontaine, et chacun voulut savoir quel était le premier mot prononcé, et cela se concluait par un rire de plaisir partagé. Puis vinrent, malgré les multiples précautions, les premières chutes, et il fallait sécher les pleurs d'Anaïs et la consoler. Lorsqu'elle fut capable de courir, elle suivit Minette, une petite chatte docile et affectueuse, avec laquelle elle passa de nombreux moments à jouer.

Armand et Apolline pensaient déjà au moment où il faudrait informer Anaïs de l'identité de son père biologique. Un jour, ils finirent par se décider d'en parler ensemble.

Armand essaya de rassurer Apolline :

— Ne t'inquiète pas, lorsqu'elle atteindra l'âge de comprendre, nous lui expliquerons la situation en utilisant un langage approprié.

— Mais d'ici là, tu ne crois pas que quelqu'un d'autre, par méchanceté, pourrait lui apprendre sa véritable filiation ?

— Tu penses à l'école, je suppose. C'est vrai qu'elle va avoir bientôt cinq ans. L'école de notre quartier est bien loin de la résidence de tes parents. Il y a peu de chance qu'Anaïs rencontre des enfants venant de ce secteur.

Ils décidèrent de remettre le sujet à plus tard.

La première rentrée scolaire fut une grande étape pour Anaïs et ses parents, en particulier pour Apolline. C'était une première rupture et elle appréhendait ce jour. Mais, quelque temps auparavant elle avait essayé de préparer ce moment en expliquant à sa fille tout l'intérêt d'aller à l'école où elle allait apprendre beaucoup de choses nouvelles, et aussi faire la connaissance d'autres petits enfants de son âge. Contrairement à ce qu'elle redoutait, Anaïs se passionna pour l'école. Elle sut très vite lire et écrire, ce qui amena dans son existence un changement merveilleux. Elle prit l'habitude de rester un moment le soir avant d'aller se coucher pour faire à Apolline la lecture à haute voix : parfois c'étaient des histoires amusantes, tantôt des textes plus sérieux, et même le quotidien régional auquel Armand s'était abonné.

L'école primaire fut pour Anaïs un lieu de découvertes qui l'enchantèrent. Elle avait une intelligence et une capacité de mémorisation remarquables. Elle aimait l'histoire, la géographie, se passionnait pour la lecture, suivait des cours de musique dans une école privée où elle apprit à jouer du piano. Elle termina brillamment sa scolarité.

Armand, pour fêter la réussite de la petite Anaïs, avait fini par se décider à acheter une Citroën Ami 8. Il voulait, emmener en vacances sa fille et son épouse. Il opta pour la Bourgogne. En effet il gardait encore de bons souvenirs de son passage dans cette région où ses parents s'étaient réfugiés pendant la deuxième guerre mondiale dans le petit village de Bragelogne. Son père aidait aux les travaux des champs, puis à l'automne, aux vendanges et sa mère gardait les vaches. Armand avait gardé un contact avec quelques habitants du village. Il trouva facilement une petite maison à louer attenante à un fournil, non loin de la maison du couple de paysans, Léon et Marguerite. Ces derniers avaient hébergés ses parents durant l'exode des populations pendant la guerre.

Anaïs profitait bien de ses vacances. Elle se levait tôt le matin pour prendre son petit déjeuner avec ses parents. Elle partait ensuite rejoindre Andréa, l'unique petite fille de Marguerite et Léon, un peu plus âgée qu'elle, qui, chaque matin conduisait les sept vaches au pré. Anaïs mettait ses pas dans ceux des bêtes, en marchant sur un étroit chemin que ces dernières avaient façonné au cours du temps. Marguerite comme à son habitude, leur avait préparé à chacune des tartines agrémentées d'un morceau de sucre, le tout emballé dans du papier journal et mis dans une musette avec une gourde pleine d'eau. Anaïs avait un réel plaisir à fouler l'herbe fraîche, respirer le parfum des fleurs qui tapissaient çà et là les abords du petit sentier. On grimpait vers le sommet d'une colline d'où l'on jouissait d'un point de vue exceptionnel sur le village. Les deux fillettes partageaient des moments de jeux pendant que les vaches paissaient l'herbe abondante dans le pré. Anaïs apprit à faire du tricotin avec une bobine percé de quatre clous et de la laine. Au milieu de la matinée, elles mangeaient les tartines tout en croquant dans leur morceau de sucre. Un jour, Andréa emmena Anaïs jusqu'au cours d'eau qui passait en contrebas. Andréa n'hésita pas à y plonger ses mains.

— Mais elle est très froide ! s'écria Anaïs.

— On s'y habitue, répondit Andréa. Elle est encore plus froide l'hiver. Je t'emmènerai au lavoir où certaines femmes du village, qui ne sont pas encore équipées de machines, viennent laver leur linge. Et crois-moi, l'eau n'est pas chaude ! Nous allons profiter d'être dans le pré pour cueillir des pissenlits pour les lapins.

— C'est quoi les pissenlits ? demanda Anaïs.

— Une plante qui pousse naturellement dans les prés. Les lapins en raffolent, ils mangent toutes les parties de la plante : feuilles, fleurs, tiges et racines. C'est un précieux aliment pour ces petites bêtes, en plus c'est gratuit.

— Tu en connais des choses sur la ferme et les champs ! s'exclama Anaïs.

— C'est normal, répondit Andréa. Je suis née ici.

— Tu m'apprendras ?

— Ne t'inquiète pas, si tu restes avec nous, je te ferai découvrir plein d'autres choses ! Je crois que tu vas apprécier, répondit Andréa.

Lorsque les vaches étaient rentrées à l'étable, Anaïs assistait à la traite. Elle essaya un jour d'imiter les gestes de Marguerite, qui la regarda faire d'un air amusé. Elle lui montra comment écrémer les pots de lait, assembler la crème dans une jarre, verser le contenu dans une baratte dont il fallait tourner la roue avec énergie pendant un certain temps avant de récolter une bonne motte de beurre.

La petite maison dans laquelle la famille Fontaine passait les vacances ne disposait pas du confort habituel que l'on trouvait dans les villes. Anaïs apprit à se passer de l'eau bien chaude qui coule d'un robinet pour remplir une baignoire. Elle s'habitua à faire sa toilette debout dans une grande bassine en fer-blanc au fond de laquelle on versait un broc d'eau chaude. Apolline lui savonnait le corps, puis la frictionnait et la rinçait avec des seaux d'eau tiède. Anaïs découvrit peu à peu que la vie dans le monde rural était rude, mais que cette rudesse était compensée en partie par les plaisirs que pouvait procurer la vie en pleine nature. Un jour Armand lui demanda :

— Alors, tu te plais ici ?

— Oh, oui, répondit spontanément Anaïs.

— Tu voudrais devenir paysanne ?

— Non, mais j'aimerais pouvoir étudier pour devenir, plus tard, institutrice dans un village comme celui-ci.

— J'ai confiance, ma petite. Tu peux y arriver. Mais pourquoi enseigner dans un village plutôt que dans une grande ville ?

— J'aime fouler la terre recouverte d'herbe verte, j'aime voir toutes ces plantes, toutes ces fleurs de différentes couleurs : jaune, blanche, violette ou rouge, et entendre les bruits des insectes bourdonnants qui viennent butiner.

— Eh bien, tu en as fait des découvertes !

— C'est en gardant les vaches avec Andréa que j'ai appris à observer les petites bestioles. Même que l'autre jour, une petite coccinelle s'était posée sur ma main, et Andréa m'a dit de la laisser s'envoler car c'est une bête à bon Dieu et qu'elle me porterait bonheur. C'est vrai, ça, papa ?

— C'est une légende qui date du Xème siècle. Il se raconte qu'en ce temps, un homme condamné à mort pour meurtre, en dépit de ses cris d'innocence, était sur le point d'être exécuté, lorsqu'une coccinelle se posa sur son cou. Le bourreau la fit s'envoler, mais elle revint à plusieurs reprises s'y poser. Le roi y vit un miracle divin et gracia l'homme. Quelque temps plus tard, le véritable meurtrier fut identifié, et la coccinelle devint la bête à bon Dieu.

— J'aime les couleurs vives des petites bêtes du bon Dieu.

— La coccinelle est l'amie du jardinier car elle dévore les pucerons, poursuivit Armand. La larve est encore plus vorace que l'adulte car elle est dépourvue d'ailes. En France, il y a au moins une centaine d'espèces.

— J'en ai encore des choses à apprendre ! s'exclama Anaïs.

— Oh oui, ma fille. La nature est pleine d'enseignements. Il suffit d'ouvrir grand les yeux, et d'écouter les bruits environnants. Tu découvriras de belles leçons de vie dans le règne animal. J'ai le sentiment que tu voudras passer tes prochaines vacances ici, ou je me trompe ?

— Oh, oui, papa ! s'exclama Anaïs.

Après ces premières vacances, Anaïs fit sa rentrée au collège Paul Langevin à Boulogne avec une certaine appréhension. Elle fut rassurée après quelques jours de présence, car elle n'éprouvait aucune difficulté à suivre les cours. Bien au contraire, elle participait activement aux leçons en posant beaucoup de questions. Sa soif d'apprendre était là chaque jour, quelle que soit la matière enseignée. Ses années de collège passèrent sans encombre, les appréciations qui figuraient sur son livret scolaire étaient élogieuses. Elle fut complimentée par ses parents, et une petite fête fut organisée à l'occasion de sa réussite au brevet. Les séjours qu'elle faisait à la campagne pendant ses vacances l'enrichissaient. Elle put se constituer un herbier, et apprit à reconnaître les différentes espèces d'insectes.

Le passage au lycée Mariette à Boulogne fut une autre étape à franchir. Les trois années d'études se déroulèrent de façon satisfaisante. Anaïs obtint son baccalauréat littéraire avec mention Bien. Elle était devenue un joli brin de jeune fille, avec ses cheveux qui ondulaient sur les épaules, sa peau mordorée, son sourire jovial, elle attirait les regards des garçons. Elle s'engagea dans le volet culturel de son établissement en tant qu'accompagnatrice musicale de la chorale du lycée. Elle portait toute la séduction de ses dix-huit ans dans ses yeux marron nuancés de vert qui ressemblaient étrangement à ceux d'Adriano. Elle était serviable, généreuse de cœur et facile à contenter. Elle était tellement à l'écoute de son prochain que le pasteur de la communauté protestante voyait en elle une jeune fille qui consacrerait sa vie à l'humanitaire.

Il lui arrivait d'entendre sur son passage des plaisanteries grossières, des commentaires ou des sifflets, elle passait son chemin. Elle portait en elle un rêve, c'était celui de devenir institutrice. Ses parents, ses grands-parents, ses frères ainsi que Mathilde exprimaient une joie et une fierté à la voir épanouie dans ses études.

2

Anaïs au pays des corons

Tous l'encourageaient pour aller encore plus loin en s'inscrivant à l'université. Tel ne fut pas son choix. Elle choisit de passer par la 'petite porte' plutôt que par l'École Normale. Elle fut nommée institutrice suppléante et dut suivre en parallèle de son travail dans les écoles, un enseignement pédagogique tous les mercredis en vue de la préparation au Certificat d'Aptitude Pédagogique. Armand lui acheta une 2 CV d'occasion. Aidé de Marius qui avait quelques notions de mécanique, ils remirent le véhicule en état.

À sa titularisation, elle reçut son affectation sur un poste fixe dans une école maternelle située dans une ville au cœur du bassin minier du département du Pas-de-Calais.

Les parents d'Anaïs étaient partagés entre deux sentiments contradictoires : la joie que leur fille ait réussi dans le métier qu'elle souhaitait exercer, et la tristesse de la voir partir dans une ville qui n'était pas proche de Boulogne.

— Ne soyez pas déçus, leur rétorquait Anaïs, à chaque fois que le sujet était abordé. Ce n'est quand même pas le bout du monde. J'ai ma petite voiture qui tient encore la route, et si ce n'était pas le cas, il y a le train pour faire le trajet. Je reviendrai pendant les vacances scolaires.

— Tu seras toute seule, et s'il t'arrive quelque chose ? demanda Apolline.

— Il ne m'arrivera rien. Je ferai connaissance avec d'autres collègues enseignants qui pourront m'épauler en cas de difficultés.

— Nous t'accompagnerons pour t'installer dès qu'on aura trouvé un logement pour toi, renchérit Armand.

— Justement, à ce propos, je me suis renseignée auprès de la mairie et je vais avoir un logement de fonction. Je pourrai donc m'installer et aborder la rentrée avec sérénité.

Un mois avant la rentrée scolaire, Anaïs rassembla ses affaires personnelles dans des cartons et était prête pour la grande aventure. Sa famille voyait arriver avec appréhension le jour fatidique de la séparation d'avec la jeune fille qu'ils avaient vu grandir pendant toutes ces années. Apolline et Armand avaient décidé de l'aider à déménager, et de l'accompagner pour faire l'acquisition de quelques meubles, afin d'avoir un minimum de confort dans son logement. Les larmes aux yeux, les grands-parents, les oncles Édouard et Valentin ainsi que Mathilde l'embrassèrent avec beaucoup d'affection. Marius lui lança :

— Ne tarde pas à revenir dès que tu peux !

— C'est promis. Aux vacances de Toussaint, je viendrai vous rendre visite et j'irai prier sur la tombe de pépé Jérémy.

Anaïs n'avait connu que les hauteurs de Boulogne à partir desquelles elle admirait l'Atlantique. À l'approche de la petite ville minière, elle fut frappée par un paysage de terrils, des alignements de maisons en brique rouge où logeaient anciennement les mineurs et leurs familles. Des vestiges rouillés d'infrastructures industrielles étaient encore visibles par endroits. Arrivée dans la ville, elle s'aperçut que c'était agréablement fleuri.

La présence de ses parents lui fut d'un grand secours pour installer son logement. Le jour de la pré-rentrée, Anaïs se présenta à la directrice. Ses affectations antérieures en tant qu'institutrice suppléante lui avaient appris que, le plus souvent, les nouvelles étaient regardées d'un œil soupçonneux par les anciennes, et certaines adoptaient un air condescendant à leur égard. À chaque nomination dans un établissement, il lui avait fallu un certain temps avant de se faire des amies.

L'école trônait au plein centre d'un quartier populaire constitué d'immeubles de logements sociaux. À la récréation, on voyait les fenêtres des appartements s'ouvrir pour que les parents puissent regarder leur progéniture profiter de l'aire de jeux, mais surtout surveiller si on ne bousculait pas leurs chérubins. Si par malheur c'était le cas, certains exigeaient des représailles contre l'agresseur. Des mamans descendaient de leur immeuble pour venir contre le grillage qui entourait la cour de l'école afin de parler à leurs enfants. La récréation est certes un lieu de détente et de socialisation des élèves, mais elle représente aussi un lieu de tous les dangers. Anaïs avait toujours été très vigilante pendant la surveillance, car à chaque instant un incident pouvait se produire, et l'école n'était pas à l'abri d'irruption de parents violents criant vengeance.

En dépit de ces désagréments qui font partie des risques du métier, Anaïs avait beaucoup apprécié d'être nommée dans un quartier populaire. Elle se sentait utile à cette frange de la population défavorisée qui ne pouvait accéder, par manque de moyens, par choix personnel ou par ignorance, aux activités culturelles, artistiques et sportives nécessaires au développement des enfants. À l'exception de quelques cas, la majeure partie des parents étaient plutôt avenants et à l'écoute des enseignantes.

Quatre ans après son affectation, elle reçut la visite surprise de l'inspectrice départementale. À cette époque, l'enseignant n'était pas avisé de la date d'inspection. Cette inspectrice était une femme hors du commun. Elle venait toujours accompagné de son chien. Elle considérait que l'école où exerçait Anaïs, n'était pas du même niveau que les autres écoles maternelles de la ville. Elle convoqua ce jour-là, les trois autres directrices afin d'assister à l'inspection. Une fois dans le hall d'entrée de l'école, elle donna son manteau et son cartable à l'une d'entre elles, la suivante dut s'occuper du chien, et à une autre, elle demanda d'aller chercher un récipient rempli d'eau au cas où l'animal aurait soif ! Anaïs tremblait devant cette armada qui venait pour une inspection ordinaire. Elle était surtout inquiète du fait de la présence du chien qui pouvait perturber l'attention des vingt-six enfants présents ce jour-là.

L'inspectrice vérifia la tenue du registre d'appel, la fréquentation, la justification des absences et le cahier de préparations journalières. Elle assista aux différentes activités. Elle fut agréablement surprise. Le rapport d'inspection fut très satisfaisant.

Un désir de progresser dans l'exercice de son métier, amena Anaïs à demander une inscription à l'Université de Lille, afin de préparer une licence des sciences de l'éducation. Ces retrouvailles avec la faculté furent prodigieusement bénéfiques. Elle travailla avec énergie et avec passion et obtint sa licence avec mention.

C'est lors de cette période de sa vie qu'elle croisa le chemin d'un jeune homme d'une trentaine d'années lors d'une séance de cinéma à Lille. Alors qu'elle sortait de la salle, elle fit un mauvais pas et faillit tomber si un bras d'homme ne l'avait retenue :

— Vous allez bien ? lui demanda le jeune homme.

— Oui. J'ai eu comme un léger malaise, mais prendre l'air va me faire du bien. Merci de m'avoir évité une chute !

— C'était un plaisir de vous secourir. Je m'appelle Louis-Victor Delange, dit l'homme. Mais les amis m'appellent Louis.

— C'est un prénom princier que vous portez-là, s'exclama Anaïs ! Vous faites partie de l'aristocratie française peut-être ?

— Non, je ne suis qu'un simple citoyen français, mais je ne sais toujours pas qui vous êtes.

— Je m'appelle Anaïs Fontaine.

— Voilà un joli prénom. Puis-je vous offrir un thé ? le temps de vous reposer un peu.

Louis-Victor était un jeune homme séduisant, grand et bien bâti. Anaïs se sentit attirée par lui. Une sensation bizarre traversait son corps lorsqu'il la regardait.

Elle s'entendit répondre, oui.

— En voilà, une sage décision, s'exclama Louis-Victor.

Anaïs rougit légèrement, puis baissant la tête, elle déclara :

— C'est la première fois que cela m'arrive.

— D'avoir un malaise, demanda Louis-Victor ?

— Non, de dire oui à un inconnu.

— Mais, je ne suis plus un inconnu pour vous, j'espère !

— On se connaît à peine, déclara Anaïs.

— J'espère que nous ferons plus ample connaissance, dans l'avenir !

Anaïs sentit son cœur battre à toute vitesse et son esprit était tout embrouillé. Aucun homme ne lui avait déclenché un tel effet. Alors que Louis-Victor s'était mis en quête d'un café, il commença à pleuvoir fortement et l'on entendit le tonnerre gronder au loin ;

— Écoutez, ça m'ennuie de vous prendre de court, mais j'habite à deux pas d'ici. Voulez-vous qu'on prenne le thé chez moi ?

Cette rencontre était tellement inattendue qu'Anaïs sentit que ce serait terriblement gênant pour elle d'aller dans le logement d'un parfait étranger après une si brève rencontre, elle répondit :

— Merci, vous êtes bien aimable, mais j'ai ma voiture garée un peu plus loin sur le parking.

Louis-Victor dut lire les pensées d'Anaïs sur son visage. Il tenta de la rassurer :

— Ne craignez rien, c'est en tout bien, tout honneur. C'est juste le temps de vous reposer un peu tout en dégustant une tasse de thé. Après, je vous conduirai jusqu'au parking pour récupérer votre véhicule.

Le jeune homme avait l'air aimable et, visiblement, il ne semblait pas avoir de mauvaises intentions. Quelle attitude adopter, se demanda Anaïs ? Elle eut l'impression que c'était peut-être le destin qui avait mis cet homme sur son chemin. Si elle acceptait cette invitation, ça changerait peut-être le cours de sa vie. Soudainement, elle décida de sauter le pas :

— Eh bien, c'est d'accord pour le thé.

— J'en suis ravi, répondit Louis-Victor.

Les deux jeunes gens se dirigèrent en courant vers l'immeuble où était le logement de Louis-Victor. Celui-ci invita Anaïs à rentrer et à prendre place sur le canapé. Alors qu'il préparait le thé dans la cuisine, Anaïs parcourait du regard la pièce qui était élégamment décorée avec un joli bouquet de fleurs qui trônait sur un meuble peint en gris clair. Elle se demanda si son hôte avait conçu lui-même la décoration ou si c'était l'œuvre d'un décorateur, ou peut-être d'une petite amie. Revenant dans la pièce avec le plateau, Louis-Victor surprit le regard d'Anaïs qui inspectait la pièce.

— Je ne suis ni propriétaire ni locataire. C'est l'appartement d'un collègue actuellement en déplacement. C'est un artiste-peintre, il voyage beaucoup. Je ne suis que de passage à Lille pour une série de séminaires au Conservatoire National des Arts et Métiers. J'enseigne la chimie à l'École Nationale Supérieure de Chimie de Montpellier.

— Votre ami a bon goût.

— On se connait depuis longtemps. Nous étions en classe ensemble. Le dessin et la peinture étaient son domaine de prédilection, alors que je me suis passionné pour la chimie. Il a émigré dans le Nord alors que je suis resté attaché à ma région natale.

Louis-Victor et Anaïs se regardèrent longuement dans les yeux comme deux adolescents. Elle sentit son cœur battre très fort. Elle détourna son regard vers la fenêtre et changea de conversation :

— La pluie continue de tomber ! s'exclama-t-elle.

— J'espère que vous n'êtes pas attendue, si c'est le cas, peut-être qu'il serait prudent d'avertir de votre retard.

— Non, je ne suis pas attendue. Je suis venue toute seule assister à la séance de cinéma. Il m'arrive aussi d'aller au théâtre. Je suis institutrice en classe maternelle dans une petite ville du bassin minier du Pas-de-Calais, à quelques dizaines de kilomètres d'ici. J'avais demandé un congé formation pour préparer une licence de l'éducation. L'année s'est vite passée, je reprends mon poste prochainement. Alors, il me faut préparer la rentrée scolaire.

— Je comprends. Mes parents ont passé leur vie à enseigner. C'est un métier difficile qui exige de la vertu et un dévouement constant, malheureusement il n'est pas souvent valorisé.

— On peut s'étioler à petit feu si l'on ne se ménage pas quelques moments de détente, poursuivit Anaïs. Mais Aristote disait : Plus une chose est difficile, plus elle exige d'art et de vertu. Alors, il vaut mieux éviter de prendre le chemin de l'enseignement si l'on n'est pas passionné par le métier.

— Vous me permettez de vous tutoyer et vous appeler par votre prénom, demanda Louis-Victor ?

— Oui, bien sûr, répondit Anaïs.

— Alors appelle-moi, Louis, c'est plus simple.

Après une longue hésitation, Louis-Victor demanda :

— Tu vas me trouver indiscret, mais je ne peux m'empêcher de te demander si tu as un compagnon ?

Anaïs ne put réprimer un sourire.

— Non, je vis toute seule.

Elle regretta la froideur de ses paroles, et ajouta, afin de se rattraper :

— Me tromperais-je en disant qu'il en est de même pour toi ?

— Comment as-tu deviné ?

— Je ne sais pas, peut-être une intuition féminine, répondit Anaïs.

— La vérité, c'est que je n'ai pas encore rencontré l'âme sœur, alors je consacre tout mon temps à la recherche en chimie. C'est ma passion.

— La recherche est aussi un métier qui demande beaucoup d'abnégation, n'est-ce pas ?

— C'est vrai. Cependant, faire une nouvelle découverte est tellement euphorisant que l'on en oublie les efforts et le temps passé pour atteindre l'objectif. Quand cela arrive, il faut surtout faire preuve d'humilité car le parcours est la plupart du temps jalonné de moments d'excitation puis de découragement lorsque les résultats escomptés ne sont pas au rendez-vous.

Ils passèrent encore un moment à parler, puis Louis-Victor demanda à Anaïs :

— Penses-tu qu'il soit prudent de repartir chez toi avec la pluie qui continue de tomber ?

— Oui, demain il faut que je me lève tôt.

Ils avaient terriblement envie de rester ensemble, il s'installait entre eux une sorte d'intimité qu'ils voulaient préserver. Louis-Victor conduisit Anaïs jusqu'à sa voiture, ils se quittèrent avec regret, mais promirent de se rencontrer souvent.

Anaïs reprit le chemin de l'école avec enthousiasme. Elle se surprenait à penser à Louis-Victor, un homme d'une grande gentillesse et d'une séduction envoûtante. C'était une rencontre tellement agréable qu'en y pensant, elle reprit son travail avec ardeur, puis à la fin de la semaine, elle retrouva Louis-Victor avec plaisir. Ils décidèrent de se rencontrer régulièrement à Lille. En effet, il n'était pas question que Louis-Victor vienne chez elle, car il suffisait que des parents d'élèves la voient en compagnie d'un inconnu pour qu'on lui prête des mœurs légères.

À chaque rencontre, ils sentaient leur cœur battre à un rythme nouveau. La passion les submergeait. Ce furent des instants d'échanges de baisers ardents et de caresses prolongées. Ils firent souvent l'amour. Lors d'une de leurs retrouvailles, encore haletant, Louis-Victor se redressa et regarda intensément Anaïs, puis lui demanda :

— Sais-tu quel effet tu produis sur moi, depuis que j'ai retenu ton bras pour ne pas tomber ?

— Je ne sais pas, mais ce dont je suis certaine, c'est que je n'ai jamais ressenti ce genre d'émotion envers un homme.

— J'en suis ravi.

— Je t'aime. Nous avons partagé des moments merveilleux et je suis bien avec toi. C'est comme si nous nous connaissions depuis toujours.

Louis-Victor desserra un peu son étreinte, il la couvrit d'un regard brûlant d'amour et de désir renouvelé. Ils restèrent un long moment blotti l'un contre l'autre jusqu'à ce que le sommeil les emporte.

Ce fut quelques semaines plus tard qu'elle apprit une mauvaise nouvelle qui la bouleversa profondément : son oncle Édouard souffrait depuis plusieurs semaines d'une infection pulmonaire. Elle imagina les pensées douloureuses de ses grands-parents et de sa mère Apolline qui aimait beaucoup son frère Édouard. Il avait toujours été son protégé.

Un samedi en fin de matinée, après l'école, elle s'en alla au volant de sa voiture en direction de Boulogne. Elle conduisit avec une certaine nervosité, plongée dans de sombres pensées. Un brouillard très épais s'était levé et une pluie fine commençait à tomber. Anaïs maudissait ce temps qui l'empêchait de rouler aussi vite qu'elle l'aurait souhaité. Ce n'est que tard dans la soirée qu'elle arriva directement chez ses grands-parents où la famille était rassemblée. Après avoir embrassé ses parents, ses grands-parents, son oncle Valentin et Mathilde, également présente, elle se pencha sur son oncle Édouard qui avait une peau bleuie et plissée. Ce dernier poussa un faible gémissement lorsqu'il fit un effort pour ouvrir les yeux et regarder Anaïs. Elle posa un baiser sur son front. Des yeux d'Édouard des larmes se mirent couler. Dans son désespoir,

Anaïs s'accrocha à Apolline, elle-même accablée, ensemble, elles se mirent à sangloter. Elles eurent du mal à regarder ce corps souffrant le martyre et sortirent de la pièce pour rester debout dans le couloir afin de calmer leurs pleurs. Lorsqu'elles pénétrèrent de nouveau dans la chambre, elles virent Édouard qui luttait contre la mort, tendre dans un dernier effort, ses bras vers Marius comme s'il voulait lui chuchoter une dernière phrase, un dernier mot, puis sa tête tomba sur le côté, son cœur s'était arrêté de battre.

Marius le visage livide, les yeux larmoyants, les traits tirés, prit délicatement la tête du pauvre Édouard entre ses mains, posa un baiser sur le front puis reposa la tête de son fils sur l'oreiller. Marie poussa un cri perçant en se jetant sur le lit où reposait son fils. Marius la prit par les épaules, puis tenta de la consoler, la voix hachée et entrecoupée de sanglots :

— Nous devons être courageux, ma Marie. Dieu nous a confié Édouard, il a souffert de cette affreuse maladie, et aujourd'hui Dieu a décidé de le rappeler auprès de lui. C'est écrit, nous n'y pouvons rien. La mort est inéluctable, c'est le destin final de tous ceux qui vivent sur cette terre.

Marie ne put répondre sur le champ, une souffrance intense l'empêchait de respirer. Elle réalisait qu'elle ne verrait plus son fils. Elle s'accrocha au bras de Marius., et ce n'est que quelques instants plus tard qu'elle bredouilla de colère :

— Mais qu'avons-nous fait pour mériter la colère de Dieu ? Nous sommes des honnêtes gens, nous travaillons dur, nous sommes presque toujours à la messe, nous contribuons au denier du culte, je gravis régulièrement la colline pour aller au calvaire des marins afin de me recueillir et prier pour nous tous et pour mon fils Édouard. Dieu nous a-t-il tourné le dos ?

Le pasteur et le curé, alertés par Valentin étaient arrivés entre-temps. Ayant entendu la plainte de Marie, le pasteur s'avança vers elle, lui prit la main et lui dit :

— Ma chère Marie, quelle peine terrible que la perte d'un enfant et combien est immense l'épreuve de la foi ! Si Dieu a pu voir le sacrifice de Jésus sur la croix, alors nous autres mortels devons accepter la mort des êtres que nous chérissons. Nous devons accueillir la volonté de notre Seigneur avec courage et continuer de prier, tout en lui demandant le pardon pour nos propres doutes. Quant au défunt, il est entre les mains de Dieu.

Édouard fut inhumé au cimetière de Capécure. La cérémonie des obsèques se déroula dans une grande simplicité. Sa vie fut évoquée par ses proches, Apolline mentionna l'amour d'Édouard pour la poésie en faisant la lecture de quelques textes dont il était l'auteur. Le pasteur fit des louanges à Dieu pour le défunt. Il fit la lecture de quelques textes bibliques, puis chacune des personnes présentes jeta une poignée de terre sur le cercueil lors de sa mise en terre.

Anaïs avait informé sa hiérarchie du deuil qui affectait sa famille et avait demandé un congé pour le décès de son oncle. Après l'enterrement, elle reprit le chemin de l'école. Elle éprouvait une grande lassitude. Des souvenirs d'enfance lui revenaient en mémoire : Édouard qui lui prenait la main, lui souriait et feuilletait les livres d'images, lui lisait des histoires avant qu'elle ne s'endorme. Elle se mit à pleurer. Elle essaya tant bien que mal de se libérer de sa peine en allumant la radio pour écouter des morceaux de musique classique.

Le retour au travail fut bénéfique pour le moral d'Anaïs. Elle eut l'esprit fort occupé avec la préparation de fiches des différentes activités qu'elle devait mener avec ses trente élèves. Le soir en rentrant chez elle, ses pensées allaient invariablement vers Louis-Victor. Il avait tenté de la joindre sans succès, et puis ils réussirent à se parler au téléphone où il apprit la raison de son absence.

Ils se retrouvèrent toutes les fins de semaines. Ils allaient souvent se promener dans la forêt de Phalempin distante de quelques kilomètres seulement de Lille. Anaïs aimait à se promener dans cette forêt. Un jour, Louis-Victor la prit dans les bras, l'embrassa avec tendresse. Elle se lova contre lui et tressaillit sentant le désir monter dans le corps de son compagnon.

— Je t'aime, Anaïs. Je voudrais te chérir et te garder près de moi tout le temps. J'ai bientôt terminé ma série de séminaires et vais rejoindre mon poste à Montpellier. Aimerais-tu que je vienne te voir pendant les périodes de vacances ?

Anaïs répondit spontanément :

— Oui, bien sûr. Et si tu ne peux te déplacer pour une raison ou une autre, c'est moi qui viendrai te rejoindre.

— C'est magnifique, répondit Louis-Victor.

La vie est parfois cruelle, elle n'épargna pas Anaïs dans les semaines qui suivirent. En effet, elle fut ébranlée par une très mauvaise nouvelle. Son père avait été grièvement blessé par la chute d'un madrier utilisé dans la construction d'une plate-forme lors d'une visite de chantier. Elle avertit Louis-Victor avant de se mettre en route pour aller voir son père. Armand était allongé sur son lit, la tête entourée d'un grand pansement. À la vue d'Anaïs, un magnifique sourire illumina son visage, ses yeux étaient plein de larmes. Il lui fit un léger signe de la main afin qu'elle vienne près de lui. Il vit son affolement, et il essaya difficilement d'articuler quelques mots, mais ses cordes vocales étaient engourdies :

— Rassure-toi… c'est léger… un coup sur la tête…

Anaïs embrassa le front de son père et prit sa main dans les siennes. Elle détourna la tête pour cacher ses larmes. Elle finit par regarder Armand, mais les mots n'arrivaient pas à sortir de sa bouche. Apolline, assise à ses côtés était dans un état second, le visage d'une pâleur inquiétante et les yeux rouges. Elle essayait vainement d'essuyer les larmes qui de temps en temps inondaient ses joues.

— Mais que disent les médecins ? finit par demander Anaïs.

Apolline, hésita un moment, puis prenant Anaïs par la main, elle lui dit :

— Laissons ton père se reposer. On va la dans la cuisine, j'ai besoin d'un verre d'eau.

Une fois seules, Apolline chuchota à sa fille :

— Ton père souffre d'un traumatisme crânien. Le docteur Roussel dit qu'il faudrait le transporter au service de neurochirurgie de l'hôpital Albert Calmette à Lille.

— Mais, alors, qu'attendons-nous pour le faire ? d'exclama Anaïs.

— C'est qu'il ne veut pas. Il pensait qu'il avait juste mal à la tête et qu'avec un peu de repos tout irait bien. J'ai dû, avec l'aide du docteur, le convaincre d'être hospitalisé. Demain, l'ambulance va l'emmener à Lille. Je vais l'accompagner.

— Je repars demain matin tôt. En fin de journée, je vous rejoindrai à Lille.

Anaïs alla jusqu'au lit de son père qui dormait, la respiration régulière. Tranquillisée, elle partit se coucher après avoir embrassé sa mère.

Apolline resta encore un moment observant longuement le souffle régulier d'Armand et décida d'aller s'allonger sur le divan du salon. Elle eut du mal à s'endormir, plusieurs fois dans la nuit, elle se réveilla et écouta les bruits qui provenaient de la chambre. Les paroles que lui avait tenues Armand juste après son accident, hantaient son esprit inquiet. En effet, malgré son apparence d'homme fortement affaibli par l'accident, son regard n'avait rien perdu de son éclat, mais il avait peine à parler. Il avait fait signe à Apolline d'approcher et lui avait chuchoté à l'oreille :

— J'ai été heureux de partager toutes ces années avec toi. J'ai été comblé de bonheur d'avoir connu les joies de la paternité en dépit du fait que je ne suis pas le père biologique d'Anaïs. Elle a été la lumière qui éclairait mes nuits et tu as été le soleil qui illuminait mes jours.

Apolline avait senti son cœur battre à toute vitesse. Elle eut soudainement froid, sentit ses jambes flageoler et son corps fut traversé par de légers tremblements. Elle eut la force de demander :

— Pourquoi parles-tu au passé comme si tu étais sur ton lit de mort, tu me fais peur !

— Cette nuit j'ai fait un rêve bizarre. Alors que j'étais sur un nuage en train de voler dans le ciel, j'ai croisé Jérémy et Édouard. Ils étaient tous les deux vêtus de blanc, arboraient un large sourire et tendaient leurs bras dans ma direction. J'ai le sentiment que mes heures sont comptées. Mon souhait est d'être inhumé au cimetière de Capécure, dans la fosse où repose Édouard. J'avais prévu grand lorsque je me suis occupé de la concession. Elle abritera le caveau funéraire des familles Le Jeune-Fontaine. Ne sois pas triste. Prends soin de notre « petiote », dis-lui combien je l'aime, et qu'on se retrouvera réunis au ciel parmi les étoiles.

À l'aube, lorsqu'elle se leva, ces paroles résonnèrent encore dans ses oreilles. Elle s'habilla, puis prépara le café et réveilla Anaïs qui devait prendre la route. Toutes deux s'avancèrent dans la chambre, Armand avait toujours l'air de dormir, mais avait cessé de respirer.

— Armand ! Armand ! cria Apolline.

— Père ! Père ! appela Anaïs.

Devant l'absence de réponse, ni de mouvement d'Armand, mère et fille se regardèrent effarées de voir le corps qui gisait sans vie ! Elles s'enlacèrent, le cœur palpitant, pleurant à chaudes larmes, serrées l'une contre l'autre comme pour se protéger de ce terrible évènement. La mort avait de nouveau frappé à leur porte. De sombres pensées les assaillirent. Comment était-ce possible ? Elles restèrent comme abasourdies, dépassées par la cruauté du destin qui s'acharnait sur leur famille. Elles venaient à peine d'enterrer Édouard que la mort leur enlevait un mari doux et affectueux, un père aimant, un homme d'une extrême bonté.

Lentement le corps d'Apolline glissa des bras d'Anaïs. Celle-ci eut juste le temps d'allonger sa mère sur le sol en évitant que sa tête ne cognât sur les dalles.

— Non ! Oh non ! cria Anaïs.

Elle se précipita dans la cuisine, ramena un morceau de coton imbibé de vinaigre qu'elle fit respirer à Apolline, puis elle lui humecta le front avec une serviette imbibée d'eau. Apolline reprit progressivement conscience, elle vit le visage d'Anaïs, le regard inquiet, les yeux rougis par les larmes, sa peine était si grande devant ce nouveau malheur qui s'abattait sur eux. Elle réalisait qu'elle devait, dorénavant, vivre sans Armand, sans cet homme qui un jour l'avait sauvé des griffes de deux scélérats qui voulaient la violer. Il avait reconnu l'enfant qu'elle portait, et n'avait cessé depuis ce jour, de les aimer et les protéger. Elle eut une nouvelle crise de larmes, se blottit dans les bras d'Anaïs et pleura sur son épaule.

Anaïs téléphona à ses grands-parents maternels et à Mathilde pour leur annoncer la triste nouvelle. Même si les liens étaient rompus depuis plusieurs années, le père d'Armand fut informé. Le pasteur, le docteur Roussel ainsi qu'Hortense furent également avertis. Ils arrivèrent rapidement à la maison. Marie était en pleurs, Marius livide, fixait de ses grands yeux bruns le corps d'Armand. Mathilde marmonnait 'quel malheur ! quel malheur !'. Tous restaient pétrifiés devant la soudaineté de ce décès que rien ne laissait présager.

Le médecin délivra le certificat de décès. Antoine réclama le corps d'Armand afin qu'il soit enterré au cimetière de Grand-Fort-Philippe dans le caveau familial. Apolline s'y opposa. Armand fut inhumé à Capécure selon ses dernières volontés. Au cimetière, de nouvelles crises de larmes assaillirent certains des membres de la famille et les amis présents. Le pasteur, qui avait enterré Édouard peu de temps avant, évoqua la vie du défunt. Un homme honnête, courageux, travailleur, sensible, dévoué à sa famille et d'une générosité naturelle. Le sermon fut émouvant. Il fut question de vie de labeur et de dures épreuves à surmonter. Anaïs tenant la main de sa mère, regardait les personnes présentes défiler devant le cercueil, sur lequel elles jetaient une poignée de terre. Ce geste lui rappela l'enterrement de son oncle Édouard, un flot de souvenirs lui vinrent à l'esprit et une immense tristesse la submergea. Elle fixait d'un regard absent tous ces gens qui lui présentaient leurs condoléances. Certains l'embrassaient, d'autres lui serraient la main en lui souhaitant bon courage. Beaucoup d'entre eux avaient une mine désolée et parfois les larmes aux yeux.

Anaïs avait de nouveau informé sa hiérarchie et demandé un congé pour le décès de son père. Lorsque tout fut fini, elle retourna à son travail non sans avoir encouragé Apolline à aller habiter chez Mathilde qui le lui avait proposé avec gentillesse. Anaïs essaya de reprendre son activité avec entrain. Il ne fallait pas se laisser aller, se disait-elle, pleurer ne changera pas le cours des choses. Le souvenir de ses chers disparus resterait gravé dans sa mémoire et dans son cœur, et ses collègues respectaient les silences dans lesquels elle plongeait parfois.

Louis-Victor vint la voir dès qu'il apprit la nouvelle. Elle vint à sa rencontre à la descente du train à la gare de Lille. Dès qu'elle l'aperçut, elle courut vers lui. Il ouvrit ses bras pour qu'elle puisse venir s'y blottir. L'étreinte de son compagnon, tiède et chaleureuse, lui procura un sentiment de sécurité. Elle sentit son souffle et les doux baisers qu'il posait sur sa peau. Elle ferma les yeux et fut transportée dans un univers de tendresse et de douceur, mais la forte émotion de ces retrouvailles et le deuil qu'elle venait de vivre la submergèrent et elle fondit en larmes sur l'épaule de Louis-Victor qui la garda serrée dans ses bras, mais le malheureux se sentait impuissant à trouver des mots justes qui auraient pu la consoler. Il finit par murmurer :

— Ça va aller, tu verras. Chacun de nous a des fragilités, mais dispose aussi de ressources qu'il faut mobiliser pour surmonter les épreuves. Tu es plus forte que tu ne le crois.

Anaïs prit une longue inspiration, puis s'écarta doucement de Louis-Victor et sortit un mouchoir pour sécher ses larmes, puis balbutia :

— Je suis désolée, j'ai sali ta chemise.

— Ce n'est rien. Il ne faut pas refouler ses émotions. Tu avais besoin d'épancher ton chagrin. Je suis content que ça soit sur mon épaule que tu l'aies fait.

Anaïs esquissa un pauvre petit sourire.

— Tu es intelligente, travailleuse, ne doute pas de toi. Continue à t'investir dans ta profession et ouvre-toi vers les autres. Tu t'apercevras que les épreuves n'épargnent personne, et qu'en dépit de cela, beaucoup finissent par s'en remettre.

— Je suis heureuse que tu sois près de moi en ces moments difficiles.

— Et moi donc, répondit Louis-Victor, je le suis autant sinon plus. J'aspire à vivre près de toi chaque jour. J'ai besoin de toi et j'aimerais te faire une proposition : demande ta mutation à Montpellier.

Prise au dépourvu par cette demande, Anaïs ouvrit grand les yeux.

— Pas de panique, je ne veux pas te mettre la bague au doigt. J'ai compris que tu tenais à ta liberté. C'est juste que j'aimerais te voir plus d'une fois par mois. Ce sont les longues périodes de séparation qui sont de plus en plus difficiles à supporter. Qu'en est-il pour toi ?

Anaïs soupira et lui donna un baiser sur les lèvres.

— Pour moi aussi, ça devient difficile. La situation ne peut durer éternellement.

— Nous en reparlerons, il se fait tard maintenant, allons préparer le dîner, d'accord ? Comme à son habitude, mon ami artiste est de nouveau en voyage. J'ai les clés de son appartement.

Louis-Victor alluma un feu dans la cheminée du salon pendant qu'Anaïs faisait chauffer de l'eau pour préparer un repas simple : une salade de pâtes avec des œufs pochés. Après le dîner, Louis-Victor s'attela à la vaisselle tandis qu'Anaïs s'installait sur le canapé d'angle devant la cheminée où crépitait un bon feu. Lorsque son compagnon la rejoignit, elle lâcha un soupir et se blottit contre lui. Il enfonça une main dans ses cheveux soyeux, puis commença caresser son visage. Dieu que j'aime cette femme, pensa-t-il. Il était décidé à prendre son temps car en ce moment Anaïs avait surtout besoin d'attention et de tendresse.

Anaïs se redressa et le regarda amoureusement :

— J'ai bien réfléchi à ta proposition. Mais ça va être difficile. Il faudra que je fasse assez rapidement ma demande de mutation. Par ailleurs, il faudra que j'arrive à convaincre ma famille des raisons qui me poussent à m'éloigner d'elle en quittant notre belle région du Nord-Pas-de-Calais.

— Des amis que j'ai à l'académie m'ont fait comprendre qu'il y avait un déficit d'enseignants en maternelle dans le sud cette année. Peut-être faudrait-il saisir cette opportunité pour demander ton changement. Pour tes parents, j'aimerais bien les voir. Peux-tu organiser une rencontre lors de mon prochain séjour ?

— Oui bien sûr. Mais qu'en est-il de tes parents ?

— Mon père, originaire de Toscane était arrivé dans l'Hérault il y a plusieurs dizaines d'années. Il avait été embauché pour travailler dans les vignes, par un riche propriétaire. Il travaillait dur car il avait l'amour de l'ouvrage bien fait. De ce fait, il inspirait le respect à son patron et à son entourage. Il devint régisseur, puis fit la connaissance d'une jeune fille du village qu'il épousa, et me voilà, fils unique. Il me disait souvent : 'celui qui aime le travail, et fait bien ce qu'il a à faire, réussira dans la vie'. Il avait des ambitions pour moi et m'a encouragé à poursuivre mes études. Mes parents étaient aux anges lorsque je fus nommé professeur. Malheureusement, mon père décéda peu de temps après, suite à un accident avec un engin agricole, et ma mère mourut quelques mois plus tard d'un cancer très agressif.

— J'en suis très désolée, répondit Anaïs. Je vois que toi aussi, tu es passé par des dures épreuves dans la vie.

Anaïs se leva, prit Louis-Victor par la main, puis le mena vers la chambre :

— Allons-nous coucher, lui dit-elle. Il faut être en forme demain pour profiter de notre journée.

Quelques semaines plus tard, Louis-Victor fit la connaissance de la famille d'Anaïs à qui il plut immédiatement grâce à sa simplicité, son ouverture d'esprit et le regard plein d'amour et de tendresse qu'il portait sur

Anaïs. Certes, le projet de partir dans le sud n'était pas à leur goût, mais ils furent compréhensifs et surtout rassurés qu'elle soit avec Louis-Victor, qu'ils apprécient pour sa grande sensibilité et sa sincérité.

Trois mois plus tard, Anaïs reçut une réponse positive pour sa mutation. Elle décida d'aller visiter la région de Montpellier pour identifier les petits villages à proximité de la ville où des postes étaient susceptibles d'être vacants, afin de participer au mouvement des enseignants pour la rentrée scolaire suivante. Elle ne voulait pas exercer en ville. Louis-Victor l'accompagna dans son périple. Après plusieurs sorties, son dévolu se porta sur un petit village au nord de Montpellier, entouré de collines, de garrigue et de chênes verts, qui s'abaissaient graduellement pour laisser place à une plaine en partie plantée de vignes. Par endroits, des chevaux destinés aux loisirs équestres paissaient dans des espaces délimités et aménagés.

De retour dans le Nord, Anaïs formula ses vœux d'affectation en mettant en première position l'école du petit village qu'elle avait identifiée. Son premier choix lui fut attribué. Elle prit contact avec la mairie qui lui annonça que le logement de fonction était vacant et qu'elle pouvait en disposer quand elle le souhaiterait. Elle commença à rassembler ses affaires et prit un rendez-vous avec un déménageur pour la fin de l'année scolaire. Elle alla voir sa famille pour leur dire au revoir. Elle promit de revenir vite les voir. Elle voulut aller seule prier sur les tombes de son père, de son oncle et sur celle de Jérémy.

À son retour du cimetière, Apolline la prit dans ses bras, puis les yeux larmoyants et la gorge serrée, elle lui dit :

— Tu t'en vas vers une nouvelle destinée. Tu vas écrire une nouvelle page de ta vie. On te souhaite le meilleur. Pense à nous écrire de temps en temps.

Mathilde, Marius, Marie et Valentin l'embrassèrent tour à tour. Chacun lui prodigua des conseils de vigilance et surtout des mots de tendresse et d'affection.

3

Anaïs au pays des garrigues

C'était la mi-juillet, l'école était fermée depuis une quinzaine de jours pour les vacances estivales. Anaïs prit la direction de Montpellier avec sa voiture en priant tout le long du parcours que sa vieille 'teuf-teuf', comme elle l'appelait, ne tombe pas en panne. Elle arriva quelques heures avant le camion de déménagement. Elle se présenta à la mairie où la secrétaire lui remit les clés du logement et de l'école. Puis, elle lui indiqua également l'adresse personnelle de l'assistante maternelle avec laquelle elle serait amenée à travailler.

Tout en se dirigeant vers l'adresse indiquée, Anaïs se demandait quel genre de femme elle allait trouver ? Elle souhaitait ardemment trouver une personne agréable avec laquelle elle puisse s'entendre de façon à créer un environnement de travail sain et harmonieux. Sous l'effet d'une chaleur estivale qu'elle n'avait pas l'habitude de vivre sous les cieux du Nord, elle était en nage lorsqu'elle sonna à la porte. Après une deuxième sonnerie, la porte s'ouvrit sur une petite femme, d'une quarantaine d'années, à la silhouette rondelette, aux cheveux blonds, lunettes de soleil sur la tête, au visage souriant. Elle dévisagea Anaïs, et après quelques secondes d'hésitation elle demanda :

— Seriez-vous la nouvelle institutrice ? ou je me trompe.

— Vous avez vu juste.

— Entrez, entrez donc. Vous prendrez bien une boisson fraîche ?

— Non, merci.

— Il n'y a pas beaucoup de distractions dans le village. Mais, la ville de Montpellier n'est pas loin. On y trouve tout ce qu'on veut : cinéma, théâtre, restaurants, boutiques en tout genre. Vous êtes du Nord, c'est bien cela ?

— Oui, répondit Anaïs.

— Cela s'entend à votre accent. C'est un dépaysement pour vous, n'est-ce pas ?

— Un peu, je n'ai pas l'habitude de cette chaleur.

— Oh, il y a la mer. En période estivale, il vaut mieux éviter les stations balnéaires comme Palavas, le Grau du Roi, Carnon. Si vous souhaitez la tranquillité, allez plutôt vers la plage des Aresquiers. C'est un coin encore sauvage, pour combien de temps encore, là est la question !

— Merci pour les renseignements, répondit Anaïs. Mais pourriez-vous me livrer quelques informations sur l'école, les élèves et leurs parents ?

— Vous n'aurez pas de problèmes avec les enfants, en général ils sont obéissants et bien élevés. Pour le reste, vous verrez avec le temps. J'en ai vu passer des institutrices, une par année scolaire. Ce n'est pas pour vous décourager, il faut juste savoir s'adapter.

Voyant que l'assistante ne tenait pas à entrer dans les détails, elle la remercia, prit congé, puis dit et en souriant :

— Je suis contente de vous connaître. À très bientôt à l'école.

Dans une école maternelle, une bonne entente avec l'assistante maternelle est essentielle pour une meilleure efficacité dans la préparation et l'animation des activités pédagogiques. Elle l'est encore plus lorsqu'on est en charge d'une classe unique qui accueille des enfants de deux à cinq ans, où il faut que les trois sections : petits, moyens et grands soient occupées en même temps.

Anaïs décida de passer cette première nuit dans son appartement plutôt que de rejoindre Louis-Victor à Montpellier. En effet, si Louis-Victor venait chez elle, les villageois s'en donneraient à cœur joie pour colporter des rumeurs sur la nouvelle institutrice. Donc, pour éviter les commérages, ils avaient convenu, que ce serait Anaïs qui le rejoindrait à Montpellier les jours où il n'y avait pas classe, et seulement une fois qu'elle aurait terminé son travail scolaire !

Le logement était composé de deux chambres, une salle de bain, une cuisine, et un vaste salon avec balcon qui donnait sur la cour de récréation. Heureusement qu'elle avait ramené dans sa voiture un duvet et une couverture, une cafetière, des filtres et un petit réchaud. La journée avait été bien remplie, Anaïs ne tarda pas à s'endormir. Elle fut réveillée très tôt par la sonnerie de la cloche qui faisait vibrer les murs de l'appartement. Elle réalisa qu'elle n'avait pas pensé à cet inconvénient.

Après avoir avalé une tasse de café, et alors qu'elle descendait l'escalier pour visiter sa future classe, la cour et le préau, Anaïs vit un colosse, large comme une armoire, habillé d'un treillis militaire et portant une casquette, s'avancer dans la cour de l'école. Ce fut avec appréhension qu'elle se dirigea vers lui. L'individu avait un visage buriné, une épaisse barbe noire ajoutait à la sévérité de ses traits.

— Bonjour monsieur, je suis la nouvelle institutrice. Je voulais voir les bâtiments. Peut-être que vous pourriez me guider dans cette visite ?

— Vous tombez bien, Mademoiselle l'institutrice. Je suis l'employé communal. Entre autres, je me charge des petits travaux ou réparations à effectuer à l'école.

Anaïs n'était pas très rassurée, mais l'individu, en dépit de son physique qui faisait peur, avait une voix grave et un langage correct, néanmoins ses yeux continuaient à scruter et jauger la nouvelle institutrice.

L'école maternelle à classe unique, se trouvait à l'entrée du village. Le bâtiment abritait une salle de classe, un local pour la cantine et une salle des fêtes. Un couloir servant de pièce de stockage de produits d'entretien et autres fournitures, faisait communiquer la classe et la salle des fêtes, et au milieu du couloir se trouvait un escalier intérieur qui permettait d'accéder à l'appartement de fonction situé au premier étage, ainsi qu'au clocher situé au-dessus du logement, légèrement excentré. Une cour de récréation, un préau et des petits cabanons où étaient entreposés des jouets, faisaient face au bâtiment principal. L'accès à l'école se faisait par un portail en fer forgé.

Anaïs remarqua toute une série de jouets : vélos, trottinettes, ballons dispersés dans la cour.

— Comment se fait-il que tous ces jouets ne soient pas rangés alors que l'école est fermée depuis déjà plus de quinze jours pour les vacances d'été ? Pourquoi ne pas les avoir rassemblés avec les autres jouets dans les cabanons ?

— Ah, ça, vous savez les enfants… ils laissent traîner…puisque ce sont les jouets de l'école…

— C'est avec les impôts des contribuables que la commune achète les jouets, par conséquent, il faut apprendre aux enfants à ranger. Mais ce n'est pas à vous que je fais le reproche.

Anaïs en seulement une dizaine de minutes, ramassa les jouets et les rangea dans le cabanon.

— Vous voyez, ce n'était pas compliqué à faire, et cela ne m'a pris que très peu de temps pour débarrasser la cour !

Ne sachant quoi dire, l'employé, baissa la tête, sortit un grand mouchoir à carreaux de sa poche pour s'essuyer le front. Sentant que c'était peut-être le bon moment pour partir avant qu'il n'y ait d'autres remarques, il se dirigea vers la sortie levant sa main en signe d'au-revoir. Anaïs le vit sortir, refermer le portail, et serrer la main d'un autre individu qui venait à sa rencontre. Elle entendit une partie de leur conversation :

— Salut ! Tu m'as l'air pensif, ça ne va pas ?

— Si, mais ça ne va être facile avec la nouvelle, une chti' de surcroît ! elle m'a l'air d'être fort tatillonne.

— Peuchère ! Ça va lui passer va. Elle fera comme les autres, un an puis Pffft......Depuis bientôt dix ans que l'école a rouvert ses portes, il y en a eu des instits ! Alors, ce n'est pas une petite chti' qui va changer le cours des choses. Elle ne va pas tarder à déchanter et plier bagage, comme les autres.

Anaïs fut stupéfaite de ces quelques bribes de conversation qu'elle avait entendues. Que lui réservait-on dans ce village ?

Le camion de déménagement arriva en fin de matinée. Au bout de quelque heures, les meubles, l'électroménager et autres affaires furent installés. Anaïs put se consacrer au rangement. Les jours suivants, elle passa une partie de son temps à descendre dans la salle de classe pour vérifier le contenu des armoires : le registre d'appel, le reliquat de fournitures scolaires et des livres. Elle examina l'aménagement de la classe pour la petite enfance : les espaces de jeux, les jouets, les rangements, les tableaux d'affichage pour les photos et les dessins, les lieux d'hygiène délimités par des cloisons pour respecter l'intimité de chacun et le dortoir. Il n'y avait pas de registre d'inventaire, pas de registre de sécurité non plus.

Anaïs passa le reste de l'été à sillonner avec plaisir les Cévennes, un endroit mythique, en compagnie de Louis-Victor, pour découvrir les paysages montagneux à couper le souffle, les beaux villages cévenols, la station météorologique du Mont Aigoual, le parc national et les terrasses gagnées sur les pentes qui permettaient la culture de l'oignon doux. Le pays était le refuge historique des protestants. Ce fut l'occasion pour Anaïs de raconter à Louis-Victor l'histoire de Mathilde et de Jérémy, deux fervents protestants, humbles, honnêtes et généreux.

La veille du jour de la rentrée, Anaïs eut beaucoup de mal à s'endormir. La sonnerie de la cloche la réveilla en sursaut. Elle fit sa toilette, s'habilla avec soin, avala rapidement son petit déjeuner et descendit dans la salle de classe.

Ma première rentrée dans cette école, loin de ma terre natale, pensa-t-elle, quelle aventure !

Le cœur battant, elle traversa la cour et alla devant l'entrée de l'école. Les parents entrèrent accompagnés de leurs enfants. Certains, âgés de deux à trois ans, dont c'était la première rentrée, s'agrippaient avec force à leurs parents et avaient du mal à retenir leurs larmes. Anaïs fit la connaissance de quelques familles. Certains la regardaient avec circonspection, d'autres avec dédain en s'adressant uniquement à l'assistante maternelle. Une fois les enfants installés, la grille d'entrée refermée, Anaïs cocha les présents sur le registre d'appel. Elle mit un certain temps pour connaître les habitudes des enfants. Elle découvrit notamment, qu'une employée communale était en charge de la petite salle de cantine qui servait aussi de garderie pour les enfants dont les parents partaient tôt le matin, et arrivaient tard de leur travail en fin d'après-midi.

Le village comprenait un cœur, et plusieurs mas distants les uns des autres. Du fait de sa proximité avec Montpellier, il représentait un de ces villages dortoirs qui entouraient ce grand centre urbain. Grâce à un plan d'occupation des sols bien élaboré, il avait conservé son authenticité du fait de l'absence de lotissements. La population du village était composée de vignerons, la plupart chasseurs ; de rapatriés d'Algérie, de réfugiés espagnols qui s'étaient installés et avaient fondé des familles depuis quelques décennies ; et d'une catégorie de gens appartenant à une classe moyenne : cadres, techniciens, commerciaux, fonctionnaires ou exerçant une profession libérale.

En quelques jours, Anaïs acquit la conviction que la vie ne serait pas facile dans cet environnement. Cependant, elle se sentait investie d'une mission : celle de faire son travail en remettant de l'ordre dans le fonctionnement de l'établissement dont elle avait la charge.

Peu à peu, elle organisa la spacieuse salle de classe pour créer divers espaces fonctionnels. Elle apprit à planifier son travail de façon à ce que les enfants des différentes sections soient occupés. Très vite elle connut tous les élèves et les menait avec fermeté et douceur.

Ainsi petit à petit, Anaïs s'imposa dans le paysage du village. Avec la participation des parents et l'aide de l'assistante maternelle, elle put proposer des sujets qui plurent beaucoup à ses petits élèves. Avec doigté, elle réussit à organiser les différentes fêtes de l'école en y associant le village. Certains, habités par leur rancœur et leur méchanceté habituelle, n'hésitèrent pas à la critiquer, d'autres, plus respectueux, la félicitaient sincèrement pour son dévouement, et son investissement personnel dans la vie du village.

Anaïs eut de nouveau la visite de l'inspectrice. Le compte rendu d'inspection fut élogieux et elle fut intégrée dans le corps des professeurs des écoles. À la rentrée scolaire suivante, elle participa au mouvement du personnel enseignant et reçut son affectation dans une école maternelle d'un village voisin. Elle se mit en quête d'un logement spacieux et bien ensoleillé pas trop éloigné de son travail. Elle ne mit pas trop longtemps à trouver ce qu'elle désirait.

Un jour, Anaïs reçut une lettre d'Apolline lui demandant de venir car elle avait reçu un appel téléphonique d'un notaire de Grand-Fort-Philippe lui enjoignant de venir à son étude pour le règlement d'une succession, suite au décès du père d'Armand. Elle profita des vacances de la Toussaint pour prendre le premier train afin de se rendre à Boulogne. Apolline, Valentin, Marius et Marie étaient tous présents chez Mathilde pour l'accueillir. Ils étaient tous heureux de la revoir, et fiers de compter au sein de leur famille de modestes pêcheurs, une enseignante.

La disparition d'Antoine Fontaine, n'avait pas affecté Anaïs, elle ne le connaissait pas. Le peu de chose dont elle avait entendu parler était qu'il n'était pas favorable au mariage de son fils Armand avec Apolline et de ce fait l'avait rejeté. Apolline et Anaïs passèrent plus d'une heure chez le notaire. Elles apprirent qu'elles étaient propriétaires de deux maisons encore en location. L'homme de loi leur proposa de prendre en charge la gestion de leur bien, ce qu'elles acceptèrent immédiatement. Anaïs lui demanda de mettre en vente l'une des maisons, et de garder en location la deuxième. Apolline disposait d'une petite rente que lui versait une assurance-vie qu'avait contractée Armand et vivait chez Mathilde dont elle prenait grand soin. Elle ne manquait de rien.

En sortant de l'étude, Apolline demanda à sa fille :

— Pourquoi as-tu demandé la vente de l'une des maisons, serais-tu en difficulté financière ?

— Non, maman. Je n'ai pas besoin d'argent. Je suggère qu'on utilise l'argent de la vente pour aider mon oncle Valentin à acheter son bateau à moteur. C'était son rêve.

Apolline, les larmes aux yeux, acquiesça :

— Tu as toujours été généreuse, ma fille. Pour mon frère Valentin, devenir son propre patron était un rêve inaccessible.

— Il est peut-être temps qu'il le réalise. C'est un homme intègre et courageux. Nous avons là l'occasion de l'aider.

De retour à Boulogne, elles firent part de leur décision à Valentin. Il baissa la tête, parut réfléchir :

— Comment ferais-je pour vous rembourser ? Vous risquez d'attendre longtemps. En ce moment, la pêche n'est pas à son meilleur niveau. Il faut que je fasse une estimation pour voir si je peux m'en sortir. Ça sera difficile.

— Nous ne sommes pas pressées, Tonton ! s'exclama Anaïs. Dieu soit loué, pour l'instant nous avons de quoi vivre. Je sais que le travail de marin pêcheur est difficile et comporte des risques. Mais, crois-moi tous les métiers ont leur part de danger, ils sont simplement de nature différente. Alors, ne serait-il pas plus valorisant d'avoir ton propre bateau que de travailler pour un patron de pêche ?

— Tu es capable d'y arriver, Valentin. C'est le moment de te lancer, renchérit Apolline.

Anaïs reprit le chemin du sud après avoir embrassé les membres de sa famille, contente de retrouver bientôt sa nouvelle école, l'assistante maternelle avec qui elle s'entendait à merveille, et des collègues très avenants. Apolline l'avait accompagnée jusqu'au quai du train et l'avait serrée fortement dans ses bras avant qu'elle ne monte dans le wagon.

Anaïs lança en direction d'Apolline :

— N'oublie pas, tu viens me voir aux prochaines vacances. Je te ferai visiter la région.

— C'est promis, répondit Apolline.

Une fois le train parti, Apolline prit place sur un banc, le long du quai. Elle demeura ainsi silencieuse pendant un moment. Pourquoi n'avait-t-elle pas révélé à Anaïs, le secret de sa naissance ? se demanda-t-elle. Anaïs, de son côté, réalisait que sa mère, bizarrement, avait cette fois-ci des moments d'absence, voire de tristesse inexplicable. Par moment, son regard fixait l'horizon lointain, et elle avait les larmes aux yeux. Qu'est ce qui peut bien la rendre si triste ? Souffre-t-elle d'une maladie qu'elle veut garder secrète pour ne pas m'inquiéter ? se demanda Anaïs. Cette question occupa son esprit durant le trajet, et elle s'en voulait de ne pas en avoir parlé ouvertement à sa mère.

Elle reprit son poste avec enthousiasme. Dès le samedi à la sortie de l'école, elle partait retrouver Louis-Victor. Après avoir sillonné les villages de l'arrière-pays, ils s'équipèrent pour entamer une série de randonnées. Ils firent d'agréables balades en garrigue. Au retour d'une balade, Anaïs s'exclama :

— Quelle région magnifique que les Cévennes ! Elle regorge de petits coins de paradis, j'ai l'impression que mes vêtements sont imprégnés de l'odeur du thym, il y a une telle diversité de végétation et une telle variété de couleurs que chaque paysage pourrait faire l'objet d'une peinture. Tu ne trouves pas ?

— C'est ma région natale, et j'y suis attaché. Il y a une grande diversité des paysages : les montagnes cévenoles, les causses, les garrigues et la mer. Il faudra du temps pour te faire découvrir toutes ces richesses.

Lorsqu'ils ne partaient pas en randonnée, d'où ils rentraient épuisés, mais heureux d'avoir marché ensemble en plein air et profité de la nature environnante, ils écoutaient de la musique pour laquelle ils s'étaient découvert une passion commune. Louis-Victor disposait d'un piano et de quelques autres instruments de musique. Il aimait jouer des partitions avec sa flûte traversière, et Anaïs l'accompagnait au piano.

C'est ainsi que passèrent les semaines et les mois, dans l'insouciance et la certitude que rien ne viendrait plus troubler le cours de la vie d'Anaïs. Elle fut inspectée dans son nouveau poste, le rapport d'inspection fut dithyrambique. Elle eut les compliments de l'Inspecteur d'Académie.

Au cours de la semaine suivant l'inspection, Louis-Victor lui annonça qu'il repartait à Lille pour donner une série de séminaires au Conservatoire National des Arts et Métiers. Il serait absent au moins trois mois, voire plus. Elle pourrait le rejoindre si son travail le lui permettait.

— Sois bien sage en mon absence, lui dit son compagnon, en lui faisant un clin d'œil complice.

— Je vais en profiter pour aller à la médiathèque, ou au Musée Fabre, répondit Anaïs. J'y suis abonnée, mais cela fait un moment que je n'y ai pas mis les pieds.

— Tu me feras un résumé de tes sorties ! répondit Louis-Victor avec un large sourire.

Le jour de son départ, Anaïs l'accompagna au train. Elle appréhendait cette séparation. Louis-Victor la prit dans ses bras, la serra contre lui, et à voix basse ,il lui murmura à l'oreille :

— Tu sais que je t'aime. Il est temps de penser à notre union. À mon retour, j'aimerais connaître ta décision.

— Oui, Louis. Je vais y réfléchir.

4

Une rencontre inattendue : secret de naissance dévoilé

Les jours suivants, Anaïs regrettait l'absence de Louis-Victor, les caresses qu'il lui prodiguait, les tendres baisers qui les unissaient, tout lui manquait. Ces quelques mois d'absence semblaient longs. S'occuper était le seul moyen d'oublier cette séparation. Le samedi et le dimanche, elle partait flâner dans les rues de Montpellier, dégustait un café, puis allait souvent à la médiathèque. Elle aimait parcourir les magazines. Elle pouvait ainsi voyager à travers le monde en découvrant des reportages sur divers sujets.

C'est ainsi qu'un samedi, alors qu'elle parcourait une revue, celle-ci glissa et tomba à ses pieds. Elle dut se lever pour la ramasser et elle buta contre le montant de la table et se tordit le pied. Elle eut une douleur vive et aurait chuté si un jeune homme qui occupait le siège voisin, ne s'était pas précipité pour la retenir. Encore étourdie par cette faiblesse passagère, elle balbutia :

— Merci, monsieur, sans vous je serais tombée.

— J'espère que vous allez bien.

— Ça va, et c'est grâce à votre agilité que je m'en sors sans dommage. J'ai une fragilité à la cheville droite. Je fais attention lorsque je marche.

— Je suis heureux d'avoir pu vous éviter de nouveaux soucis de santé. On m'appelle Mathias.

— Je m'appelle Anaïs, j'enseigne dans une école maternelle dans une ville au nord de Montpellier. Je profite de mes samedis et dimanches pour venir ici feuilleter quelques revues, cela permet de m'évader en voyageant à travers le monde.

— Vous avez là un joli prénom, renchérit Mathias. Je viens des États-Unis. J'effectue un séjour à l'Institut Agronomique de Montpellier dans le cadre d'une collaboration entre nos deux laboratoires de recherche. Je viens de temps en temps à la médiathèque pour consulter les journaux, et surtout pour emprunter des CD de musique.

Il me semble vous avoir déjà vue ici. Vous êtes une lectrice assidue.

Anaïs s'étonna que pour un Américain, Mathias parlât aussi bien le français quoiqu'avec un accent qui le rendait encore plus attachant. À chaque fois qu'elle le regardait, elle ressentait comme un attrait inexplicable pour ce beau jeune homme que le hasard avait mis sur son chemin : serait-ce dû à ses yeux marron nuancés de vert qui donnait à son regard un éclat lumineux, ou ses cheveux noirs avec cette mèche rebelle qui descendait sur son front ? Était-ce dû à cette expression douce et sincère sur son visage, ainsi que son sourire enjôleur qui l'hypnotisaient ? Elle n'aurait su le dire. Anaïs luttait pour ne pas perdre la maîtrise de ses émotions. Ce n'est quand même pas le coup de foudre ? Ça n'existe pas, se répéta-t-elle ! Elle pestait contre le sort : juste au moment où elle avait pris la décision d'accepter de se marier avec Louis-Victor, voilà qu'un jeune homme sorti de nulle part la troublait à ce point.

Mathias ne cessait d'observer Anaïs, une belle jeune femme avec la grâce d'une ballerine, des traits fins, un nez étroit au milieu d'un visage ovale, des pommettes saillantes, un teint hâlé, et une longue chevelure sur les épaules. Il brisa le silence en lui proposant d'aller prendre un café.

— Merci, j'en ai déjà pris un en faisant ma balade au centre-ville. Peut-être une prochaine fois. D'ailleurs, je vais devoir rentrer avant de subir les désagréables embouteillages de fin de journée.

— Vous me permettez de vous appeler par votre prénom, ça sonne tellement bien ?

— Oui, bien sûr.

— Alors, au plaisir de vous revoir, Anaïs.

Spontanément, Anaïs s'entendit dire :

— À bientôt, Mathias.

Anaïs, tout le long du parcours pour rentrer chez elle, ne cessa de penser à Mathias. Son visage lui revenait souvent en mémoire durant la semaine, et son travail s'en ressentait. Elle garda secrète cette rencontre, elle n'en parla ni à Louis-Victor, ni à sa mère, lors de leurs conversations téléphoniques. Cela aurait causé des questionnements dans la famille pour qui son mariage avec Louis-Victor n'était plus qu'une simple formalité. Ils étaient faits l'un pour l'autre, ils s'aimaient, ce n'était pas le moment de détruire cette relation qui s'était nouée sur des bases solides, d'amour, de respect mutuel, d'entente dans plusieurs domaines : musique, littérature, amour de la nature et tant d'autres choses.

Cependant, en dépit de ses efforts pour oublier Mathias, elle ne réussit pas à l'effacer de sa mémoire. Elle ressentait une sorte d'excitation, et attendait avec impatience la fin de la semaine pour aller à la médiathèque. Le samedi dès la fermeture de l'école, elle prit sa voiture et partit directement à Montpellier. Après avoir déjeuné dans une crêperie du quartier d'Antigone, elle se dirigea vers la médiathèque. Elle longea les grandes baies vitrées de l'édifice tout en jetant des coups d'œil furtifs sur les gens qui étaient assis, absorbés par leur lecture. Son rythme cardiaque s'accéléra. Alors qu'elle s'approchait, il leva la tête, son regard qui semblait l'examiner de la tête aux pieds, exerçait sur elle un pouvoir de fascination et lui faisait perdre le contrôle de ses émotions.

— Bonjour, Anaïs. Je suis très heureux de vous revoir. Vous rappelez-vous qu'on devait prendre un café ensemble ?

— Bonjour, Mathias. Oui, je m'en souviens. Cette-fois, je viens de déjeuner et je n'ai pas encore bu mon café. C'est avec plaisir que j'accepte l'invitation.

La façon dont Mathias regardait Anaïs fit de nouveau battre son cœur plus vite. Elle profita de leur sortie de la médiathèque pour prendre une grande bouffée d'air afin de se remettre de ses émotions. Ils s'installèrent sur la terrasse d'un café le long du Lez. Mathias parla longuement de ses recherches, Anaïs absorbait ses paroles, puis vint le temps de se séparer :

— J'ai été ravi de vous revoir, j'espère que je ne vous ai pas ennuyé avec mes recherches sur l'élevage et le pastoralisme ?

— Vous ne m'avez pas ennuyée du tout. Bien au contraire, répondit Anaïs. Je pense m'inspirer de certains aspects de vos recherches pour en faire profiter mes petits élèves lors d'une prochaine séance d'activités de découvertes.

Mathias prit la main d'Anaïs et la serra longuement, puis lui dit :

— Peut-être à samedi prochain ?

Anaïs hésita un bref instant, puis murmura :

— Euh…oui, à samedi.

Les jours qui suivirent, Anaïs fut impatiente de retrouver Mathias. Le jour venu, elle se surprit à tester toutes ses toilettes, chose qu'elle ne faisait pas habituellement. Elle voulait être belle pour Mathias. Que lui arrivait-il donc ? Elle passa un long moment dans sa salle de bain devant le miroir pour se mettre un léger maquillage, puis se parfumer. Elle retrouva Mathias à la médiathèque. La joie de la retrouver se lisait dans ses yeux, il semblait refréner un élan qui le poussait vers elle.

— Bonjour Mathias. Avez-vous eu le temps de parcourir quelques journaux ?

— J'en suis toujours à la première page d'un journal, mon esprit est ailleurs ! Excusez-moi, je ne vais pas vous importuner avec mes états d'âme. Voulez-vous qu'on aille se promener à Palavas ? On pourrait déguster une glace.

— Oh, oui c'est une bonne idée. Allons-y. Ma voiture est garée tout près d'ici.

Ils longèrent les étangs où les flamands roses marchaient délicatement, et une fois arrivés à Palavas, ils marchèrent sur la plage. Il faisait un temps printanier, le soleil était au rendez-vous, ses rayons scintillaient sur les vaguelettes à la surface de l'eau. La joie de se retrouver là, tous les deux, se lisaient dans leurs yeux. Soudain, Mathias s'exclama :

— Je n'ai fait que parler de mon travail, je ne sais rien de vous, à part votre prénom.

Anaïs lui parla de sa mère, de son oncle Édouard qui les avait quittés jeune à cause de sa maladie, de son père décédé suite à un accident du travail, de ses grands-parents pêcheurs, et puis de sa grand-mère d'adoption Mathilde, restée veuve après le décès de Jérémy, son mari. Elle lui relata son parcours d'enseignante qui n'avait pas été de tout repos.

— Pourquoi être partie du nord de la France pour venir aussi loin de vos parents ?

Cette question inattendue la ramena à la réalité qu'elle occultait jusqu'à présent. Elle sentit une sorte de culpabilité qui la mettait mal à l'aise. Il fallait mentionner Louis-Victor, pensa-t-elle, il ne fallait pas ternir cette relation naissante par une omission ou un mensonge.

— J'ai demandé ma mutation dans la région pour retrouver mon fiancé.

Anaïs observa Mathias. Une onde de surprise se peignit sur son visage. Il paraissait un peu gêné, puis releva la tête :

— Je crains de vous avoir importuné avec mes questions indiscrètes. Je m'en excuse. Moi aussi, j'ai une amie d'enfance, Fabiola, avec laquelle j'ai grandi. Mon père, et la famille de Fabiola seraient ravis si nous officialisons nos fiançailles. J'avais prévu d'attendre la fin de ma soutenance de thèse pour réfléchir à cette éventualité. Mais, les hasards de la vie ou d'autres raisons qui nous échappent, nous jouent souvent des drôles de tours, alors, on se met à réfléchir à toute vitesse, et à remettre nos choix en question. Qu'en pensez-vous ?

Anaïs fut prise au dépourvu, elle hésita, puis balbutia :

— Je ne sais pas…C'est tellement inattendu…

Mathias eut un léger sourire, puis demanda :

— J'espère qu'on pourra se voir samedi prochain ?

— Oui, bien sûr ! s'exclama spontanément Anaïs.

— On pourrait peut-être se tutoyer, qu'en penses-tu ? demanda Mathias.

— Mais, oui, il suffisait d'y penser ! répondit Anaïs.

Après avoir conduit Mathias à Montpellier, Anaïs rentra chez elle. Sur le trajet du retour, des bribes de conversation échangées avec le jeune homme flottaient encore dans son esprit. Il était peut-être temps de cesser de voir ce garçon, mais la tentation était forte, et il devenait de plus en plus difficile d'y résister. Arrivée à la maison, elle reçut un appel téléphonique d'Apolline lui apprenant qu'elle avait acheté son billet de train pour venir lui rendre visite, le mercredi suivant comme elle l'avait promis. Elle se demanda déjà, comment elle allait s'y prendre pour revoir Mathias, le samedi. Après tout, pensa-t-elle, il est tout seul, je pourrais l'inviter à venir déjeuner à la maison. Jusqu'à preuve du contraire, ce n'est qu'un ami, je le présenterai à ma mère. Elle ne se doutait nullement qu'elle venait de faire un choix qui allait bouleverser son existence.

Anaïs appela Mathias et lui fit part de l'invitation. Ce dernier répondit avec une certaine fébrilité :

— Euh…Je suis très heureux à l'idée de te revoir… et… c'est une joie d'apprendre que je vais faire la connaissance de ta mère. Ne t'en fais pas pour moi, un ami va me conduire, il connait bien tous les petits villages aux alentours de Montpellier.

— Alors, à samedi.

— Oui…Oui, à samedi.

Anaïs attendit le samedi avec impatience. Le mercredi était une journée sans école, elle pouvait consacrer tout son temps à sa mère. Elle partit la chercher à la gare. La fille et la mère s'embrassèrent avec une infinie tendresse, et se blottirent dans les bras l'une de l'autre. Une fois arrivée à la maison, Anaïs lui fit visiter la maison. Apolline était en admiration.

— C'est une belle demeure, ma fille. Un peu grande pour toi toute seule, me semble-t-il ! Il va falloir la remplir de petits bambins. Je serais tellement contente d'avoir des petits-enfants.

— Maman…s'il te plaît…chaque chose en son temps.

— Ma chérie, tu prends de l'âge. Tu as fait une carrière honorable. Maintenant, il faut penser à ton mariage avec Louis-Victor. N'ai-je pas raison ?

Anaïs fit semblant de ne pas avoir entendu la question, et pour dévier la conversation vers autre chose, elle s'exclama :

— Et si on passait à table !

Au cours du repas, Anaïs demanda des nouvelles de la famille. Valentin s'était décidé. Il avait acheté un bateau d'occasion mais en très bon état. Il était plutôt content de sa situation. Mathilde, rattrapée par la vieillesse, se déplaçait difficilement, mais avait toute sa tête. Elle pouvait tenir des conversations pendant de longues heures. Quant à Marius et Marie, ils se portaient bien et se languissaient d'avoir des arrière-petits-enfants avant de quitter ce monde, disaient-ils. Une fois le repas terminé, Anaïs installa sa mère dans la chambre d'amis :

— Installe tes affaires et prends un bon bain. Repose-toi, le voyage a été long. Pour demain midi, j'ai fait mariner un filet de saumon. Le plat est prêt, il suffit de le mettre au four. Je reviens en fin de matinée à la fermeture de l'école. Pour samedi, je voulais te dire que j'ai invité un ami, Mathias qui vient des États-Unis. Il est très gentil, tu verras, il te plaira.

Apolline, quelque peu contrariée, demanda :

— Tu ne m'a pas parlé de Louis-Victor, tout va bien entre vous, j'espère !

— Euh…oui, oui, il est en mission en ce moment.

— Mais, Anaïs…tu ne devrais pas recevoir un jeune homme chez toi en absence de Louis-Victor. Vous êtes presque fiancés. Tu ne peux pas agir comme cela vis-à-vis de lui. Ce n'est pas honnête.

— Je sais bien que ce n'est pas correct. Mais, je me sens bien avec Mathias, et je crois qu'il en est de même pour lui.

— Que sais-tu de ce garçon, en dehors de son prénom ? Et d'où vient-il ?

— Il vient des États-Unis dans le cadre d'un programme de coopération avec l'INRA. J'ai trouvé qu'il parlait bien le français. J'ai cru comprendre qu'il était originaire d'une ville en Argentine et que son arrière-grand-père était un aveyronnais qui avait émigré au XIXe siècle vers l'Argentine.

Anaïs vit le visage d'Apolline se creuser, ses yeux se remplirent de larmes.

— Ça n'a pas l'air d'aller, maman ! Tu n'es pas bien ? demanda Anaïs.

Apolline respira profondément, puis d'une voix à peine audible, elle répondit :

— Euh…C'est peut-être le voyage… Je vais m'installer sur le divan, j'ai la tête qui tourne.

Anaïs aida sa mère, qui respirait difficilement, à s'allonger. Elle lui apporta un verre d'eau qu'elle but d'un trait.

— Tu vas mieux ?

— Oui. Ce sont de vieilles images qui se sont immiscées de nouveau dans mes pensées lorsque tu m'as parlé d'Argentine. Il me rappelle tellement l'époque où j'étais jeune fille.

— Ah bon. Tu ne m'en avais jamais parlé.

— C'est tellement loin, cette histoire ! Quel est le nom que porte ton ami Mathias ?

— Je crois savoir qu'il se nomme Rivière et son père s'appelle Adriano. Sa mère est décédée d'un cancer, il avait à peine cinq ans. Son père, qui ne s'est jamais remarié, l'a élevé tout seul.

Apolline eut un long gémissement, et se mit à pleurer à chaudes larmes.

— Maman, qu'y-a-t-il de si grave dans ce que je viens de dire pour te faire pleurer à ce point ? s'exclama Anaïs.

Après un long moment, Apolline, le visage livide, se dressa pour s'asseoir, puis d'une voix qui tremblait, elle dit :

— J'espère que tu ne me jugeras pas mal quand je t'aurai raconté l'histoire. Nous aurions dû t'en parler, Armand et moi-même, nous avons tellement retardé ce moment par crainte que tu puisses en souffrir. Rien n'est possible entre ce jeune homme et toi.

— Mais pourquoi donc ? A cause de Louis-Victor ?

— Non, ma fille. C'est beaucoup plus grave. Il faut remonter à l'époque où j'étais jeune fille.

Apolline, fit le récit de sa rencontre avec Adriano. Ils étaient tombés amoureux l'un de l'autre, et Adriano avait promis de venir l'épouser dès que le Libertad aurait rejoint son port d'attache. Malheureusement, il n'avait pas donné de nouvelles en dépit de plusieurs lettres qu'elle lui avait adressées. C'est alors que survint sa rencontre avec

Armand qui l'avait sauvée de l'agression, et qui lui avait proposé de l'épouser par amour bien qu'elle fut enceinte.

Sidérée, Anaïs balbutia :

— Mais…Armand n'était pas mon père !

— Non, mais il t'a reconnu en te donnant son nom tissant ainsi entre vous deux un lien aussi fort que celui du sang. Il t'a aimé comme si tu avais été sa propre fille. Rien n'était plus précieux pour lui que ton sourire. Avant de mourir, ses dernières paroles étaient pour toi, 'prends soin de notre fille', m'a-t-il dit avant de rendre son dernier soupir.

Abasourdie, Anaïs était sans voix. Elle resta un long moment immobile, les yeux dans le vague. Sa poitrine se soulevait sous l'effet des battements de son cœur. Elle avait de la peine à réaliser le secret qui lui avait été caché pendant de si longues années. Maintenant qu'elle y pensait, il lui arrivait, d'entendre lorsqu'elle passait dans la rue, des paroles la visant mais qui lui avaient paru incompréhensibles.

Apolline resta assise sur le divan sans bouger. Elle regardait le visage défait de sa fille, marqué par cette terrible révélation. Elle aurait aimé se dissoudre dans l'air comme un fantôme. Elle sentit une peur sournoise : Anaïs lui pardonnerait-elle un jour de lui avoir caché l'identité de son vrai père ? Soudain, elle vit sa fille avancer sa main et la poser sur la sienne, son cœur se mit à battre très fort. Elle émergea des pensées où elle était plongée. Elle fut remplie de joie lorsqu'elle entendit sa fille lui dire :

— Je t'aime, maman, et j'aimerai toujours mon père Armand. Vous avez su m'entourer de tellement d'amour, et vous avez agi ainsi pour me protéger. Je vous en serai éternellement reconnaissante. J'ai perdu un père, je découvre que j'en ai un autre, mais aussi un frère, tous les deux vivent à des milliers de kilomètres.

— Il faudrait que tu ailles retrouver Mathias et lui expliquer toute l'histoire, avant de le ramener ici le samedi pour déjeuner avec nous.

— Oui, maman. Je pense qu'il est plus judicieux qu'il apprenne notre lien de parenté avant de débarquer ici.

— Maintenant, je me sens tellement fatiguée, murmura Apolline.

— Alors, il est temps d'aller te coucher.

Anaïs installa sa mère dans son lit, la recouvrit avec tendresse et lui souhaita une bonne nuit.

Le lendemain matin, Anaïs but son bol de café puis partit travailler en faisant le moins de bruit possible afin de laisser Apolline se reposer. En fin de journée, à la sortie des classes, Anaïs appela Mathias pour lui dire qu'elle voulait le rencontrer à Montpellier afin de l'informer d'une affaire délicate. Le jeune homme, bien qu'inquiet de cette demande qui semblait pressante, garda son calme, et lui fixa rendez-vous au Jardin des plantes. Dès qu'il la vit arriver, il s'empressa d'aller à sa rencontre :

— J'espère que ce n'est pas grave ! s'exclama-t-il, en lui serrant la main.

Anaïs, désolée d'avoir inquiété Mathias, mais heureuse de découvrir dans ce beau jeune homme qui l'avait attirée, un frère jusque-là insoupçonné, balbutia :

— Non, au contraire…enfin…je dois te dévoiler une chose très importante. Allons-nous asseoir là où on pourra parler loin des oreilles indiscrètes.

Intrigué par le soudain changement de l'attitude d'Anaïs, qui adoptait un ton sérieux, Mathias, s'avança vers un banc libre, situé dans une zone ombragée, à l'abris des regards.

— Ce que j'ai à te dire est complexe et demande une écoute attentive, sans interruption.

Mathias fit un signe d'assentiment, puis Anaïs commença par l'histoire de la rencontre d'Apolline avec Adriano. Ils étaient fou amoureux l'un de l'autre, et de cette liaison éphémère, elle fut le résultat.

— Mais…tu veux dire que nous sommes frère et sœur ! s'exclama Mathias.

— Tu as promis de ne pas m'interrompre en écoutant l'histoire jusqu'à la fin, poursuivit Anaïs.

Mathias, la regarda, d'un air ahuri :

— Mais…c'est incroyable ! Je…c'est bouleversant !

Anaïs continua son récit en soulignant qu'Apolline avait envoyé plusieurs lettres pour annoncer à Adriano qu'elle était enceinte, hélas les lettres étaient restées sans réponse. Elle poursuivit avec l'histoire de l'agression d'Apolline et sa rencontre avec Armand qui lui avait porté secours. Ce dernier devint passionnément amoureux d'elle, l'avait épousée, et avait donné son nom à Anaïs. Durant toute sa vie, il leur avait voué, à elle et à Apolline, un amour indéfectible. Pour la protéger, le secret sur le véritable père biologique d'Anaïs fut gardé longtemps par la famille, et ce n'est que lorsqu'elle avait prononcé le nom de Mathias, et son origine que sa mère lui révéla la vérité sur sa naissance, et lui avait demandé pardon.

Il y eut un silence qui sembla interminable à Anaïs. Puis, une joie évidente apparut sur le visage de Mathias qui lui prit la main avec douceur et tendresse en s'exclamant :

— Moi qui croyais être un enfant unique ! me voilà avec une demi-sœur, c'est fantastique. Il y en a un qui va être heureux, c'est mon père. Je n'ai jamais compris pourquoi il refusait de se remarier, pourtant Dieu sait qu'il a été convoité pendant toutes ces années passées. Il va falloir que je l'appelle pour lui annoncer la nouvelle. Pourvu qu'il ne fasse pas une crise cardiaque !

— Il faut y aller avec tact, répliqua Anaïs. Ma mère s'est sentie mal au moment où je lui ai appris ton nom. Tu penses bien que plein de souvenirs sont revenus à la surface. Elle s'en est voulu de m'avoir caché l'identité de mon père biologique, si longtemps.

Ils continuèrent à converser longtemps. Mathias décrivit la tristesse qui s'exprimait, par moment, sur le visage de son père, même en période de fête. Adriano avait tendance à multiplier les activités pour ne plus penser à ce qui le rendait mélancolique. Mathias venait enfin de réaliser qu'Apolline avait laissé une trace indélébile dans la mémoire de son père. C'est enfin Anaïs qui souhaita rentrer pour ne pas inquiéter sa mère, et rappela à Mathias qu'il était attendu pour déjeuner le samedi.

Souriant à Anaïs, Mathias s'exclama :

— Je vais enfin faire la connaissance de la maman de ma demi-sœur. C'est en quelque sorte un miracle ! Tu ne penses pas ?

— Non. Le début du miracle, c'est lorsque tu m'as empêché de tomber à la médiathèque !

— Tu as raison. À samedi sans faute.

5

La famille réunie

Mathias ne tarda pas à avertir son père qui, une fois au courant de cette nouvelle, resta stupéfait, les yeux dans le vague. Assis dans une chaise à bascule, il se balançait d'avant en arrière. Il ne pouvait s'empêcher de penser à Apolline, à leur première rencontre, leur danse endiablée, leur sortie en mer, et leur relation intime durant laquelle ils avaient conçu Anaïs. Il se demanda comment diable il n'avait pas reçu les lettres de sa bien-aimée.

Ignorant les larmes qui coulaient sur ses joues, il se leva brusquement, et se dirigea vers le vaste grenier qui couvrait l'ensemble du bâtiment d'habitation. Sa défunte mère, Leonora avait pour habitude de conserver soigneusement ses archives dans des boîtes à chaussures empilées et rangées dans un coin. Il les descendit toutes, elles étaient classées par année. Il se mit à examiner leur contenu en prenant soin de choisir celle qui correspondait à l'époque où il revenait de son périple sur le Libertad. Dès l'ouverture de la boite, son rythme cardiaque s'accéléra à la vue de fines enveloppes avec un liseré bleu blanc rouge qui portait l'inscription Par Avion/Air Mail en bas à droite. En détachant l'élastique qui les rassemblait, il constata qu'elles provenaient toutes du même expéditeur : Apolline. De nouveau, il sentit les larmes monter, il se retrouva en pensée à côté de cette jeune et belle fille qu'il aimait et à qui il avait promis le mariage. Il ouvrit les enveloppes qui étaient encore cachetées, et fit la lecture des lettres à haute voix, leur contenu lu de cette manière, remuait ses émotions et trouvait un écho dans son âme. Il sortit de sa vaste demeure, s'assit sur un banc, porta son regard sur l'immensité du paysage qui lui faisait face. À quoi cela servait d'être propriétaire de ces grandes étendues où paissaient paisiblement des centaines de têtes de bétail ? La trahison de Leonora qui avait caché les lettres d'Apolline lui brisait le cœur. Il ne pouvait pas revenir sur ce qui s'était passé. Il fit une prière pour sa mère : 'Seigneur, bon et miséricordieux, pardonne-lui tous ses péchés commis en action, parole et pensée'.

Il s'avança au milieu de l'allée centrale bordée de massifs floraux dont les senteurs embaumaient l'atmosphère. Que faisait Apolline et Anaïs à l'heure qu'il était ? À quoi pensaient-elles en ce moment ? Il eut aussi une pensée pour son arrière-grand-père, cet Aveyronnais qui avait émigré au XIXe siècle vers l'Argentine, en compagnie de plusieurs familles rouergates, abandonnant leur terre natale à cause de la misère. Ils s'étaient installés sur une terre à l'époque hostile, pour créer, grâce à leur courage et leur force de travail, une communauté qui avait donné naissance à la ville de Pigüé.

Il était décidé à aller en France pour retrouver son véritable amour de jeunesse ainsi que sa fille Anaïs. Il fallait leur révéler comment sa mère avait subtilisé les lettres pendant ces longues années, ce qui les avait empêchés d'être ensemble.

Le samedi matin, Apolline et Anaïs prirent leur petit-déjeuner ensemble, et Anaïs prit le chemin de l'école. Apolline s'occupa de préparer le repas, installa la table et attendit le retour de sa fille qui ne tarda pas à arriver. Quelques instants plus tard, Mathias sonna à la porte. Anaïs, qui guettait à la fenêtre, courut lui ouvrir.

Dès qu'elle vit entrer le beau jeune homme, Apolline devint toute pâle, son cœur battait la chamade, elle se sentit vidée, anéantie. Elle s'immobilisa.

Anaïs, courut vers elle pour la soutenir :

— Tu ne te sens pas bien, maman ?

— J'ai la tête qui tourne ! J'ai eu des frissons lorsque j'ai vu Mathias. Il y a quelque chose de familier en lui qui m'a rappelé Adriano, c'est comme si je le connaissais déjà.

S'adressant à Mathias, elle lui dit :

— Veuillez m'excuser, j'ai cru apercevoir votre père.

— Je suis content de vous l'entendre dire, répondit Mathias. J'ai surpris à maintes reprises mon père qui montrait des signes de grande tristesse sans que j'en sache la raison. Maintenant, je comprends l'origine de cette mélancolie récurrente, et la raison pour laquelle il ne s'était jamais remarié.

Il prit la main d'Apolline et la porta à ses lèvres, puis lui dit :

— Je suis heureux de faire votre connaissance. Je ne crois pas à la Providence ou à un évènement surnaturel, mais là, je reste pantois devant ce hasard plein de malice. Si je n'avais pas fait la rencontre d'Anaïs, je me trouverais toujours dans l'ignorance que j'ai une demi-sœur, et mon père continuerait certainement à vivre des moments de grande tristesse.

Apolline détourna son regard vers la fenêtre pour regarder les chênes verts qui recouvraient les collines environnantes, mais plus encore pour cacher les larmes qui, malgré ses efforts, avaient rempli ses yeux. Mathias, ayant senti son trouble, lâcha la main d'Apolline qu'il avait gardée dans la sienne. Elle puisa au fond d'elle-même un dernier effort pour se retourner et lui murmura :

— Rien ne me fait plus plaisir que d'avoir des nouvelles d'Adriano, de savoir qu'il se porte bien et qu'il pense encore à moi.

— Ah ça c'est certain, il ne vous a pas oubliée, vous pouvez me croire. Figurez-vous qu'il est déjà en route pour venir ici, répondit Mathias.

Anaïs vit les joues pâles de sa mère se colorer de rose. Ils fêtèrent ensemble la nouvelle de l'arrivée prochaine d'Adriano autour du bon repas qu'avait soigneusement préparé Apolline.

Anaïs avait informé Louis-Victor qui s'apprêtait à revenir après avoir achevé son cycle de conférences, de l'extraordinaire histoire qui lui était arrivée : elle avait retrouvé son père biologique. Louis-Victor fut aussi heureux de cette nouvelle et partagea la joie de sa fiancée : voilà donc le père qui conduirait Anaïs jusqu'à la mairie dès qu'elle se serait décidée à l'épouser !

Quelques jours plus tard, Adriano, son billet d'avion à la main, se mit à courir dès qu'il entendit l'annonce de l'hôtesse invitant les passagers du vol Buenos Aires-Paris à se présenter à la porte d'embarquement. Arrivé à Paris, il changea d'avion pour aller à Montpellier. Mathias, Apolline et Anaïs l'attendaient à l'aéroport avec impatience. À la sortie des passagers, Apolline aperçut rapidement l'homme à la carrure athlétique, aux cheveux grisonnants, aux yeux marron nuancés de vert, qui en dépit de quelques rides, n'avait pas perdu l'expression douce de son regard. Elle respira profondément pour calmer les palpitations de son cœur. Dès qu'Adriano la vit, ils se jetèrent dans les bras l'un de l'autre sans réfléchir, incapables de parler. Adriano caressa le visage d'Apolline, ruisselant de larmes. Elle dégageait tant d'amour et de passion qu'il en était bouleversé. Ils échangèrent des sourires qui adoucirent la tristesse ressentie durant de longues années de séparation.

Ce n'est qu'au bout d'un moment qu'ils se séparèrent laissant Adriano serrer Anaïs dans ses bras, la couvrir de baisers et lui chuchoter :

— C'est le plus beau jour de ma vie, je retrouve ma fille que j'aurais tellement aimé voir naître et grandir. Mais toutes ces années de séparation n'ont pas altéré mon amour pour ta mère, tu es et tu resteras l'enfant de cet amour partagé.

Légèrement en retrait, Mathias avait assisté avec beaucoup d'émotion à cette réunion de famille après une si longue période de séparation. Il voyait leurs visages qui se dévoraient des yeux, il comprit que ces touchantes retrouvailles n'appartenaient qu'à eux seuls, il décida de les laisser profiter de ce moment tellement attendu. Il embrassa son père, prit les bagages, et se dirigea vers le parking :

— Je vais de ce pas installer le tout dans le coffre de la voiture, leur dit-il. Rejoignez-moi au parking.

Profitant de la période de vacances scolaires qui débutait quelques jours plus tard, Anaïs, Apolline, Mathias, Adriano et Louis-Victor arrivèrent à Boulogne sans s'annoncer à la famille. Ils provoquèrent une vive émotion. Tous furent tellement touchés de voir Adriano, physiquement présent devant eux que certains, dont Mathilde, âgée mais lucide, et Marie, pleurèrent à chaudes larmes. En apprenant la vérité sur les lettres d'Apolline à Adriano, ils demeurèrent abasourdis, Mathilde s'exclama :

— J'étais certaine que mon pauvre Jérémy avait bien posté les lettres et qu'elles étaient arrivées à destination. Mais ce qui compte, c'est que tu sois aujourd'hui parmi nous. C'est grâce à ton beau garçon Mathias que notre petite Anaïs a retrouvé son père, nous lui en serons éternellement reconnaissants.

— Je ne l'ai pas fait exprès ! J'ai voulu rendre service à une belle jeune femme en ramassant son journal qu'elle avait laissé tomber. Mais dès que nos yeux se sont croisés, il y a eu une sorte d'attirance mutuelle qu'on ne saurait expliquer.

Adriano gardait sa simplicité naturelle, et fut à l'aise dans sa nouvelle famille, apprécié de tous. Il passait de longs moments en tête à tête avec Apolline, les autres comprenaient leur besoin de se retrouver après toutes ces années. Tous ensemble, ils partirent au cimetière prier sur les tombes d'Édouard, d'Armand et de Jérémy.

Anaïs se fit une joie d'accompagner son père, son frère et Louis-Victor faire le tour de la ville et visiter notamment la demeure du célèbre Général San Martin, transformée en musée. Ils eurent aussi l'occasion de voir son imposante statue équestre érigée sur le front de mer. Ils allèrent au calvaire des marins pour un moment de recueillement.

Après avoir passé trois jours en famille, Anaïs, Louis-Victor, Mathias, et Adriano tenant la main d'Apolline dans la sienne, prirent le chemin du retour dans le sud.

— J'ai quitté Apolline une fois et je n'ai cessé de me le reprocher, disait-il, en s'adressant à Marius et Marie. Je ne vais pas recommencer les erreurs du passé ! Alors, ne m'en veuillez pas si j'insiste pour qu'elle m'accompagne. Vous serez les bienvenus dans mon hacienda pour fêter notre union très prochainement.

En s'adressant à Anaïs, il émit le souhait d'aller dans l'Aveyron :

— J'ai quelques faibles indications sur mes aïeuls, j'espère retrouver l'endroit où ils avaient vécu. Je compte partir avec Mathias à la recherche de mes racines.

— Cela va être difficile, mais tu peux considérer ce premier voyage comme une prise de contact. Il te faudra l'aide d'un généalogiste pour remonter jusqu'aux ancêtres. Je connais une personne parmi les parents de mes élèves qui adore faire des recherches en épluchant les archives. Elle est passionnée par l'histoire des Cévennes et a écrit plusieurs romans en partant d'histoires authentiques.

— C'est une très bonne idée, répondit Adriano. Merci, ma fille.

Il était heureux de savoir qu'à son retour, les préparatifs du mariage d'Anaïs et Louis-Victor seraient terminés. Il aurait alors le bonheur de conduire sa fille à la mairie pour cet heureux événement. Les futurs mariés lui avaient promis de partir en Argentine pour leur voyage de noces où il les attendrait en compagnie d'Apolline car son désir était qu'elle reparte avec lui s'installer dans l'hacienda et qu'ils se marient. Il se faisait une joie immense de servir de guide pour faire découvrir à Apolline et aux jeunes époux, entre autres beautés de son pays, les paysages grandioses de la mythique Patagonie.

Adriano échafaudait plein de projets. Il ne les exposait pas aux autres, mais en parlait à Apolline. Il avait en tête de faire rencontrer Anaïs avec les responsables de l'amicale d'échange Pigüé-Aveyron, dont l'espoir qu'elle puisse participer à la réactivation du projet de la francophonie dans les écoles de la ville : projet déjà mis en place et soutenu par des institutions françaises et argentines. Mais la crise économique avait fait lourdement baisser les subventions des partenaires de part et d'autre de l'Atlantique. Adriano était prêt à aider matériellement l'amicale pour faire renaître cette belle initiative, qui amènerait Anaïs à venir le plus souvent possible au pays. Son rêve ultime serait qu'elle puisse, avec le temps, décider elle-même de s'installer définitivement auprès de lui et d'Apolline.

Dès la fin de sa thèse, Mathias s'occuperait de la gestion du domaine. Peut-être que l'aide de Louis-Victor serait la bienvenue pour l'épauler dans cette tâche ?

Mais l'essentiel pour Adriano, c'était d'avoir retrouvé Apolline, son amour de toujours, et de pouvoir enfin continuer leur vie à deux.

Remerciements

À Joëlle, mon épouse et ma première lectrice, son soutien indéfectible m'a donné le courage de persévérer.

Ma sincère reconnaissance à Annie Lunel qui, à chacun de mes récits, a su trouver les mots où les phrases pour l'améliorer.

Merci à toutes les personnes qui ont manifesté un intérêt pour mes écrits. Ce sont autant d'encouragements qui réchauffent mon cœur.

www.ingramcontent.com/pod-product-compliance
Lightning Source LLC
Chambersburg PA
CBHW051434260626

47162CB00001B/82